MW00893886

E S C R I T O R E S
A R G E N T I N O S

Novelas, cuentos y relatos

MARÍA GRANATA

Los viernes de la eternidad

DE LA MISMA AUTORA
por nuestro sello editorial

■

LOS TUMULTOS
EL JUBILOSO EXTERMINIO
EL TREN QUE APRENDIÓ A JUGAR
LA ESCAPADA
EL SOL DE LOS TIEMPOS

MARÍA GRANATA

Los viernes de la eternidad

Emecé Editores

860-3(82) Granata, María
GRA Los viernes de la eternidad. 11ª ed. - Buenos Aires : Emecé, 2001.
280 p. ; 22x14 cm. - (Escritores argentinos)

ISBN 950-04-2247-6

I. Título - 1. Narrativa Argentina

Emecé Editores S.A.
Alsina 2062 - Buenos Aires, Argentina
editorial@emece.com.ar
www.emece.com.ar

Diseño de tapa: *Eduardo Ruiz*
Foto de tapa: *Image Bank*
Fotocromía de tapa: *Moon Patrol S.R.L.*
11ª impresión: 3.000 ejemplares
Impreso en Verlap S.A.,
Comandante Spurr 653, Avellaneda, junio de 2001

IMPRESO EN LA ARGENTINA / PRINTED IN ARGENTINA
Queda hecho el depósito que previene la ley 11.723
I.S.B.N.: 950-04-2247-6
11.062

uno

Se quedó mirándolo tiesa como una langosta. Y hasta es posible que haya crujido. Con las manos no pudo hacer nada, ni siquiera santiguarse, y pese a que sus ojos estaban a punto de reventar a fuerza de desorbitados, tuvo entereza.

Había salido al jardín que olía a bulbo desenterrado y estaba casi rojo a causa de ese sol vegetal sumergido en las hojas, un sol de tormenta y chicharras, y parecía más extenso de lo que era, su media hectárea excedida de sus límites, es decir, de sus cercos de espinillo y ligustros de dos metros de altura. Un jardín complicado y viejo cuyo suelo por momentos soltaba calor animal. Había salido a caminar un poco después de tres meses de voluntario encierro en la cal viva de una clausura que no cedió a nada, ni a la necesidad de un poco de aire libre ni al requerimiento de los hijos, cada uno venido de una provincia diferente y a quienes había visto por última vez el día crispado, afrentoso, infernal, del entierro de su marido, de ese entierro que pese a su compostura significó un escándalo, la culminación de una vergüenza definitiva, hecha pública sin compasión por ella que estaba más muerta que el muerto, una vergüenza con caudal suficiente para desbordar, demasiado testimoniada y echada a volar en las habladurías.

Se quedó mirándolo fijo sin dejarse impresionar por todo

lo que él se traía consigo aunque en apariencia era mucho menos que lo que se había llevado. No retrocedió ni salieron de su boca las exclamaciones habituales en casos como ése; se adaptó en seguida a su pavor, dejó que un escalofrío la recorriera, y poco después estaba tranquila, ni siquiera compadecida de verlo así, tan estragado, tan reducido a nada, aunque observándolo bien tenía un aspecto saludable dentro de las posibilidades de su situación; sólo que la falta de ropas y de carne lo hacían aparecer refugiado en una delgadez extrema, en la lámina no rebanable de su yo.

Estaba sobre una mata de hortensias, en realidad un matorral, posado naturalmente como si fuera un enorme insecto florícola, y la distancia entre ambos no alcanzaba a un metro, una pequeña distancia fulminante que los acercó y alejó sin medida posible. Acaso por eso, porque no lo vio sino cuando lo tuvo tan cerca, de golpe, es que se quedó rígida; si al menos lo hubiese entrevisto cuando caminaba hacia las hortensias, pero había llegado hasta ese lugar reparando en los cambios de las plantas que hacía meses no veía, aunque fugazmente, porque lo cierto es que había avanzado mirando hacia adentro, encandilada por su desgracia.

Se lo quedó mirando. Y lo vio tal como había sido pero mondado por la eternidad. Sentía sus pupilas como llagas pero no le quitaba la vista. Después oyó la voz de él.

—Paula.

Su nombre dicho de esa manera, con una acongojada gravedad, dicho por él, la obligó a asirse de algo, lo primero que encontró, un tallo elástico, y sintió la oscilación de sus piernas en torno de la verticalidad.

—Paula Luna de Urquiaga.

Sí; era todo su nombre.

—¿Me reconoces?

Claro que lo reconocía. Desde el primer momento se dio cuenta de que esa imagen lechosa, una especie de fisonomía desfondada entre manchas blancuzcas, era el ánima de su marido, el difunto don Gervasio Urquiaga, con quien había estado cristianamente maridada durante treinta y cinco años, incluido el tiempo estancado, esos reposos concedidos antes y después de los acontecimientos, treinta y cinco años ornados con las ceremonias que componen lo cotidiano, y en los que hubo un entrelazamiento de seres y sitio para todo menos para la soledad. Media vida que ella consagró más al amor de él que al de los hijos, tan dispares a ellos, como provenientes de un génesis anodino.

Todo eso antes de que pasara lo que pasó.

Tuvo que asirse de un tallo más rígido. Y continuó sin responder, con la impresión de que estaba frente a él no en su jardín sino en el paisaje que él se había traído ya que un aparecido nunca viene solo como un trozo de eternidad recortado según la forma humana.

Pese a la total descarnadura lo reconoció de inmediato, es decir, aspiró la esencia marital y se dio por enterada de que él se hallaba a un metro escaso de ella, un metro de mantillo, hojas insoladas y ladrillo molido.

—¿Me ves? Dime al menos si me ves.

Paula Luna, como ella misma se nombraba ahora ya que su viudez le había llegado por mal camino, apretó los labios, mirándolo con la certidumbre de que la aparición duraría sólo un instante más, que él se desvanecería en cuanto ella dijese una palabra.

Pero el espíritu de don Gervasio mantenía su contorno sin que sus azules se confundieran con los de la fugacidad.

—Sí, te veo —dijo ella—, ya que has tenido el coraje de presentarte.

Y una vez que empezó a hablar continuó hablando, sin buscar las palabras, que ya las tenía crecidas en su alma y repetidas hasta pulverizarles el significado. Las únicas palabras que le habían quedado no como meras peladuras de voces o de ideas, más bien la posesión de sustancias calientes, después de aquella noche que de tal manera negaba su condición de pasado.

—¿Qué necesidad tenías de morir en la forma que moriste?

—Necesidad, ninguna.

—¿Y entonces?

Estaba hablando con él, tan impregnado de lejanía y, sin embargo, tan cercano, posado en el mundo como si de un momento a otro pudiese rescatar su carnalidad. Le oyó decir:

—Ya lo sabes. Fue un entrevero repentino y después esa muerte que se nos fue enroscando.

Ella entornó los párpados, austera, dura.

—La muerte. Como si esa palabra te absolviera.

—No lo pienses. Estoy lejos de sentirme perdonado, y quizás a la espera de otra inmolación.

—Sólo te digo que no fue lo único doloroso, lo único trágico, que a veces la muerte es lo de menos.

—Bueno, yo hubiera preferido no exhalarme de mi cuerpo tan pronto...

—¿Y toda la humillación, y el escándalo en que me cociné viva?

—No digas que quedé afuera. Ardí contigo, Paula. Te arrastré al sacrificio humano de aquella noche, lo reconozco, con la diferencia entre los dos de que tú continúas viva.

—¿Viva?

Sintió que estaba seca como un higo que se ha puesto en las brasas, que conservaba una apariencia de vida sobre un polvo de incineraciones. Dijo con lentitud:

—Debiste haber muerto en casa, a mi lado, que para eso fui tu mujer, para que tú recogieras mi muerte o yo la tuya. Y no en casa de esa mujer... Para ella también tu sangre, como si hubiese sido poco lo que le ofrecías.

El ánima de don Gervasio intentó explicar algo, hacer una confesión, pero tuvo miedo de que las verdades no le fueran adictas. Optó por callar pero en seguida dijo:

—Dejemos los hechos como son. ¿Acaso podemos recomponerlos? Al pasado hay que tomarlo con sus destrozos, con sus agujeros fatales. Está fuera de nuestra posibilidad remendar precipicios.

—Con sus destrozos, sí, y con sus ultrajes. Morir en casa de ésa que ni siquiera te respetaba, matarte por ella. Y después la gente, y ese zumbido de las habladurías...

Él suspiró una brisa verdosa.

—Basta, Paula. Ya ves cuánto me ha costado también a mí. Me he vuelto una lámina, una flacura en donde apenas me cabe el yo. No debo de pesar siquiera dos gramos.

La viuda tuvo un asomo de compasión, apenas un filamento, y una punta de curiosidad que trató de hendirse.

—¿Y allá, qué haces?

—Ando toda la noche. Soy una abstracción nómade.

—¿Toda la noche? Continúas con tu costumbre.

—Digo toda la noche porque no hay día. El sol no sale ni se pone, simplemente no está. Y tampoco es noche cerrada; nuestra presencia le otorga una cierta diafanidad, pero esa diafanidad es sólo el recuerdo de nuestros días en la tierra. Es que somos esencialmente nostálgicos; en nada ni en nadie hay más nostalgia que en un espíritu. Sí; el más allá es exageradamente oscuro. De pronto crees que apresas una partícula luminosa pero es sólo un acto de rememoración.

—¿Y qué tiene el más allá aparte de la penumbra?

—Nada.

—¿Nada? De algo debiste asombrarte...

—No creas. La materia es mucho más sorprendente que la inmaterialidad. El más allá es un tiempo que va a la deriva y que tal vez termine por encontrar algo, un génesis tácitamente turbulento, el rastro de una mano hacedora, vaya a saber. Por ahora sólo me fue dado deslizarme de una a otra inmensidad, es decir, lo que me ha sido accesible es el cosmos. No sé si un día acabaré poniendo un pie en la nada o en un paraíso ambulante, porque, como te decía, todo va a la deriva.

Ella le miró los pies, la membrana vaporosa que había quedado de ellos, y le pareció advertir el desgaste electrizado que la velocidad deja siempre. Sólo se le ocurrió comentar:

—Tal vez después de un tiempo te manden a otro sitio.

—Puede ser. Lo que es ahora deambulo entre espíritus desconocidos, muchos extranjeros.

—¿Y de qué hablan?

—Siempre de lo mismo. La insistencia es el orden, aquí y allá. Todos añoran terriblemente su carnadura, no consiguen adaptarse. Cuando se ha tenido peso cuesta ser un soplo. Es que la carne es el único verdadero milagro. Sí; el milagro es estar encarnado. Con decirte que a veces extraño mi reuma...

—¿No te volvió a dar?

—Ni una sola vez. No hay humedad; aquello es una interminable piedra trasparente. ¿Cómo explicarte? Una especie de mineralidad vaporosa. Es posible que yo me halle en una zona intermedia, árida y vacía, y que la eternidad sea una sustancia ardiente, una actividad tumultuosa y ordenada a la vez en la que todavía no he entrado. Y te lo confieso: aún no se me ha revelado con claridad qué es lo que se necesita para entrar en esa masa viva que seguramente se traslada por el espacio, ya que fijo no hay nada.

Frunció el ceño, que más parecía la nervadura de una hoja comida por las plagas. Se lamentó:

—A veces siento cansancio.

—¿Cansancio de qué?

—De estar fuera del tiempo. Debes creerme, Paula: la intemporalidad es una carga mayor que la del tiempo terrenal. No sabes qué abrumador es cargar con algo que no tiene peso.

Ella lo miró compadecida.

—¿Y qué fue lo primero que sentiste cuando te viste descarnado?

—No te diré que hambre. Aunque un poco sí, algo que debe de haber sido un reflejo o más bien un escozor en la memoria animal; lo que sentí verdaderamente fue mi condición de víctima absurda.

—No eres el primero que ha muerto...

—Ya lo sé. Lo que quiero decir es que la brevedad de la vida humana pone en peligro la seriedad de la creación. Antes no lo había pensado, y lo pienso ahora que no tengo ni un resto de calor mío de dónde agarrarme.

—¿Y por dónde saliste? Quiero decir por qué parte de tu cuerpo...

—Creo que salí por los pies, aunque no estoy seguro. Salí con la sensación de una expulsión inmerecida, ya que había hecho méritos para seguir viviendo, méritos corporales.

—No tienes necesidad de recordármelo.

—No lo tomes a mal. Además no puedo ocultarte nada; a esta altura de mi escualidez todo se me trasparenta.

Paula deseó que el encuentro terminara, defendiéndose de la conmiseración que la llevaría a perdonarlo. Hubo un momento en que él pareció alejarse aunque no se había movido de allí, y ella pudo quitarle la vista y ver la multiplicidad de vástagos vegetales y comprobar que esa primavera había metido en el jardín un aire selvático. Y después oyó la imploración, una súplica envolvente que empezó a girar alrededor de una enfoscada dignidad.

—Ven conmigo, Paula. Los dos juntos, aquello sería otra cosa.

Ella ciñó el haz de sus cincuenta y cuatro años y sintió que le refluían los destrozos.

—Me quedo —dijo con miedo a sus palabras, a sabiendas de que elegía una soledad sin redenciones. Y agregó: —Y no porque tenga algún sentido mi estar en la tierra sino por no acompañarte.

La voz de don Gervasio se volvió patética.

—¿Quieres decir que no me has perdonado?

—Como si eso fuera fácil.

—No, fácil no es, pero el que perdona más que salvarlo al otro se está salvando a sí mismo.

Paula sintió que él se disgregaba de alguna manera, sin perder la apariencia de su integridad metafísica, a la vez que se figuraba que perdonar es desollarse y andar así hasta que se forme la piel nueva.

El anochecer parecía haber comenzado sólo en torno a ellos, en ningún otro sitio. Hubo un silencio que dilató la mutua contemplación, y después Paula volvió a hablar.

—¿Por qué no te la llevas a ella? Tu eternidad sería más alegre.

El ánima se sacudió; quizá la hizo moverse un resto del viento soplado durante la siesta o un viento propio. Y dijo con lentitud:

—Es a ti a quien vengo a buscar.

Paula pareció crecer.

—Búscala a ella. Debiste llevarla aquella misma noche, en cuanto terminaste de desangrarte.

Él contrajo sus vapores; y la vio crecer aún más y le aspiró el orgullo doloroso, violento, que la dilataba.

—Bueno, dejemos las cosas como están —dijo—. Las discusiones siempre me despojaron de algunas de mis verdades.

—Lo que es ahora, tanto te da...

—Quién sabe. Tal vez necesite poseer más verdades ahora que cuando estaba metido en mi carne.

Trató todavía de ser persuasivo, tanto, que la voz le salió mendicante.

—Acompáñame, Paula.

Ella juntó sus padecimientos, no sólo los provocados por la muerte en sí de su marido sino por la forma y las circunstancias en que se produjo; atizó su rencor, una brasa compacta y prolífica, y volvió a hacer el recuento de hechos importantes y minucias necesarias para componer un todo y comprender que ella había sido puesta en el centro de un hambre colectiva para que cada uno le arrancara un pedazo vivo, más grande cuanto mayor era la desgarradura; defraudada públicamente en su fidelidad de treinta y cinco años de matrimonio, en su condición de mujer adicta y tutelar, columna principal de la casa, de la que habían venido al mundo cinco hijos, tres varones fuertes y tozudos y dos niñas de ojos garzos, a los cuales hubo que ayudar a ser y crecer, ahuyentándoles las malas caídas, hasta su dispersión cada uno en una provincia diferente, integrados a otros seres y ninguno con ella, que había pensado: "Estoy con mi marido y me basta". Hasta resultaba hermoso haberse quedado sola con él, reanudar diálogos que desde hacía años flotaban en la casa, resucitar ciertos azoramientos interrumpidos. Eso, antes de saber que al marido lo tenía enajenado, propiedad carnal de otra que no lo quería, según quedó demostrado. Y ella sin saber hasta el momento de la desgracia, hasta esa noche clara como con restos de sol líquido que se había venido no con una sino con dos muertes injuriosas y absurdas. Porque lo supo cuando las sangres ya estaban derramadas una junto a la otra. Y tuvo que enterarse al mismo tiempo de su viudez violenta y de esa enajenación vergonzante que no constituía una circunstancia aislada puesto que posefa suficiente antigüedad como para que ella sintiera el despojo y un desencanto caído a plomo sobre su conciencia, la disgregación que trae el desencanto.

—Perdóname, Paula.

Oyó la imploración y quizá percibió su bordura de timidez.

—Acompáñame. Los hijos no te necesitan.

—No. Me quedo en este mundo.

—¿Y qué te espera?

—No sé. Lo peor lo he pasado.

—Lo peor es esa nada que viene después del sufrimiento. Te vas a sentir en una soledad desproporcionada, demasiada para un solo ser.

Ella lo miró valerosamente, miró el viento que a veces sopla en los pies de los aparecidos, y dijo:

—Tu compañía también sería soledad.

El ánima de don Gervasio se estremeció con un movimiento de follaje liviano, y después tomó una coloración otoñal de tristeza y primeros fríos, y se alejó con lentitud sintiendo la impiedad de esas palabras, con la esperanza de ser llamado por Paula, a quien él había amado verdaderamente pese a los hechos, a quien seguía amando desde sus nieblas.

Se fue por un sendero contorneado de boj, y para no dar una vuelta muy larga, descaecido como se sentía, atravesó un bosquecillo que ya estaba allí cuando eligieron ese lugar para construir la casa y volver edénica una parcela a la que cada año añadían un campo de pastoreo, y con poca vecindad, la necesaria para que el aislamiento no los entumeciera. Un islote de verdor entre esteros. Y cuando la isla verde fue suya dio por concluida la incorporación de nuevas hectáreas. Y después vivió mansamente, cavó cuanta hoya pudo para hacer del jardín un rectángulo en el que un día pudiese caber una selva, pero no murió allí sino en una casa del pueblo.

Hizo un alto y se volvió para ver a Paula, un trapo negro erguido que se encaminó en línea recta hacia el pórtico y que después desapareció, siempre de espaldas, sin volver el rostro para despedirlo siquiera subrepticiamente. Exhaló una nostalgia mórbida, licuada, más semejante al sudor que al llanto, y recorrió otro tramo de una distancia más compleja y anonadante que la del otro mundo.

Se fue pensando que no podía explicarle a Paula las razones de su ligadura, de su briosa atadura a Delfina Salvador, sin que ella se sintiese más humillada aún, más desfondada; sin que estableciera, voluntariamente o no, la comparación entre los treinta y cinco años abrasantes de la otra cuyos pechos aun cubiertos eran un impudor, con sus cincuenta y cuatro años en los que la carne se había limitado a ser una envoltura necesaria. Además, cuando los hechos irrumpen de tal manera, las justificaciones se niegan a sí mismas.

El fantasma de don Gervasio se marchaba por una oscilante alameda, mucho más pálido que cuando llegó, con un tinte de piedra volcánica, asustado ante la idea de que su eternidad sería solitaria. Y no había llegado aún a la conclusión, como llegó después, que la eternidad y la soledad son inconciliables, antagónicas más allá de toda medida. Pero esto lo supo más tarde y fue preferible para él porque en ese momento se habría aterrado hasta su disolución allí sobre las hojas y los pastos, con la única perspectiva de convertir su gaseoso yo en un humus ligeramente luminoso.

Llegó hasta un monte de eucaliptus azules plantados por él cuando sus manos eran todavía vertebradas y pulposas; miró sus hojas hechas de uno de esos azules que son recogidos por el alma sin tener que traspasar los ojos, y un trecho más allá se recostó en una rama de casuarina, y parecía un colgajo húmedo tendido al aire, aunque no, claro que no pendía. Y después siguió atravesando ese viernes, más semejante a una sombra que a una aparición.

Cuando salió de su predio rememoró las fisonomías humanas que le habían sido más adictas, y se puso a pensar en sus amigos, especialmente en los que se hallaban más próximos al estado fantasmal. Disponía de varios rostros, un verdadero friso. Hizo un análisis aunque sabía que a la gente no se la analiza sino que se la aspira, se la absorbe. Con unos podía hablar de política y recordar sísmicas campañas electorales. Con otros ¿de qué hablar sino de negocios, de la tierra con el germen de su valor que año tras año echa hojitas nuevas? Y con los menos podía resucitar la imagen de noches azarosas con sus lances de juego.

Pero la eternidad tiene otros temas.

Sólo con Paula podría revivir su yo profundo, rescatarlo limpio y entero porque la había amado sin dejar de amarla en esos últimos tres años. Delfina Salvador había sido una masa caliente en la que había necesitado desleírse, pero ni pensar que con ella pudiese compartir el más allá. Con Paula podría recomponer la reminiscencia de tantos hechos importantes y mínimos, y no sólo lo ostensible, lo trascendente, también esa linfa que se estanca en los huecos que hay entre los islotes de felicidad o de desgracia. También los días paralizados en los que nada sucede y que, sin embargo, se comparten. ¿Cómo hacerle comprender a Paula que Delfina Salvador había sido la necesidad de cierta medida de turbulencia?

No consiguió recrearse en el espectáculo de la tangibilidad ni en el recuerdo de sus roces. Abismado en sus reflexiones y pese a que le costaba el alejarse ya que la dirección opuesta a la que se quiere tomar ofrece una mineral resistencia, continuó andando y después, estremecido por una brisa fría, ascendió, y desde la rama más alta de un aromo remontó vuelo, un vuelo agobiado que sólo lograría penetrar una zona de resignación o apenas incursionar en un más allá enrarecido.

Paula cerró la puerta principal de la casa como si le pusiese una tranca al mundo.

Sólo entonces se sintió decaer. La aparición, en vez de derribarla, la había erguido. Entrecerró sus ojos garzos de párpados anchos, párpados con mirada, y atravesó como a tientas el comedor con tantas sillas inútiles. Sintió recrudecido su estado de crespones flotantes y abrió y cerró puertas con las manos llenas de escalofríos, algunos ya padecidos y otros nuevos; mandó a las criadas que se retirasen, y cuando se cercioró de que estaba sola se puso ante un retrato de su marido y se santiguó tres veces. Y rezó por él que evidentemente erraba, ánima en pena, sin méritos infernales ni paradisíacos, excluido todavía de la incorporación a la masa ardiente de la eternidad. Rezó por él y también por el otro, por Juan Ciriaco Fuentes.

Se hincó, entrelazó las manos y se figuró un crucifijo de plata que colocó a la derecha del retrato y que terminó superponiendo a la imagen que poseía una atmósfera metálica de daguerrotipo. Pero las oraciones dichas con una encandilada monotonía no consiguieron apaciguarle el recuerdo de aquel día que en realidad había comenzado la noche que lo antecedió cuando le trajeron la noticia que no sabían cómo transmitirle, que al principio embarullaron para disimularle el contenido, y hasta hubo quien le dijo que don Gervasio venía caminando por la calle, a medio desangrar para morir en su casa y que los hombres de la policía lo venían siguiendo para comprobar si él estaba vivo o muerto, que el hecho de avanzar no era una prueba concluyente, y para ver si llevaba el cuchillo o dónde lo había dejado, pero la maraña absurda que amenazaba con enredarse más todavía no consiguió engañarla, ocultarle las cosas como habían sido, y antes de que se lo dijeran claramente ella ya sabía. Siguió orando y a las palabras piadosas se le mezclaron las imágenes de aquella escena no presenciada por ella, es claro, pero percibida detalladamente en los relatos fidedignos y vívidos y todos coincidentes de la gente que aprovechaba su desesperación para informarla de todo, sin ahorrarle a su delicadeza de víctima ninguna referencia oprobiosa, forzándola a entender; y se figuró por centésima vez la escena tal como debió haber sido; y continuaba rezando y la veía a Delfina Salvador casi desnuda pidiendo socorro a la puerta de su casa, en un extremo del pueblo, sin advertir que a fuerza de agitarse se iba desnudando todavía más mientras los gritos se le convertían en alaridos que atraían gentes de todas partes —algunos ya preparados para acudir a los sacudimientos humanos en cuanto se producen—, pero a pesar de las voces salvajes que ella daba como si estuviese a desiertos de distancia de todo ser vivo, nadie había llegado a tiempo para separar a los dos hombres, a don Gervasio y al otro, a Juan Ciriaco Fuentes, entreverados en el piso del dormitorio de ella, a un palmo de la cama, cada uno con su cuchillo desenvainado y forcejeando de tal manera y con tal desacierto, acaso más convulsos por el deseo de defenderse que por atacar, que los cuchillos se les desorientaron y cada uno terminó por clavarse el suyo con crispada precisión y tan a fondo que cuando entraron los primeros en acudir ya estaban los dos desangrados y muertos. Y la noche, en vez de caer, brotaba de sus cuerpos.

Paula dejó sus oraciones. En realidad su rezo se había reducido a nada, invadido por las imágenes obsesivas. Y recordó cuanto le habían dicho aunque ella no había querido oír pero había querido saber, para dar a su animosidad su justa medida, y se figuró también por centésima vez lo que muchas mujeres del pueblo le habían contado: Delfina con sus tormentosos pechos descubiertos y para colmo tan impregnados de lubricidad, embebiendo de lubricidad la muerte, gritando junto a sus amantes acuchillados, y los hombres de la policía que le mandaron cubrirse no sin antes prohibirle que los tocase porque no se los debía cambiar de posición, pero ella no hizo caso y se abrazó al otro, no a don Gervasio sino al que realmente quería, aspirando el olor de él y lavándole el horror con lágrimas que parecían un agua brillante, como dispuesta, obstinadamente, a no desprenderse de ese cuerpo, cuya hombría estaba aterrada. Al principio le tuvieron miedo ya que en pocos instantes había conseguido instalar una carga de agresividad difícil de medir con certeza, pero después hubo que proceder. Los hombres de la autoridad tuvieron que luchar largamente con ella para sacarla de allí; no pudieron dos, fue necesario un tercero porque ella de pronto tuvo una fuerza múltiple de muchedumbre irritada e intentó echarlos a todos, también a los de la policía que la arrastraron finalmente hasta un ángulo del aposento, y uno de ellos le cubrió con su casaca el fragmento dilatado y ostentoso de su desnudez. Y después nadie la vio porque empezaron a flotar las solemnidades desprendidas de las dos muertes.

Y ella permaneció ajena a los movimientos que comenzaron a sucederse, a las palabras graves, y no vio cuando sacaron a los acuchillados en medio del grupo compacto de vecinos.

Y se supo que tres años antes Delfina había recurrido a don Gervasio para salir incólume de las deudas que se cernían sobre el techo de su casa, y que él había accedido sin exigirle nada en cambio, hasta que un día Delfina lo miró de otra manera y le mostró un pecho inesperadamente para él que sintió que los ojos, las manos y las ramas de su sangre se encendían como si dentro de él se estuviese incendiando un bosque.

Don Gervasio era necesario para la provisión de dinero que ella acumulaba en resguardo de tiempos menos propicios, ya que el otro era un andariego que le traía el amor sin ocuparse de otra cosa que dejarle la carne alucinada. Un andariego arrogante que le trajo historias y abrazos a lo largo de dos años en que ella vivió temerosa de que uno y otro descubrieran el condominio sobre su cuerpo, aunque estaba segura de que nadie se atrevería a decírselo a ellos, ya que la gente de una manera muy vaga e inexplicable le temía. "Pero algún día tenía que suceder" —había sido la opinión de todos—. "Un día igual a los demás y, sin embargo, hecho de un tiempo inhumano" —eso había pensado Paula pasada la primera impresión, que no fue la más fuerte ya que ese dolor complejo de los primeros momentos, formado de sentimientos contradictorios, se le fue enredando y se le llenó de sedimentos precoces y de impresiones súbitas como fogonazos. "Lo que debían haber hecho —se dijo después— en vez de lanzarse el uno contra el otro, era rebanarle cada uno un pecho para que aprendiera a ser decente".

Se incorporó y de pie frente al retrato de él intentó reanudar las oraciones. Pero fue en vano. Aquel día estaba vivo y le transcurría dentro y la escena de las muertes y los gritos le fluía como un agua barrosa, llena de espumas tristes, y aunque no la había presenciado la veía con mayor nitidez, seguramente con mayor coherencia que quienes habían sido sus testigos, separada de sus recuerdos anteriores; veía el fondo rojo y caliente elegido por él para irse, aunque él tal vez no había elegido nada, de espaldas a esa boca trágica; y con el otro acaso había sucedido lo mismo. Sin duda ella había encendido los ánimos y aventado la turbulencia, no porque se lo propusiese sino por las fuerzas emanadas de su persona, porque Delfina Salvador no era una mujer común, demasiado extraña y bullente para aquietar los hechos; quizá debió haber creado un cielo de tragedia en el cuarto, un cepo imantado, y ellos no pudieron hacer otra cosa que lavar su honor en sangre, en su antigua lejía, convencidos de que es donde mejor se lava.

Paula intentó darse un poco de sosiego, pensar en pequeñeces inherentes a lo cotidiano, aunque para nada le servía ahora esa casa enorme habitada más por las criadas que por ella —la única en no haberla abandonado— ya que, ahora lo advertía, ella había engendrado dispersión, gérmenes de lejanía que disgregaron el haz familiar de una u otra manera. Las leyes que regían la presencia y ubicación de los muebles y objetos de la casa habían sido más fuertes que las que habían regido la cohesión de sus gentes. Miró el jarrón que la noche anterior se le había caído de las manos y que después restauró con una paciencia insobornable imbricando añicos y resucitando figuras, pero fue inútil que pusiese la mirada allí; continuaba viendo los acontecimientos en su orden: el cadáver llegado poco después de medianoche, sin un residuo de vida para explicarle algo o despedirse, y la gente, las decenas de ojos puestos en ella, mirándola con más conmiseración que al muerto, y ella sola, inquerida, escarbada, sintiendo el zumbido de los comentarios, que cómo contenerlos, y sin poder refugiarse en nadie ya que los hijos llegaron al día siguiente, poco antes de ese entierro que convocó la curiosidad y la maledicencia y también las críticas escaldadas cuando los dos cortejos, el que acompañaba a don Gervasio y el que marchaba detrás de Juan Ciriaco Fuentes, se cruzaron en la plaza, en la esquina de la Intendencia, cediéndose mutuamente el paso en una postrer cortesía que se extendió como un agua vertida para lavar la malandanza. Los integrantes de los dos cortejos se saludaron —tal vez los muertos se pidieron disculpas compadecidos el uno del otro, compartiendo la sustancia de pequeña santidad que hay en toda compasión— y hasta los caballos se agitaron levemente en un cabeceo que podía interpretarse como una salutación respetuosa. Las bestias se sumaron a la generosa actitud surgida en unos y otros y pese a que no eran mulas permanecieron empacadas hasta que la cortesía terminó con el estampido de un latigazo. Don Gervasio Urquiaga tenía títulos, hacienda y merecimientos políticos y personales suficientes para pasar en primer término y entrar en el camposanto escoltado por el otro. Y así fue, pero aún faltaba una coincidencia que hizo sonreír maliciosamente a algunos: la contigüidad de las dos sepulturas.

Después de todo habían tenido algo en común, una suerte de erótico parentesco. La ceremonia, contrariando la costumbre, había soltado jugos picantes, especialmente desde el sector de adversarios políticos de don Gervasio, y todo llegó a oídos de Paula, lo que se dijo después en las casas, en las caldeadas cocinas y en los boliches, como si el entrevero funesto hubiese desprendido un halo de diversión. Y a la noche los gritos de Delfina clamando por su verdadero amante y mandándolo a don Gervasio a cocinarse en los infiernos.

En todo esto pensaba Paula la tarde del viernes en que se le apareció el ánima de su marido. Y después de todo aquello la conversación con los hijos y sus adyacencias familiares de yernos y nueras, y la desesperación de ella por encontrar las palabras con que explicarles lo sucedido sin que la imagen paterna se deteriorara; mezcló vocablos valederos con otros carentes de significación y se amparó en la incoherencia. Y después tomó la decisión de esa clausura necesaria para no oír, para no saber nada de la otra, que a ella sólo le importaba restablecer su dignidad. Y así se estuvo tres meses para que no la viera nadie, sólo las criadas, que tenían orden de no traerle ninguna noticia del pueblo, así se estuviese incendiando. (Y eso fue premonitorio ya que el pueblo se incendió aunque de otra manera, no como ella pudo imaginarlo.) Y cuando dio por terminado el retiro —un viernes marcado en el almanaque con una cruz insegura— y salió al jardín para ver el estado de las plantas, lo encontró a él, casi translúcido, socavado hasta una médula vagamente luminosa y tan esparcido que su sustancia —si es que podía llamarse así— hubiera podido concentrarse en un puñado, un puñado de algo, vaya a saber de qué.

Y ahora se le removía todo aquello que de alguna manera había conseguido aquietar. Pero esta vez se propuso sólo un mes de encierro.

Pasó días que eran más un armazón de tiempo que transcurso de vida, días por los que ella erraba amilanada y en que el desencanto no era una atmósfera sino una exasperación; días en los que la veía a la otra en la sugerencia de tantas imágenes, pero más que las figuraciones en sí la atormentaba la duración de esa ligadura, porque era seguro que en esos tres años la pasión de su marido por Delfina Salvador debió haber echado raíces. "No se desemboca así nomás en la muerte" —reflexionaba Paula—. Intuía que a la muerte se llega a través de filtros, que sólo la pasión abre una desembocadura violenta —el suicida ha llegado al extremo de la pasión, a su carbonización—. Y después se preguntaba: "¿Lo hubiera hecho por mí?" Ella no había sido el objeto ni siquiera la resistencia que pudo encontrar él. Había permanecido fuera de él y de su tumulto, de la electrizada lucidez de su tumulto.

Y después con lenta heroicidad salió de ese estado de ánimo en que se le había puesto cara de hurón y se quitó la obsesión vergonzante como quien se arranca una espina mortífera y la guarda para volver a hincársela poco después; y se puso a pensar que cada familia tiene su propia atmósfera, su geología, y que ella ahora era un tramo erosionado, que había cobrado esa forma en el suelo familiar. Y se puso a pensar en la vejez que había deseado al lado de su marido, aspirando el olor a tronco, el olor a resina y tormenta sosegada que se desprende de la hombría, resucitando maneras de ser que le habían correspondido, ya que una vejez apacible permite que los trozos de uno se vayan juntando. ¿Y con quién sino con él recoger los días concluidos para llegar al final de la vida con la propia unidad, sólida y desbordada de uno mismo porque se ha recogido todo como en un costal? Esa tarea, que implica un rescate y un orden, una especie de vivificación, no la podía realizar con los hijos, alejados, crecidos merced a impulsos propios y que no la necesitaban sino para ofrecer a sus críos la efigie de una abuela viva. No la podía llevar a cabo, ni siquiera comenzar, con los hijos, separados de su tutela tan jóvenes porque sus casamientos habían sido una suerte de escarlatina jubilosa: enrojecieron todos y en menos de dos años se habían casado los cinco.

Ella había soñado un tierno irse del mundo de a poco y con frecuencia se había dicho: "Lo mejor sería morir el mismo día los dos, que ninguno quedara con el despojo de la viudez". Pero las cosas habían sucedido diversamente. Había esperado casi con candor vivir junto a su marido diez o quince años más, y ahora tendía sobre la memoria de él, cada mañana, un cobertor de culpa. Y como una carga que ella no tenía por qué asumir y que, sin embargo, asumía, estaba la imagen de aquel hombre joven, andariego, narrador de historias, y tan apegado a su guitarra que debieron haberlo sepultado con ella; el rostro ardiente y melancólico de Juan Ciriaco Fuentes a quien había visto una sola vez en la vida sin sospechar que continuaría viéndolo de otra manera. Paula lo asumía todo, el agravio a su condición de mujer y la mancha cargada, culposa, de esa otra muerte que se había enredado a la de su marido.

Dos días antes de que diera por terminada su segunda reclusión recibió de sus diseminados hijos la noticia de que irían a visitarla. Pensó: "Vienen a que yo elija con quién de ellos he de vivir lo que me queda, que nunca se sabe cuánto puede ser". Tenía cinco hijos y cinco provincias para elegir. Quizá lo mejor sería tomar una decisión, despedirse del ámbito con viento de cedrones donde había vivido y casi muerto, e irse a otra casa a ocupar su sitial de abuela como una reina rugosa de cartón engrudado. Lo difícil sería elegir a uno sin lastimar a los demás. Tenía conciencia de que toda elección implica un arrasamiento en algún sentido. Pero en realidad ella se dejaría elegir.

La víspera de la llegada de los hijos trajinó por toda la casa en una actividad urgida de preparativos. Determinó qué objetos, qué ropas se llevaría. Y en cuanto a los muebles lo mejor sería repartirlos entre todos —a ella le bastaría una astilla y los rumores nocturnos de la madera—. Dispuso manteles blancos crujientes de almidones y cubiertos bruñidos, y jazmines del cabo en el centro de mesa para que el almuerzo familiar tuviese una vertiente de alegría. Ordenó la absoluta transparencia de los vidrios de modo que los ventanales semejaran la negación de su encierro y además para que la luz hiciera más fácil el diálogo, para que ardiera en el rostro que debía elegir. Y cuando amaneció se propuso no pensar más en el final trágico y vergonzante de don Gervasio Urquiaga, de quien en adelante sería su viuda tácita, emigrada de él y de su provincia. Y cuando promedió la mañana, en dos automóviles llegaron los hijos, nueras y yernos. Y ella estaba erguida en el soportal de la casa mucho más vieja que el día anterior.

Sintió los abrazos, respondió a las preguntas habituales, las imprescindibles para restablecer la familiaridad menguada por la falta de convivencia, miró las diez caras en busca de señales, sonrió para no parecer un madero quemado que nadie quisiera llevar consigo, y recibió los regalos que le traían, cajas grandes que no sabía dónde poner, y en seguida hubo un lento paseo por el jardín, una visita a la vegetación librada a sus propias fuerzas —ella trataba de disculparse: "¿Cómo cuidar esto? Todo crece tanto... Es como si cada día aparecieran plantas nuevas. Sí. Esto se está convirtiendo en una selva". Regresaron al pórtico con la expresión silvestre que otorgan los bosques cuando se los visita, y después ardió la blancura del inmenso mantel y hubo un farfullar de platos en un almuerzo callado y solemne como si se estuviera festejando una desgracia.

Ella presidía la mesa y daba la impresión de no levantar la vista del plato pero le bastaba una partícula de ojo para observarlos a todos mientras se decía: "¿Con quién habré de irme? Gustavo está pensativo, como buscando palabras importantes. Leandro me mira con fijeza. Todos parecen esperar el momento de pedirme que deje esta soledad. Juan José mira a sus hermanos como queriendo significarles algo. También las muchachas". Con la hija menor podía terminar sus días sobre el lomo de una sierra dedicada a pasar un lienzo húmedo sobre el paisaje para mantenerlo limpio. También le hubiera gustado vivir con Leandro. O con Juan José en su ciudad junto al río. En fin, no tenía preferencias.

Y más tarde empezaron las palabras, que ella no entendía, al principio medrosas, un hilo de algo que quiere abrirse paso y no puede, y en seguida los rodeos, la manera de no decir claramente las cosas quizá para que se percibieran mejor ya que la intención flotaba en el arrevesado balbuceo que inició el hijo mayor y que fue coreado por todos. Paula no comprendía. Miraba el bordado del mantel. "Qué paciencia —pensaba—. Tantas puntadas iguales y esa prolijidad que parece de otro mundo. ¡Y qué maravilla las frutas en relieve sobre los calados!" Ellos seguían hablando, poniendo sobre las palabras una gama de incomprensión. Paula pensaba: "No entiendo. Es como si me hablaran de lejos. Tal vez se necesiten estas frases incomprensibles para que cada uno pueda hacerme la misma pregunta, esta incoherencia que es el miedo a mi rechazo, el miedo de no ser elegido". Y de pronto oyó:

—Queremos dejar arregladas las cosas antes de irnos.

—No entiendo bien —atinó a decir.

—Te proponemos la partición de los bienes.

—Ah, es claro.

Paula intentó disculparse:

—No había pensado todavía en eso. ¡Qué descuido! ¡Es que mi cabeza da vueltas pensando en otras cosas!

Lo habían meditado bien y de común acuerdo. Sólo esperaban su consentimiento. Que ella se quedara con la casa y la media hectárea de jardín, que en realidad era lo más hermoso, con su monte de eucaliptus cinérea, tan azules, y sus jacarandaes, y tantos arbustos de flor, y el aroma endulzado del jazmín del Paraguay, y tantos canteros y borduras como en pocas partes se veía. Un jardín así es obra de años, de consagraciones y encantamientos; sí, de labores misteriosas, ya que cada planta tiene su manera de ser, sus obstinaciones, y hay que conocerlas. Ellos se quedarían con los campos de pastoreo.

—¿Para qué quieres esas hectáreas?

—Cierto. ¿Para qué? —concedió ella, y añadió con aire descolorido—. Esas hectáreas que sólo producen soledad.

Traían papeles redactados en el lenguaje con que se tratan esas cosas y que por momentos parece un idioma pedregoso y oscuro, con esa oscuridad que resulta de tanto querer recalcar la claridad. Sólo era preciso que ella firmara. El mayor de los hijos le leyó dos fojas y Paula comprendía que ésa no era la voz de Leandro, y sólo esperaba que todo eso terminara pronto para oírles decir, no con esa voz uniforme sino con ansiedad: "Bueno, ¿con quién de nosotros quieres venir a vivir? No te vas a quedar aquí, sola...".

Pensaba que el asunto de la partición de los bienes debió haberse tratado después. Ella estaba dispuesta a darles todo. ¿Para qué quería la casa si se tendría que ir con uno de ellos? En cuanto al jardín, ya había entrado en una especie de irrealidad.

No hizo una sola objeción ni una pregunta. Firmó junto a una crucecita y esperó en una viva impaciencia la disputa por llevársela cada uno a su casa. Vio cómo los papeles eran guardados en un portafolio y cómo todos —diez en total— sorbían acompasadamente sus tazas de café. Sentía algo así como una vela encendida en la garganta, una bella quemadura en la voz a punto de formarse. "Cuando terminen con el café saltarán todos con la misma petición" —se dijo—. Se sentía temblar y estaba mansamente dichosa.

—Y ahora... —esbozó Juan José, el menor.

—Sí —asintió ella como si toda la conversación acerca de quién se la llevaría se hubiese agotado y ese "Sí" que sólo respondía a su pensamiento contuviese la elección.

Juan José puso la mirada en cualquier parte.

Ninguno de los cinco hijos, ni las muchachas de ojos garzos, le hicieron el ofrecimiento. Y ella aguardaba aún, la mirada ardorosa, segura de que se entablaría la discusión. Se sentía temblar con mayor fuerza a cada instante y sonreía con timidez. Ardía en el aire un pequeño gajo de paz, una gota de alegría como si alguien acabara de cortar una hojita verde. Pero ellos hablaban de otras cosas. Y Paula no quería creerlo. ¿Es posible que existan tantos temas en el mundo cuando es uno solo el que concita todas las palabras que se forman en uno mismo, dentro de uno y de la única expectación todavía posible?

Le prometieron visitarla con frecuencia, lamentándose todos de residir tan lejos, separados por distancias que parecían corresponder más a países que a provincias.

Paula escuchó la retahíla, se bebió en silencio el jugo que vertía su desencanto que era más bien una masa compacta de desesperación, y al anochecer los vio partir.

Estuvo a punto de envejecer indeciblemente, de volverse de pronto centenaria. Y no cayó porque se le volvió hirsuta su sangre de víctima, todavía no derramada pero, lo que es peor, vertida hacia adentro. Respiró un aire injusto y esa noche estuvo en vela, resuelta a bastarse a sí misma el tiempo que aún tuviese que trajinar en el mundo, sin necesitar de nadie.

Hay atardeceres bajos, dorados a ras de tierra, en que el tiempo parece un fluir de esencias más que de horas, y cuando ello ocurre, en los jardines los jugos se tornan visibles, y se ven carnosos arco iris en las hojas y palomas derretidas en las camelias blancas, y todo lo que puede mostrar un jardín cuando sus plantas de pronto cambian de nombre y las matas espinosas frotan sus tallos hasta provocar fantásticos fuegos. Era un atardecer de ésos y las hojas del jardín de Paula se movían sin que soplase siquiera una brisa. Es que un aparecido siempre trae mínimos vendavales. El ánima de don Gervasio desde lo alto de un jacarandá observaba esa suerte de burla a las leyes naturales y un resto de luz que se debatía con los impulsos genéticos de una especie invasora. Hacía calor. Se quedó allí entretenido y quizás hubiera permanecido toda la noche en ese lecho de flores azules si no la hubiera visto a Paula salir de la casa, seguramente a tomar un poco de fresco ya que la casa había sido siempre calurosa en esa época, y él se había pasado la vida diciendo: "Hay que levantar los techos y cambiarlos". Aspiró el recuerdo de la fragancia que lo envolvía, interceptada por soplos metafísicos, feliz de hallarse una vez más en su provincia, donde había vivido con un río a la derecha y otro a la izquierda. Y después descendió lentamente y empezó a andar sobre la solemnidad de la grava que a esa hora parecía molienda de estatuas antiguas.

Ella estaba quebrando unos tallos secos, que en todo jardín los hay, cuando él se le aproximó. A Paula le pareció ver a la altura de sus rodillas una especie de telarañas azules. Pero no; era sólo una impresión. Los aparecidos suelen causar la sensación de fuegos inexistentes junto a uno pero encendidos en otra parte, o bien ponen en movimiento un conjunto de formas inextricables que, bien mirado, es sólo la niebla de fósforo que emiten los pseudopodios de la sobrenaturalidad. Pero Paula vio telarañas.

Él se le había acercado más que la otra vez.

—Paula.

Ella se anonadó. Pensó que no lo volvería a ver, que los espíritus aparecen por una única vez en el mundo.

Consumió su incipiente compasión en el acto y se puso adusta, más de lo que estaba.

—No te acerques —dijo, sin poder apartar la vista, sintiendo que se le llagaban los ojos.

—No me temas, Paula. Déjame estar cerca de ti. Nos acompañamos en vida, nos acompañaremos en la muerte.

—Mi muerte la sufriré y la pasaré sola.

Él comprendió que debía distraerla de su dolor, y dijo con una voz que trataba de ganar toda la naturalidad humana.

—Cambiaría lo que soy ahora, esta ánima ambulante, por estar enraizado como uno de esos eucaliptus que plantamos a poco de casarnos.

—Sí, para que te talen.

—Vamos, Paula. No te muestres tan sombría que vengo embebido de tinieblas.

—¿Tinieblas? Entonces estás en el infierno.

Se sintió traslúcida de terror mientras se santiguaba.

—Me refiero a las tinieblas movedizas del espacio —explicó él—. Esos aludes que avanzan en la penumbra. Además, si estuviera en el infierno, como supones, no habría venido todas las semanas esperando verte.

Paula tembló.

—¿Cómo todas las semanas?

—Sí; desde el viernes en que te vi la primera vez he vuelto todos los viernes del mes y medio que ha pasado. Las ánimas sensatas venimos únicamente ese día.

—¿Y por qué los viernes?

—Bueno, porque ese día aquello se pone insufrible. Se condensan todos los simbolismos del viernes en un relámpago de crucifixiones, agorerías, vísperas, amores. Se realiza una especie de concentración espontánea. Lamentos, letanías, multitudes trasparentes en procesión sobre una franja de miedo. Es ya una costumbre, que de la costumbre no se libra siquiera la eternidad. Bueno, pensándolo bien, la eternidad acaso es una costumbre inmensa.

Paula se estremeció.

—No me enteré de que habías vuelto.

—Ni presentiste mi proximidad...

—¿Presentirte? No quiero ver a nadie —dijo ella, y la voz se le puso agria y rabiosa.

El espíritu de don Gervasio se obstinaba en no dejarse atrapar por el altercado. Dejó que las voces de su mujer se disiparan y exclamó con admiración:

—¡Qué bien huele este jardín! Imperan los azahares.

—¿Y qué olor sientes allá?

—Allá hay un olor a óxido que no se sabe de dónde viene, porque fierros no hay...

Ella puso los ojos en un fragmento desordenado de sus vapores.

—Te veo como revuelto —le dijo.

—Sí. Es que vengo sacudido por un viento solar que sopla con una libertad endemoniada, y hasta tuve necesidad de un poco de reposo.

Daba la impresión de que los dos tenían cosas importantes que decirse aún y que, sin embargo, no sabían de qué hablar.

—¿Qué sentiste al dejar la tierra? —preguntó ella.

—Que me expandía, aunque no, porque veo que estoy en mi tamaño. Una ilusión que seguramente provoca el espacio.

—Y cuando volviste, ¿qué te pareció el mundo?

Él vaciló. ¿Cómo transmitir una revelación en su totalidad?

—Después de haber contemplado tantos mundos muertos el ser más insignificante es gigantesco, te deslumbra. Es que las dimensiones de lo que está vivo son infinitamente mayores vistas de afuera de la vida. La vida es gigantesca. Es eso.

—¿Y fue miedo lo que sentiste al dejar la tierra?

—No. Ninguno. Y fue la falta de miedo lo que inspiró mi primera lástima por mí mismo. El miedo es lo que más prueba que uno está vivo todavía.

—Sí —admitió ella—. Como el desencanto es la prueba de que la propia agonía ha empezado de alguna manera.

—¿Quieres decir que has empezado a morir?

—Sí. Pero no para seguirte. A morir para mí misma.

—Yo estaré esperando tu muerte. Te quiero, Paula. Así estragado como me ves soy una niebla irrigada de amor.

—¿De amor? ¿Y de qué te vale ahora?

—No lo sé todavía, aunque siento que me vale de mucho. Amor por ti, ¿comprendes?

Paula lo miró como si él se hubiese convertido en un hueco, en una nada con contorno humano.

—Es mejor que te vayas —le dijo.

El ánima se nubló.

—No creas —dijo— que por aquella relación el amor que te tuve se vio disminuido. El hecho de que venga a buscarte para que me acompañes toda la eternidad te lo prueba.

La referencia de don Gervasio, que impensadamente hizo surgir la imagen de Delfina Salvador, le sacudió a Paula envolturas apaciguadoras y le dejó al descubierto la terquedad en no perdonar porque la acababa de ver a la otra en el impudor de sus pechos desnudos que cómo no iban a atraer la fatalidad si habían crecido para eso, para oscurecerle la sangre a los hombres y alucinarles las manos, porque ¿de qué otra manera se explicaba el repentino ataque y la muerte nublada de los dos?

Paula sintió que la imagen de Delfina se dilataba y cubría el tiempo que había necesitado su vida para llegar hasta ese día.

—Déjame —dijo, sin poder soportar ya ese trozo de eternidad empeñado en llevársela consigo.

El ánima se sintió caer en un más allá de desintegración.

—Estás fortificando tu soledad, Paula. Y la soledad es siempre castigada.

—Lo dices con aire de mala agorería...

—Agorería ninguna —se defendió él—. Sólo que me he vuelto algo así como una humedad de ojo ardiente a causa de ti; no te digo lloroso; como cuando al ojo lo cubre una lámina húmeda y brillante que no llega a ser llanto aunque parezca su anuncio. Bueno, en eso me he convertido y veo más que tú. Veo la soledad tremenda que te traerá este no querer perdonarme que te has impuesto como un deber.

—Sí. Un deber. Lo has dicho con justeza. Mi deber —contestó ella cayendo en seguida en ese sótano de silencio que siempre sucede a las palabras "Es mi deber". Y salió después por sus propios medios para decir: —Te extraño la manera de hablar. Antes no te expresabas así.

—Sí —admitió don Gervasio—. Yo también lo he advertido. Hablo mejor de lo que lo he hecho durante toda mi vida. Es que el roce con la inmensidad debe producir esa fricción que es la poesía. Vaya a saber.

—Es mejor que te vayas —dijo ella de pronto, la mirada vuelta una herrumbre.

El ánima se estremeció desapaciblemente.

—¿Entonces todo el amor que nos tuvimos ha dejado de valer?

—Está en su tiempo, que es otro y no éste.

Hubo una pausa. Después él preguntó:

—¿Y los hijos?

—Vinieron y se fueron. Como las visitas.

—Ya ves, Paula, cuánto nos necesitamos.

Ella hizo un gesto vago, la forma de una intemporal negación.

—Acompáñame. No necesitas más que tenderte en el suelo y contener la respiración, allí sobre los pastos. Si lo prefieres, cierra los ojos. Yo te ayudaré a exhalarte.

Pero Paula se quedó de pie en un enfrentamiento lleno de un valor oscuro, de la pavorosa humareda que suelta la decisión de no perdonar.

El espíritu de don Gervasio consideró que no le sería fácil hacerle cambiar de idea y que necesitaba, para ello, algunos viernes más.

—Es mejor que te vayas —dijo ella—. A esta hora se hace noche de golpe y puedes lastimarte con las espinas.

—Sí; una espina puede rasgarme. Todavía no he alcanzado el estado de total inmaterialidad. Siento ciertos espesores, ciertos grumos. Soy una gelatina, un engrudo, una efervescencia, una sustancia gomosa, no sé cómo definirme. Y hasta tengo la sensación de que se me podría agarrar.

—Eso no sucede con los espíritus.

—Es que yo debo ser un estado intermedio. Por momentos tengo la impresión de que me va a despuntar un brote de carne, pero no, es sólo el deseo mío de rescatar algo que, al fin de cuentas, me pertenecía —hizo una pausa honda y añadió—: Sí; es mejor que me vaya. Hace frío.

—Sí —asintió ella—. Estás temblando.

—Estoy temblando —dijo él con una voz apenas audible, y cuando llegó a tres metros del suelo exclamó ya sin fuerzas, sin ánimo de hablar—: Hasta el viernes, Paula.

Paula no contestó. Lo vio desaparecer con la naturalidad con que se pierde de vista una nube. Y se volvió a la casa.

El ánima se instaló en lo alto de un ciprés, demasiado puntiagudo para arrellanarse y reposar un poco, y en seguida tuvo que buscar un árbol de copa.

"La ofuscación de Paula no puede durar mucho —se dijo consoladamente—. En el dolor ya está el perdón formándose".

La vio entrar en la casa.

Después de esta segunda derrota don Gervasio Urquiaga se sentía muy deprimido, una especie de estirado y enorme bicho de luz o más bien un gajo de aire blancuzco en una rama alta. Remontó un vuelo forzado sintiendo la torpeza de un imprevisto peso, y tan entristecido que tuvo la sensación de haberse reducido a la mitad, a un andrajo de fantasma, aunque no, estaba tan entero como cuando abandonó su carnadura, mejor dicho, cuando se vio obligado a abandonarla.

dos

Después de sus últimos gritos de aquella noche de luces malas y sombras a medio incinerar, de aquella noche de búhos y devastamientos secretos, Delfina Salvador mantuvo la misma actitud en que había quedado en un rincón de su dormitorio cubierta por una chaqueta áspera y embebida en sudores, condecorada su desesperación por el oro desapacible de los galones de la autoridad. No hablaba, no fijaba la vista en nada que no fuera la aglomeración de escamas de sangre que habían quedado en el piso de su dormitorio. Los primeros días después del hecho que sacudió contradictoriamente a todos, permaneció en una especie de estado cataléptico, aunque tenía conciencia de que estaba viva de alguna manera. Durante ese tiempo, que abarcó diez o doce días, tenía sueños proféticos de los que le quedaba una copia borrosa, y la certidumbre de que nunca poseería el poder de comunicarse con Juan Ciriaco Fuentes, su verdadero amante, huido al otro mundo desde el mismo charco de sangre de donde se había destilado don Gervasio Urquiaga.

Después, casi brutalmente empezó su retinta actividad de los lutos. Había en la casa un tacho grande de hierro estañado y allí dentro fueron a parar sus ropas para hervir días y días en un agua encrespada de anilinas negras. Cuanta tela halló a mano fue sumergida ritualmente allí, en ese hervidero sombrío que se engullía los colores y las blancuras, y mientras se tornaban tenebrosas, Delfina Salvador hacía toda clase de conjuros para que el alma de don Gervasio errara sin destino, ya que él había sido el causante de su desgracia. Eso creía ella porque en ningún momento se consideró culpable aun cuando examinara la malaventura en todos sus pormenores. Sin conciencia de que su conducta había sepultado a dos hombres, tomó la masa fermentada de la culpa y se la arrojó toda a don Gervasio, sin reservar para sí ese poco que se necesita para alcanzar el éxtasis del arrepentimiento.

Mientras teñía le lanzaba maldiciones. "Que se lo traguen los infiernos", repetía. Por causa de él había perdido al que quería, el que se había amoldado a su carne como una piel perfecta. En su casa revestida de paños negros se sucedieron las imprecaciones hasta que un día sintió que sólo viviría impulsada por dos objetivos: desearle la eterna crepitación a don Gervasio y crear las condiciones para que Juan Ciriaco Fuentes se le apareciera.

El rencor de Paula era otra cosa, la herida espumosa y mórbida del que ama. Delfina, en vez de aferrarse a lo que quedaba de sí misma, a sus colgajos, a sus muñones, como hizo Paula, emprendió el extravío a saltos audaces. Y pese a que desde los quince años no había podido vivir sin hombre, juró no pertenecer a ninguno más.

Había sido una suculenta bestezuela en celo deseada por los jóvenes y los viejos, con una temprana historia de violaciones y entreveros de varones escaldados por ella, y cuando presenció el último pensó que sería como los demás, sólo un par de cuchillos bailando por el aire, pero se equivocó y lo perdió a Juan Ciriaco Fuentes, el único que había querido. Había tenido con todos una callada violencia erótica pero sólo con él había sentido un encantamiento, como si sus manos le hubieran creado una carne nueva, no tocada por nadie y, sin embargo, llena de historias, de historias ancestrales, heredadas a través de las correntadas de sangre selvática que de pronto aparecen en la especie. Y pese a ese encantamiento siguió dándose a don Gervasio, porque las cosas se le habían presentado así, y Juan Ciriaco había advenido después, cuando entre ellos dos ya se había entretejido una costumbre con sus días fijados y sus beneficios emanados del paternalismo de él, con quien ella había contado en toda ocasión, aunque ahora abominase de su memoria y lo mandase a pasear por los más chamuscantes tugurios infernales.

Y no es que para Juan Ciriaco desease el paraíso; sólo que él se le apareciera, no le importaba desde qué zona de recompensa o castigo. Y con una inconsciente, irracional esperanza, preparaba la casa para la aparición. Y se preparaba ella.

El juramento hecho sobre sus manchas de sangre —que las atribuidas por ella a don Gervasio las había lavado bien— fue cumplido. Sobre el residuo apagado de sus últimos gritos de desollada viva, selló el juramento antes de que la noche aquélla derivase en amanecer, cuando se quedó completamente sola, cuando se fueron los que necesitaban respirar el aire cargado que había allí y pegar los ojos a los coágulos, y sobrecogerse ante la humareda de esas dos muertes porque era como si allí se hubiese quemado algo; los hombres y mujeres congregados en la casa miraban una inexistente hoguera y se sentían abrasar compartiendo lo que allí había sucedido, como si fueran parte de los dos cuerpos que los hombres de la policía habían levantado después de hacerlos retirar a todos a la galería.

Y una vez afuera no era cosa de volverse cada uno a su casa; entraron otra vez a aspirar lo que había ahí que era bastante. A husmear, a hurtar los infinitesimales corpúsculos electrizados que tenía el aire en esas dos habitaciones que parecían enormes, con capacidad para dar cabida a todo el género humano, una capacidad medida de otra manera. Es cierto que se habían llevado los dos cadáveres, pero quedaba el espacio que ellos habían ocupado, el trazo fidedigno de la imponencia de cada uno, porque la muerte bruñe el despojo, le crea envolturas de solemnidad. Los primeros en abandonar la galería y meterse dentro la vieron a Delfina lavar con un trapo gris empapado en agua parte de la sangre —ella sabía bien cuál era a juzgar por su decisión.

—La sangre se limpia recién cuando el finado ya está en su nueva casa —dijo una mujer.

—Sí, cuando ya se ha vuelto del entierro —afirmó otra.

Delfina metió el trapo en un balde con agua; lo retorció y siguió en su tarea.

Pero las advertencias continuaron.

—Es de mal agüero para el pobrecito, y si la sangre es de los dos tendrán desasosiego los dos en el otro mundo.

—A uno que le pasó lo mismo y que le lavaron el rastro antes de que estuviese sepultado, los biznietos, que no lo conocieron, le están oyendo las quejumbres cada aniversario.

Delfina se alzó de hombros; lo que le importaba era precisamente contrariar todo lo concerniente al eterno reposo de don Gervasio. Que se quemara vivo en el más allá, aunque eso de vivo ya no podía ser. O mejor, que se extraviara de su eternidad, que tomara la dirección contraria.

La gente no se iba. Había una mescolanza de exhalaciones, un olor a pólvora, aunque allí no se había hecho un solo disparo, unido a un vaho erótico que ya debía de estar en los cimientos de la casa; y todo ello soltando salpicaduras como al cabo de un nervioso estrujamiento, mantenía la expectativa de algo, nadie sabía qué. Delfina no se había cubierto del todo; se había echado una bata encima cuando le tuvo que devolver al hombre de la policía su chaqueta sudada. Pero la bata no la cubría totalmente, y de pronto un muslo le quedaba al descubierto en una actitud de profanación suntuosa. Uno de los jóvenes pensó: "Que me perdonen los finados pero esta noche yo me quedaría solo con ella". Y no fue el único en formularse el deseo de acompañarla de espaldas a lo sucedido. Ella seguía fregando, ajena a la codicia. Y proseguían mezclándose las esencias trágicas, los vapores del celo y todo el ajetreo de la imaginación.

Las mujeres viejas fueron las que ordenaron el término de la compañía.

A los hombres hubo que despegarlos de una sustancia oscura, la miel venenosa a la que se habían encolado, fijos los sentidos, seguramente hipnotizados por el erotismo letal que había enturbiado el aire.

Por fin se fueron todos.

Ella se quedó sola y cerró la puerta como si nunca tuviese que abrirla. De la sangre de don Gervasio no dejó un grumo. Había realizado la tarea con tajante discriminación, y ahora diferenciaba sin error la espesa vertiente de uno y otro, quizás auxiliada por una línea divisoria que sólo ella podía percibir. Y después salió a su patio de ladrillos, descalza, desorientada por la oscuridad, y se puso a buscar un arbusto espinoso. Dio algunos pasos como si caminara sobre un lodo caliente y por fin vio la planta a través de unas pinchaduras que no le hicieron temer el erizamiento vegetal, ya que metió los brazos en el follaje hasta tocar el tronco y poder arrancar algunas ramas, las más híspidas, que puso a modo de protección de lo que había quedado allí de Juan Ciriaco Fuentes que para ella era mucho. Le bastó cercar la sangre para crearse un recinto religioso.

Se puso sobre los pechos dos gasas negras segura de que era allí donde debía empezar su luto. Y el resto de la noche lo pasó tendida en el piso junto a esa especie de escarcha roja sintiendo la agonía de sus pechos vedados.

—Juan Ciriaco, no voy a ser de ningún hombre.

Con el pulgar de su mano derecha trazó siete rápidas cruces sobre sus labios para sellar el juramento, y con la última señal, que apenas le rozó la boca, tuvo la sensación de que las pupilas se le dilataban hasta ahuecar totalmente los globos de sus ojos, y a través de esos dos fosos abiertos intentó ver algo, la nueva imagen y el nuevo paisaje de él, pero no percibió siquiera un fragmento lechoso que le permitiera decir: "Es su espíritu, una parte, vaya a saber cuál".

—Te juro que no voy a ser de nadie.

Y la mirada se le seguía ahuecando.

—Juan Ciriaco. Te voy a llamar hasta que te me aparezcas.

Y lo empezó a invocar mientras afuera, en dos lugares señalados, ardían los cirios y las cruces y el nombre de ella volaba de casa en casa pronunciado con el oscuro respeto que imponen los que desatan el nudo de las tragedias. Aunque la gente no le inculpó a ella lo sucedido sino a don Gervasio, que quién le mandó ir un día que Delfina no lo esperaba.

La víctima fue Juan Ciriaco Fuentes.

Hubo una lágrima que ambuló de ojo en ojo para él, una pena tendida sobre el pueblo como un paño negro, por el andariego narrador de historias, el que contaba los sucedidos mucho mejor si lo acompañaba su guitarra. Además era muy joven para que la muerte le sentase bien. Y tenía amigos por todas partes y hasta su manera de saludar era distinta: sus "buenos días" guardaban un canto interior; sus "buenos días" habían rescatado la belleza de su significado y quizá por eso parecían un canto. Ser saludado por él alegraba.

Lo lloraron pero no con los llantos que ablandan la pena a fuerza de remojarla. Puede decirse que la lágrima saltó de ojo en ojo y no llegó a derramarse. Un llanto seco y definitivo como una idea fija.

La noche de los dos velorios, que congregaron a tanta gente en una y otra casa, Delfina Salvador continuó no penitenciándose de nada sino anudando ligaduras secretas con la sangre de él que ya había formado una capa irregular, más abultada en unos sitios que en otros. Ni bien le puso los leños espinosos en torno, cayó de rodillas y se quedó en el estoicismo de esa posición hasta que el sol se hizo sentir, y cuando por fin se incorporó mostraba los signos de una mutación extraña, como si acabara de aprender a ver y oír de otra manera. Lo importante para ella ahora era hurgar, encontrar un boquete por donde meter la cabeza en el más allá. Se le ocurrió pensar aunque abstrusamente en que todo consistiría en el desgarramiento de sucesivas capas; sabía que ya había sido rasgada la primera al tiempo que el sacudimiento trágico le había mondado la lucidez.

Todavía hincada le dijo a él, que seguía estando allí aunque reducido a una mancha: "Sé que voy a verte".

Aquella mañana había empezado pero no separada de la noche que la antecediera y que resurgía en desorden con ecos de alaridos y precipitación de comentarios brotados aquí y allá, una arena movediza que entraba y salía de todas las casas soltando silbos agudos y voces reventadas en el estupor, y el agua y la sal de la lágrima compartida sobre la inmovilidad del hombre joven que se iba y volvía para verla a Delfina por la noche y correr a la mañana siguiente a refrescarse el corazón en la dulzura de su novia niña, una muchachita de rostro silvestre y azuloso, la imagen romántica que él necesitaba para ser como era. Ella tenía dieciséis años y era su novia desde los catorce. Se llamaba Zulema Balsa y había venido al mundo con unos hilos de pasto, una gramilla fina enredada a los dedos fuertemente apretados, cosa que nadie se explicó nunca. "Un anuncio —había dicho la comadrona—. Como si la tierra tuviese que ver con su nacimiento. Después de todo es mejor nacer trayéndose algo en las manos, aunque sea un manojo de gramillas". Y hasta los siete años no habló y cuando lo hizo parecía que sus palabras las había traído quién sabe de qué otras vidas. A los catorce años se enamoró de Juan Ciriaco y la felicidad le crecía por dentro con tal fuerza que era probable que en cierto momento ella no la pudiese contener y se le convirtiese en un daño.

Su madre y sus dos hermanas eran adustas: dentro de la casa parecían manchas de humedad con formas humanas sobre el adobe encalado, pero cuando llegaba Juan Ciriaco tomaban un aire más benevolente y ya no parecían manchas sino nieblas sentadas en la cocina.

La casa de Juan Ciriaco, a tres cuadras largas de la de ella, en las afueras del pueblo, era el ala derecha de un caserón enjalbegado, milagrosamente salvada de su demolición, ya que el huracán de cales comenzado un invierno había sido detenido nadie sabía por quién, puesto que en menos de tres años tuvo seis propietarios, y el último fue el andariego, que adquirió la posesión de lo que quedaba en pie, una sala espaciosa, un pórtico con cuatro columnas y tres puertas que daban a pastizales ahogados por la repentina lluvia de escombros, media cocina y algo más; y también dos paraísos y un montecillo de acacios, y las mariposas de la primavera, las chicharras del verano y las ágiles avispas, de las cuatro estaciones.

Él se había encantado ante el desamparo poético de una pared rosada manuscrita por la humedad; le gustaron las puertas que se abrían a dormitorios sin techos y con pisos de sapos y flores de manzanilla. Le tocó el alma esa estremecida mutilación consolada por las gramillas y absorta de quietud. Y desgajó telarañas, apuntaló una pared, encaló por dentro la sala enorme, dejó afuera el rosado impreciso que parecía un sollozo, y la cocina en su mitad, y la parte de galería que se había salvado y en una de cuyas columnas reposaba una Santa Rita invasora.

Aquello era el resto de un paraíso agobiado por el abandono, en el que habían quedado soterradas dulzuras y verdores vivos y el rumor de los pasos de las tres generaciones que habían habitado largamente la casa antes de que pasara con precipitación de mano en mano y se ordenara su demolición, antes de que alguien detuviera los picos en el aire y se salvara la cuarta parte de su superficie de ladrillos y techumbres arqueadas.

Dos años atrás, el día que Juan Ciriaco decidió habitar lo que quedaba en pie, pasó por la casa de Zulema Balsa que entonces tenía catorce años, montado en su alazán y llevando consigo su guitarra, y la vio mirar la soledad, y le vio ese algo azul que había en su cara. Y esa noche cantó para ella sin conocer su nombre, sin saber todavía si era un ser vivo o una de esas figuras de ceniza que deambulan por los lugares despoblados.

Su velorio se hizo en la sala, que parecía más vasta aún, un recinto imposible de recorrer de pared a pared, con un aire que atenazaba; y alguien cerró las tres puertas del pórtico para que no siguiera entrando en la casa más noche de la que se había juntado allí, y además para guarecerlo al muerto. Y los que estaban allí presentes, que eran muchos, oyeron que de su guitarra que pendía de la pared, salía un rasguido cuando entró ella, la novia de dieciséis años envuelta en un chal negro que le caía hasta los pies, acompañada por la madre y las dos hermanas, que no la dejaron acercarse al muerto, estar un instante con él siquiera en una última compañía.

—Quiero darle un beso.

(Ella todavía hablaba.)

—No te muevas —ordenó la madre.

—Déjeme darle un beso.

(Ella todavía tenía aspecto humano, movimientos como los demás, silencios y temblores también como los demás. Aún se podía pensar de ella: "pertenece a la especie humana".)

—Déjeme —insistió Zulema.

—No fuiste su mujer. Que nadie crea en cosas que no sucedieron.

La madre los miró a todos, uno por uno, con esforzados ojos de desafío. Y sintió deseos de informar: "Zulema es virgen como cuando la traje al mundo". Y que lo atestiguara él, aunque yacente y desentendido ya de todo porque siempre pasa lo mismo: el único que conoce la verdad y puede testimoniarla tiene los labios cosidos.

—Más te valdrá rezar que tocarlo.

La mujer los miraba a todos duramente. Que nadie se atreviera a imaginar nada. En la punta de la lengua se le escocían las palabras: "La chica es virgen. No vayan a creer que porque anduvo acollarada con el finadito...".

—Te quedás a mi lado.

La muchacha no se atrevió a acercarse aún más. Miró el rostro que amaba y no lo vio allí sino afuera, vacío, como arrojado por alguien a las raíces de un árbol. Le vio la muerte y se la quedó mirando en un silencio arenoso hasta aprendérsela de memoria, y más la miraba más agrandada le parecía. Juan Ciriaco era un paisaje de azules demacrados y ella no le quitaba la vista, sin llantos y sin una sola vacilación en su serenidad tremenda. "Está muerto" —pensaba, pero en realidad ése no era un pensamiento que se formaba en ella sino un desmoronamiento total que la aplastaba, una hecatombe absorbida minuciosamente por su sensibilidad. Y lo seguía mirando con una penetrante fijeza, y cuando consiguió comunicar a su cuerpo el estancamiento de él y el viento helado que lo recorría, cayó al suelo.

Nadie se atrevió a tocarla.

Cuando terminó de absorber la muerte de Juan Ciriaco, en adelante su único conocimiento, el hecho aislado y creciente que invadiría su memoria, se puso a sonreír como cuando se quedaba tendida en el pasto escuchando los zumbidos de la creación.

De los zócalos horadados y los nudos vacíos de las maderas del piso, entraron columnas de hormigas; se deslizaban en una prolija rigidez y convergían todas a un mismo punto. Nadie había reparado en ellas. Es que donde hay un muerto se mira solamente al muerto. Pero todos las vieron cuando las tres mujeres, la madre y las hermanas, la levantaron a Zulema envuelta en un pañolón de hormigas negras. No quedaba una sola en los tablones del piso, todas estaban ahí, cubriéndola a ella. Después las mujeres la cargaron sobre su circunspección y la sacaron a la galería, aunque al principio no podían, como si la muchacha se hubiese prendido con fuerza al lugar donde había caído, prendida a él cuyo cuerpo persistía, porque era verdad que él estaba allí mientras en su pecho empezaban a borrarse las historias que no había llegado a cantar. Se había desvanecido de una manera extraña, como si acabara de ingresar en otro reino de la naturaleza. Su cara de flores azulosas se había abierto a los pastos y a la noche, y veía los vuelos nupciales de las hormigas negras, y todas las soledades del mundo, y la muerte sentada en una silla.

La llevaron como a un tallo despojado de su peso y sus dimensiones, y las tres mujeres recorrieron rápidamente los cuatrocientos metros que separaban las dos casas, temerosas de llegar sin ella, evaporada o disuelta en la oscuridad, ya que esa noche todo podía ser. Mientras avanzaban tenían la sensación de que algo de Zulema se iba quedando por el camino, trozos de su cuerpo colgados de las ramas de esos árboles tan retorcidos, de las cinas-cinas que emergían aquí y allá y que interrumpían la rectitud de la calle de tierra.

Nadie se atrevió a acompañarlas ni a prestarles ayuda. La compañía del muerto los inquietaba menos que la muchacha con su pañolón hirviente y esa manera de sonreír como si acabara de recibir una gracia.

La madre y las hermanas sentían que cargaban un ser que ya no les pertenecía, que había empezado a ser absoluta posesión de él, de Juan Ciriaco, y a cada paso percibían que la diferencia entre ellas y Zulema se acrecentaba hasta volverse una diferencia misteriosa. Llegaron a la casa y antes de abrir la puerta le quitaron la envoltura viva sacudiéndosela con suavidad, y cuando la acostaron la madre le vio en la piel un tinte terroso de gredas removidas y recién amasadas, y sintió la mordedura del espanto, la primera, porque tuvo conciencia de que vendrían otras, pero no lo dijo. Solamente masculló:

—Mejor que tarde en recobrar el sentido.

Desde entonces, desde el día en que salió llevada en vilo de la casa de él, a la que había ido por vez primera, Zulema se puso a esperar el día de su casamiento con Juan Ciriaco. Sólo aguardó ese hecho con una sobrecogedora naturalidad.

Delfina Salvador, cuyos sentimientos y sensaciones eran arrasantes, no había conseguido formar nunca un asomo de celos por la muchachita. La había visto por primera vez dos meses antes de que sucediera lo que sucedió y le había tenido lástima.

—Nunca va a madurar como mujer. Va a seguir siendo una niña —le había vaticinado a su amante.

Y él había sonreído pensando que ésa era la virtud fascinante de Zulema.

—Se te va a quebrar en dos cuando la abraces fuerte.

Delfina lo desafiaba, pero por más que se lo propusiera no conseguía experimentar ni un ínfimo sentimiento de celos; se comparaba con la endeblez azorada de ella y pensaba que era lo mismo que tenerle celos a un tallo con una flor azul en la punta.

Aquel día se había quitado la bata para que él hiciera la comparación. Poseía una hermosura desordenada, formas dispares de agresión y mansedad, y era ligeramente estrábica, y esto sólo se advertía cuando estaba desnuda pero su cuerpo poseía no una sola desnudez sino varias.

A Juan Ciriaco se le había nublado la vista cuando dijo:

—Ni ella puede darme lo que me das vos ni vos lo que me da ella.

Delfina ya lo sabía. Y prefería no estar atada a él por los hilos del alma, luminosos, sí, pero volátiles, según pensaba ella, sino por los brazos. Y para que él hiciera la comparación se le dio como si le entregara sucesivas virginidades, en una revelación de posesión múltiple con el desafío que significaba una especie de resurrección de las historias de su carne.

Más de una vez había meditado: "Ella es como una aparición. Y él no se atreve a tocarla como los hombres tocan a las mujeres. Es como si se le hubiera aparecido la Virgen". Tenía conciencia de que no lo compartía, de que en realidad era suyo. "Lo otro es una ilusión, un encantamiento" —se repetía, y no porque la reiteración buscase el propósito de la convicción, ya que desde el principio estuvo convencida de la disparidad de esos dos amores que no se hurtaban nada el uno al otro debido a sus esenciales diferencias. Pero cuando lo vio muerto sintió que ella lo perdía en definitiva impiedad. Lo perdía del todo mientras que la novia niña seguía atada a él por los hilos luminosos y volátiles.

Pasados los primeros diez o doce días, después de la tarea frenética de las tinturas, Delfina Salvador se ocupó en absorber el luto de las telas negras echadas encima en mayor cantidad que la necesaria. Porque se había puesto lienzos retintos y sedas plegadas y velos que le daban un aire de murciélago enorme, unos sobre otros, y a pesar de que el calor sofocaba; y además se había metido crespones por todas partes, lutos que la absolvieran de la impudicia, escondidos, estrujados, y lazos sombríos atados aquí y allá.

Se arrodillaba ante la mancha, siempre a la misma hora, y repetía:

—Juan Ciriaco, no me va a tocar ningún hombre. Aunque me quieran forzar.

Su blancura, la poca que había quedado fuera de esa carga umbría, soltaba el resplandor triste de una sola vela encendida, casi sin pabilo.

Y mientras Delfina lavaba crespones, los alisaba cuidadosamente con una plancha de carbón, y husmeaba ráfagas del más allá y veía instalarse en las paredes la visión de hechos futuros, desplegarse como grandes láminas o taciturnos daguerrotipos el destino de cuantos conocía, Zulema miraba las hormigas.

Cuando salió de su desvanecimiento de tantos días —que

quién sabe si no fue otro estado, una manera de sumergirse en algo tremendo— Zulema corrió como obedeciendo a un llamado, y se acostó en la tierra junto a un pastizal, y no estaba tendida sino aferrada al polvo y a las matas de cebadilla y a los bichos. Se pasaba el día escuchando el rumor de los trabajos que se cumplen bajo tierra y sonreía sin conocer a nadie, ni a la madre ni a las hermanas, sin recuerdos que la ligaran a ellas, en una especie de ardorosa proscripción, atenta a los estrados de la luz, al sol cada día más bajo, por momentos caído en su cuerpo, a ese sol que empezaba a crearle áreas de desierto y zonas fértiles. Y cuando salía de esa inmovilidad erraba por las calles de tierra sin variar de dirección. Se aproximaba a la casa de Juan Ciriaco y veía las habitaciones demolidas y lo que había quedado en pie, las nubes de cal y el alazán entre los pastos cubiertos por el polvillo que sólo caía allí, desprendido de las nubes de tormenta blanca que se habían instalado en ese lugar y no cambiaban de sitio, resistentes al viento. Era un furioso desierto de yeso el que se había tendido sobre la casa, a pocos metros de sus techumbres, desde que el andariego se fue mucho más lejos de lo que solía irse.

Una tarde se acercó aún más a la casa y tocó la pared con su rosado que parecía el resplandor de algo que había quedado ardiendo allí, mejor dicho, la fusión de algo, y entró en la galería, y se pegó a las paredes de la sala, y se acostó en el piso, y su cuerpo de piel dulce, sus piernas azucaradas, atrajeron a las hormigas que venían de los pastizales, y cuando las sintió en los párpados, en el vientre, en los pies, jugó a estar muerta. Allí dentro no había quedado nada, ni la guitarra, ni las ropas y cosas de él, ni la sombra de un mueble.

—Juan Ciriaco —dijo—, estoy contenta porque te vas a casar conmigo.

Y miró el área ya nunca leve donde lo había visto por última vez mientras se convertía apresuradamente en un hormiguero a flor de tierra.

—Nos vamos a casar un domingo por la mañana —dijo, con hormigas coloradas en la lengua y el bullir de sus ínfimos cuerpos de un rojo rubio estrangulado en las axilas.

No dejó de sonreír. Lo poco que se veía de su cara soltaba una felicidad despavorida. Después se incorporó y salió al pórtico donde se habían escondido escarabajos bronceados. La casa estaba tan abandonada que la demolición parecía haber proseguido secretamente. Abrió las puertas que daban a sucumbidas habitaciones, a ráfagas de avispas brillantes, y volvió a acostarse en el suelo.

Era el día que Paula Luna se había encontrado por segunda vez con su marido en estado de lechosa trasparencia, y era la misma hora. Zulema se dejó invadir por las hormigas hasta ser una cruz colorada, y después se las sacudió como a un polvillo gredoso que cuesta desprender pero le quedaron algunas, en realidad muchas, en el cuello y en la boca entreabierta y cuando regresó a la casa la madre les dijo a las hermanas en presencia de ella que hacía tiempo había dejado de entender, con una voz brusca que semejaba una orden dada a sí misma y el urgido deseo de reparar los huecos que dejan las postergaciones, esas negligencias que son también la forma de ser de la esperanza, del confiar en que los males se curen por sí mismos:

—Hay que llevarla a que la vea doña Gaspara.

A la tarde siguiente, en plena siesta, salieron arrastrando una bolsa en la que habían puesto papas y un zapallo mediano; tiraban de las puntas entre dos turnándose a cada veinte pasos. Zulema iba atrás socavada por la luz excesiva.

Llegaron penosamente a un rancho aislado al que se había pegado un aire sórdido.

Arrastraron la bolsa entre los cardos sintiendo el arañazo de las espinas y llamaron a una puerta casi podrida como hecha con maderas desenterradas, mientras el sol les caía a plomo sobre la transpiración y el cansancio de esas doce o quince cuadras de desierto, un estero al que sólo animaban los chillidos de las aves.

La curandera era un espantajo añoso, el rostro lacerado, color de tierra quemada y párpados temibles que el tiempo había convertido en una legaña. Los ojos casi no se le veían —en realidad no los necesitaba—; sus manos, casi continuamente levantadas y abiertas, lo percibían todo. La vejez le sudaba un agua infernal y la soledad mísera en que vivía la había convertido en lo que era, una forma humana y vegetal a la vez, un leño cubierto por la arpillera de su carne pardusca. En su juventud —que la había tenido aunque parecía imposible— se había llamado Gaspara Verde, pero después el apelativo se le decoloró hasta desaparecer, y desde entonces fue solamente doña Gaspara, ignorando muchos ese Verde que le había alimentado los primeros años y ayudado a fortalecerle el nombre y llenado de lucecitas interiores, de esas que saltan cuando se frota la fantasía.

La vieja la hizo ponerse a Zulema en el centro de la habitación, es decir, de la cueva de adobe y paja con piso de tierra apisonado por la miseria.

La miró con desconfianza.

—¿Qué tiene? —preguntó.

—No conoce y la piel se le está poniendo como de tierra —respondió la madre mientras escudriñaba desde un rincón los movimientos de la vieja.

—Y ¿cuánto hace de esto?

—Bastante. Empezó a ponerse así el día que se murió su novio.

—Ajá.

Doña Gaspara dio tres vueltas con las manos en alto alrededor de la muchacha, los dedos tan separados que debían dolerle, y no sólo observándola sino respirando lo que emanaba de ella, un aliento de subsuelo y escama de árbol. De pronto frunció el ceño, agitó los brazos como espantando algo, y movió negativamente la cabeza.

Mala señal.

—¿Cuántos años tiene?

—Dieciséis.

—A esta edad el mal trabaja mejor. Ella está fresca por dentro y el mal tiene de dónde beber.

La madre no entendió bien pero no quiso interrumpirla. La curandera ya estaba sahumando el interior del rancho con bayas de enebro al tiempo que pronunciaba palabras ininteligibles. Empezó a caminar alrededor de Zulema arrastrando los pies y sin dejar de mascullar sus exorcismos. Parecía una procesión. Después reposó un instante apoyada en el marco de la puerta.

—¿Qué tiene? —la pregunta ahora la hacía la madre aprovechando la interrupción de los oficios que, al parecer, le habían demandado a la vieja un entenebrecedor esfuerzo.

La curandera la miró valerosamente tratando de comunicarle una parte aunque pequeña de su valor, y meneó la cabeza. Parecía resuelta a no contestar.

La mujer insistió:

—Puede decírmelo delante de la pobre, que no entiende lo que se habla. Ya no oye y es como si no estuviera aquí.

Doña Gaspara volvió a mirarla de la misma manera.

—Dígame. ¿La chica es virgen?

—Sí. Estoy segura.

—Esto es lo malo porque la carne no se le ha sazonado. Es como si la vida no hubiera entrado en ella.

La mujer no conseguía comprender. ¿Qué tenía que ver eso?

—Bueno —añadió la vieja—. Si se hubiese dejado tumbar por el novio ahora no estaría como está. Las cosas son como son y no hay que darlas vuelta. —Y sentenció, cuando es el alma la que se enamora, solamente el alma, el amor es dañino.

—Pero usted todavía no me dijo qué tiene —recalcó la madre.

Doña Gaspara reforzó súbitamente su aspecto de espantajo.

—Ya que lo quiere saber...

Pero no se decidía. Por fin explicó:

—Tiene la muerte dentro, pero no la de ella. Una ajena que se le ha metido.

La madre y las hermanas sudaron un miedo incoloro y frío, inmóviles, escuchando sin entender del todo.

—Hay que sacársela —manifestó la vieja—. Puede ser que todavía estemos a tiempo.

No obstante, parecía haber dado por concluido su trabajo.

Se sentó en la única silla que tenía, las manos desgajadas en la falda, los dedos huidos entre los pliegues de los trapos que la cubrían, de esa especie de sayal verdinegro que ya se le había pegado a la piel. Y permaneció en un silencio lleno de intención, en un silencio que quería comunicar algo imperioso.

La madre de Zulema comprendió.

Le hizo una seña a la mayor de las hijas, y ésta salió a buscar la bolsa con las papas y el zapallo que habían dejado afuera. Entró arrastrando la arpillera abultada, cuidándose de no rozar a su hermana que había quedado en el mismo sitio sin moverse. Dejó la bolsa en un rincón y la vieja hacía como que no miraba.

Y cuando el tributo estuvo en su lugar y ella terminó de descifrar su contenido, la cantidad y la especie, se incorporó y volvió a alzar los brazos y a abrir las manos, que seguramente allí era donde estaba su fuerza, y la madre y las hermanas de la muchacha la vieron encender velas sucias con grandes lagrimones de sebo vuelto a endurecer, y le oyeron entonar una letanía incoherente, y después la vieron trazar algunas cruces en el aire. Era la hora de la siesta y allí parecía de noche, como si la vieja convocara tinieblas en vez de ahuyentarlas.

Se puso a echar a la muerte como si fuera un perro vagabundo del que se teme una segunda mordedura. Los ademanes de sus brazos eran hostiles y gritaba con voz ronca:

—¡Fuera! ¡Fuera!

De pronto tomó una actitud implorante, un tono de llorona profesional, y continuó diciendo:

—Que el daño salga por donde entró. Y que ésa sea la voluntad del cielo.

Con las voces de la súplica parecía calmarse, pero en seguida volvía a su conminatoria vehemencia:

—¡Fuera! Fuera del cuerpo...

Se interrumpió.

—¿Cómo se llama la muchacha?

—Zulema —respondieron las tres impresionadas mujeres al mismo tiempo.

—¿Zulema qué? Porque por el mundo andarán unas cuantas...

—Zulema Balsa —declaró la madre.

Doña Gaspara empezó a aullar haciendo exagerados gestos de repulsa.

—¡Fuera, muerte! ¡Fuera del cuerpo y el natural de Zulema Balsa!

Puso las manos ramosas, agujereadas por su oficio y los fuegos que de continuo encendía, sobre la cabeza de la muchacha que estaba atenta al movimiento de algunas hormigas que le recorrían el brazo derecho. Después le lavó los ojos con agua de lluvia a la que había hecho siete sangrías.

—¿Ya se la sacó? —inquirió la madre con una ansiedad mancillada de resignación.

—Todavía no. Y no vaya a creer que es fácil. Está muy prendida.

Meneó la cabeza.

—Dígame. ¿Ella estaba muy embelesada con el finado? Digo, cuando vivía.

—Sí. Se lo quedaba mirando como si él fuese una visión.

—¡Qué necesidad de exagerar con los sentimientos! —protestó doña Gaspara—. Después las cosas son más difíciles de componer.

—Mírele el brazo —dijo la madre—. Y esto no es nada. A veces aparece llena de hormigas de la cabeza a los pies.

La curandera observó el brazo con trazos vivos que avanzaban y retrocedían.

"Yo no sé cómo ve si casi no tiene ojos" —pensaba la mujer.

—Mire cuántas hormigas.

—Esto no es nada. Es lo de menos. Cosas de la muerte que se le entró.

—¿Y ahora qué hay que hacer?

—Esperar a que se le salga. Esperar con fe. Eso sí.

—¿Y cuánto tardará en salírsele?

—Tienen que pasar diecisiete días. Y cuidado con tocarla, que mano que se le ponga encima la va a llagar, menos la mano de la madre.

La vieja parecía extenuada. Estaba en la edad en que los huesos empiezan a mandar en uno. Hizo un esfuerzo y prosiguió:

—Tiene que arrojar algo negro, un agua espesa bien retinta, por los ojos, que es por donde le entró. No se asusten cuando la vean. Va a echar fuera una baba en forma de sabandija o alimaña.

Ya en la puerta del rancho hizo una última recomendación:

—Si después de los diecisiete días no la arroja me la traen porque a lo mejor va a ser dura de sacar. Está muy prendida.

Las mujeres abandonaron la maleza de donde emergía el rancho de la saludadora. Sabían que doña Gaspara no se había equivocado, y las tres se fueron pensando lo mismo pero no cambiaron una sola palabra, y evitaron mirarse. El sol incendiaba toda esa soledad y ellas sentían que caminaban sobre una llaga.

tres

ALGUNOS días después, un viernes de sol tórrido y arenoso, el ánima de don Gervasio volvió a su predio.

Sobrevoló la campiña y se sumergió en el jardín en busca de un lugar propicio donde hacer pie, es decir, donde posar su niebla, gelatina, gas blanco o lo que fuere, la sustancia imprecisa que ahora lo componía, y que debía de estar provista de un peso teórico. Por fin se instaló sobre el jazmín del Paraguay, su planta predilecta, cuya fragancia —sólo ahora lo descubría— tenía musicalidad. Además era la más indicada, ya que se hallaba cerca de la casa, en un lugar visible desde el pórtico.

Se deslizó con etérea voluptuosidad en el follaje endulzado sintiéndose resbalar por las corolas, y después ascendió, los bordes titilantes de bienestar, sin perder de vista la puerta principal de la casa. Seguramente Paula saldría de un momento a otro dispuesta a seguirlo, ya que no era vida la que llevaba, enjuta y llorosa por tantos sinsabores, aferrada a su desgracia como el que se agarra a una ciénaga a sabiendas de que va a ser tragado vivo. Sí; ella saldría con el pretexto de ver las plantas, como era su costumbre, y se detendría de golpe sorprendida ante su aparición ya espiada a través de las persianas. Convencido de que Paula lo acechaba trató de volverse fosforescente o de cobrar una luminosidad de arco voltaico para que desde sus mirillas lo descubriera en seguida, pero sólo consiguió un relampagueo melancólico. No se desanimó; de todos modos había dado su señal.

Y prosiguió aguardándola en un miedo tierno y ardoroso comparable al de sus primeros encuentros en una adolescencia casi remota y que ahora se le rezumaba como un dulzor dorado. Acaso el aroma edénico de la planta o la seguridad de que ése era el día elegido por su mujer para acompañarlo hasta una eternidad sin discusiones ni fraudes, luminosa, si es que la eternidad es la perduración de la felicidad que se ha encontrado en la tierra, lo hacían sentirse así, confiado y casi dichoso, sin nostalgias terrenales, invadido por un único deseo, la llegada de ella y su seguimiento a través del espacio cuyas rutas elípticas conocía ya sin posibilidad de error.

Pensó cortar algunas flores y recibirla con un ramillete en la mano vaporosa, y estuvo a punto de hacerlo, pero la expectación le impedía moverse, manejar los dedos como cuando estaba metido en su carne, y sólo conseguía ascender o descender ligeramente en el follaje en el que se había posado.

Miró el cielo, el color del aire sobre la vegetación, y juzgó avanzada la tarde, quizá demasiado.

Paula estaba adentro, sabiendo que era viernes, sabiendo que no se levantaría de la silla esterillada donde su voluntad la había clavado para no ceder, empecinada en seguir remendando los agujeros de su dignidad. Adusta y seca, segura de que sólo así podría reconstruir alrededor de su persona el respeto que había sido su fornido caparazón. Los pies juntos y las manos crispadas en la esterilla, permaneció sentada, circuida de goznes y llaves, de óxidos invasores, a sabiendas de que él estaba allí, en alguna planta como un enorme insecto translúcido, aguardándola a ella que se repetía: "Se cansará de esperarme, este viernes y los que vendrán". Se movió un poco para cambiar de posición ya que desde el principio se había sentado mal y tenía escaldado el muslo sobre el que recaía el peso de su cuerpo, que no era mucho, y le transfirió la penitencia al otro mientras se decía: "Se le entumecerá la eternidad si piensa esperarme". Para distraerse miraba los objetos puestos sobre el trinchante y después detuvo los ojos en un cuadro que mostraba una cornucopia con más frutas y flores de cuantas pueden caber en el mundo, pero en realidad sólo veía ese trazo de luciérnaga gigante en que se había convertido su marido; lo veía en el recuerdo de las dos apariciones atestiguadas por ella. Se había sentado de espaldas a la ventana para no ceder a la tentación de mirar el jardín, y tenía en la mirada una espuma de derrota perfeccionada por ella misma que no había comprendido, fuertemente ajustada su intolerancia, que el perdón concedido es la única verdadera victoria.

Miró el reloj de pared, uno de esos muebles en los que la lectura de las horas es siempre una cosa triste, pensando: "Todavía está. Y a lo mejor se queda hasta las ocho".

El ánima de don Gervasio se coloreó aún más de ansiedad, tomó el rosado profundo de los rubores, tan confiado estaba en que Paula saldría resuelta a acompañarlo. Y se decía: "Tarda porque se estará poniendo alguna seda blanca, algunos encajes para que, después de exhalarse, no la encuentren tendida en el suelo con la ropa de todos los días. Tan previsora fue siempre que se estará vistiendo de difunta".

Al cabo de una hora sintió que el follaje empezaba a desprender un inesperado frescor, más bien un frío que lastimaba su soledad, y abandonó la planta elegida para trasladarse a otra sin dejar de mirar el sitio por donde ella debía llegar. Las letanías y quejumbres de las que había huido le empezaron a resonar dentro de esa especie de lámina delgadísima de algodón escarchado de que estaba hecho ahora, y se sintió un soplo con forma de algo, una nada enarbolada inútilmente pero no tan desprovista, no tan incapacitada que no sintiese la asfixia del desencanto.

Ese negarse a salir de Paula esparcía un aire de desolación infinitamente más profundo que si la casa estuviese deshabitada. Don Gervasio experimentó el ahogo de un jardín sepulto, ruinoso. Esperó a que comenzara la noche y después levantó un vuelo torpe llevándose todo por delante aunque aparentemente nada le impedía avanzar; sin embargo frente a los troncos gruesos se veía obligado a variar de dirección ya que aún no había alcanzado el estado de total destilación que le permitiese traspasar macizas corporeidades, puesto que hay grados fantasmales acelerados y otros que deben cumplir sucesivas etapas que consisten en el desprendimiento de obstinadas adherencias terrenas. Y él pertenecía a estos últimos.

Se fue sintiendo el arañazo de las espinas de las acacias blancas.

Ya entrada la noche Paula entredormía sentada en la silla vienesa a la que se había aferrado con manos de ahogado.

No quería pensar en él pero pensaba en el fondo de su sueño todo desgarraduras, casi líquido, mucho más fatiga que reposo, ya que un buen sueño debe poseer un armazón, una condición compacta, y el de Paula —y no era cosa de ahora sino que venía de la noche aquella— era un colador por donde se filtraba la imagen de su marido abrazado a Delfina, y el ir y venir del rencor, y la lejanía de los hijos, y la visión de su propia imagen, una espina que se lastimaba a sí misma.

Se estuvo toda la noche así para salir del viernes sin moverse.

Y después se asombró de lo rápidamente que empezaba a pasar esa semana, y hubiera jurado que en menos de cinco días fue viernes otra vez.

Ya a mediodía había cerrado la casa y arrojado la llave a una habitación repleta de trastos, en previsión de un repentino impulso que la empujara al jardín, y tardó tres días en encontrarla. Y al atardecer, después de espiar por la ventana los movimientos sobrenaturales producidos en el follaje, por si él había venido, tornó a amarrarse con sus dedos a esa silla que parecía poseer la fuerza de la tierra firme en medio de fluyentes correntadas.

Y meditaba en que la compostura de un orgullo que se quiere levantar como una cresta, aunque no caída por culpa propia, demanda el ejercicio de una insobornable dureza para con uno mismo.

Y el tercer viernes en no acudir al encuentro de su marido, que quién sabe en qué planta estaría, husmeó algunas de esas pizcas de martirio que se desprenden constantemente del mundo y andan por el aire como partículas de humanas carnes abrasadas, abejas de hogueras, no simplemente volátiles, no inútiles, ocupadas en elaborar algo precioso en algún sitio o dentro de alguien. Intentó atraparlas pero se le escaparon. Quiso sentir en toda su extensión el lecho de brasas de su sacrificio —saber que él estaba allí y ni siquiera verlo, no cambiar con él una palabra—, pero sólo experimentó esa inquina que tan bien había amasado. Y no reparaba en que los parches con que restauraba su decoro eran trozos de sí misma y que en esa tarea se iba llagando cada vez más.

Se cumplió el cuarto viernes de la misma manera.

Sólo entonces don Gervasio tuvo la certeza de que su mujer había puesto sobre él una lápida más pesada que la que soportaba su cuerpo en ese yacer activo que nada tenía de reposo, y por primera vez en su nuevo estado color de larva sintió miedo, un miedo corpóreo. Y poco después lo cubrió la niebla de la melancolía, más penetrante que un golpe dado en plena terneza, y se empezó a amarillentar, y sólo le faltaban las nervaduras para semejar una enorme hoja atacada de otoño.

Le dolían los bordes, el contorno humano que lo obligaba a seguir siendo él mismo, aunque con borroso aspecto, la heredada limitación que le impedía esparcirse del todo e integrar al mismo tiempo auroras boreales, movimientos de traslación, meteoros, o desparramarse como un aserrín celeste. Estaba obligado, pese a la ya imposible coexistencia con su propio cuerpo —lo que él más conocía de sí mismo—, a continuar siendo don Gervasio Urquiaga, aunque no se sentía muy seguro de que el don todavía le correspondiese.

Podía apelar aún a un recurso impresionante: aparecérsele a Paula dentro de la casa, en el dormitorio o en el comedor y obligarla, de alguna manera, a acompañarlo, que para eso seguía siendo su marido ya que ningún hombre había ocupado su lugar. Pese a la actitud de ella seguía siendo su marido de una manera insondable. Y tomó la decisión.

Salió de la planta que le daba asilo —esta vez un naranjo significativamente amargo— y se acercó a la casa.

Pegado a la pared del comedor intentó atravesarla y no

pudo. "¿Qué necesidad de construir semejante espesor, estos muros de fortaleza?" —mascullló contrariado sin recordar que él mismo había ordenado tanta solidez—. Y en seguida reflexionó en que traspasar una puerta le sería más fácil. Pero fue asimismo infructuoso. Le faltaba antigüedad espectral para ser un formal aparecido dentro del ámbito de una casa completamente cerrada.

Como si lo hubiesen mordido los perros, manteniendo a duras penas su lacerada unidad, y resistiéndose a volver al otro mundo hecho una congoja viva, dejó el jardín, los campos aledaños, y antes de las nueve de la noche entró en el pueblo.

No se veía un alma, es decir, un cuerpo.

Todas las ventanas filtraban luces y los hálitos y susurros de las bienaventuradas vasijas de las cenas familiares. Aspiró ciertos soplos y se apiadó de sí mismo en la reminiscencia de las buenas comidas y los sorbos vivificantes. Llegó a la esquina principal del pueblo. La plaza parecía haber dilatado su superficie y el monumento al prócer irradiaba una gloria que nadie recogía, chispas de destellos tutelares que se apagaban al caer al suelo. Casi con melancolía, en realidad aguijoneado por la nostalgia de lo que no fue, don Gervasio se detuvo ante el frontispicio de la Intendencia. Le hubiera gustado firmar resoluciones, extender hacia unos y otros la mano de su paternalismo, esbozar bases de progreso para que sus sucesores en el gobierno de la comuna ya encontraran un plan, convencido, como estuvo siempre, de que es mejor que las obras las realicen otros, ya que hacer algo significa irritar los intereses de alguien, y él quería llevarse bien con todos, aun con los adversarios políticos, y quizá más con éstos que con sus correligionarios, excepción hecha de don Rufino Lucero que siempre se las ingeniaba para plantarle una derrota en plenas urnas.

Alguien venía caminando hacia él. Abandonó el suelo y se quedó sobrevolando un plátano, y el otro pasó sin advertir la blanquecina nebulosa refugiada en el árbol, ya que la gente suele caminar mirando el suelo como verificando a cada paso el cumplimiento de la ley de gravedad. Quien venía era su barbero; le había rasurado tantas barbas que seguramente las horas gastadas en el propósito de parecer lampiño habían sumado días, semanas enteras y quién sabe si no algún par de meses, un inútil tiempo de pelambres cortadas, un tiempo en estado de residuo. Sonrió consoladamente. Desde la noche en que se le había evaporado el yo estaba a salvo de tantas obligaciones fastidiosas, hábitos raciales, minucias, costumbres del género humano. En su epidermis sutilísima de espíritu la barba no le había vuelto a crecer. Que creciera en sus despojos yacentes y clausurados. Era preferible. Su única barba desde entonces había sido un ocasional vellón de cirros al atravesar la atmósfera. Se sentó en un ramojo tierno y siguió escuchando las voces apagadas y sintiendo el olor a paja de pesebre que sueltan las familias reunidas.

Cuando desapareció el barbero se posó de un salto algodonoso en un umbral para experimentar por un instante la sensación de la casa, sentirse cobijado y creer que todavía era el todo de sí mismo y no una parte, una emanación, don Gervasio Urquiaga con pelos y señales. Y después tomó por una calle mal trazada, con la edificación fuera de línea y tramos de veredones y pasadizos tan angostos que él, aun siendo ánima, tuvo que pasar de costado.

Se detuvo frente a la casa, es decir, frente a la barraganería de don Tobías Abud, una especie de tosco patriarca rodeado de chiquillas a quienes protegía y a quienes de noche se les aparecía en sueños, no en pura imagen sino en espesor carnal. "¡A don Tobías sí le va a costar resumirse en espíritu!" —se dijo atisbando los soplos de perturbación que transpiraban esas paredes. Escándalo no había habido nunca más que el que cada uno encendía en sus figuraciones, y cuando el patriarca se sentaba en verano a la puerta de su casa ellas le revoloteaban en torno sin ofrecer jamás a la gente un espectáculo indigno sino un resabio de bíblica antigüedad. "Ni se imagina lo que le va a costar" —insistió don Gervasio no sin pena ante el pequeño paraíso con frescura de higueras y de alborozadas pubertades que don Tobías tan bien había dispuesto y que un día u otro terminaría por desaparecer.

Después hizo un alto frente a la casa de dos plantas y tejas coloniales que acababa de construir para su lustre y regodeo el jefe político del partido gobernante e intendente electo, don Rufino Lucero, con quien nunca había podido hacer buenas migas.

"Todo malhabido, todo fruto de saqueo. Se cobija impunemente en los dineros del pueblo. Cada ladrillo un manotón a los caudales de la comuna, cada teja, siete manotones" —justipreció don Gervasio.

Su adversario inconciliable tenía un ojo apagado; lo de Lucero se le avenía mal —¡justamente él apellidarse así!—. Y tenía el rostro ladino, difícil de descifrar ya que cada una de sus facciones poseía expresión aislada y con diversos grados de contradicción. Lo único claro en él era ese ojo muerto.

"Se le apagó un ojo pero se le encendieron las manos" —meditó el ánima todavía enfrascada en el cálculo de rapiña.

Don Gervasio estaba amoscado y empezó a refunfuñar sin importarle que alguien lo oyera, antes bien, deseoso de hablar a gritos para espantarlo al Lucero, pero le salía un enflaquecido murmullo, una especie de hilo zigzagueante y eléctrico que no alcanzaba a retumbar en ningún lado y se perdía en sus propios oídos, dos cuencas glaucas en donde las orejas parecían a medio derretir.

"¡Las últimas elecciones las debí haber ganado yo! ¡Enfrénteme ahora, don Rufino! Usted hizo borrar de los padrones a la mitad de sus adversarios. Enfrénteme ahora, y si no se atreve, veremos quién gana más elecciones en el otro mundo".

Permaneció engallado y en actitud de desafío por si el otro había oído el reto.

Don Rufino Lucero estaba cenando. Sintió un llamado que venía como desde el fondo de un pozo y sin decir palabra se levantó; dio tres pasos meditativos tratando de adivinar quién lo había nombrado, y salió resueltamente a la calle.

Los dos se miraron de pies a cabeza.

Don Gervasio se disponía a reiterar el desafío cuando el otro, sin dar señales de estupor o de miedo, volvió a meterse en la casa.

Don Rufino no creyó en la aparición porque la había visto con su ojo muerto.

El ánima pensó que no espantaba a nadie. "Todavía no me he sazonado. Debo de carecer de carga eléctrica o vaya a saber de qué" —se dijo descaecida por no haberlo pasmado a su adversario. No sabía qué hacer, si esperar a que se le presentase una segunda oportunidad o desistir. Finalmente optó por desplazarse hasta la esquina. Tomó por una callecita sinuosa y cuando llegó a mitad de la cuadra vio un caballo atado a un palenque. Se le acercó hasta rozarle los ojos. "Los caballos ven la eternidad" —se dijo, y al animal los ojos se le pusieron brillantes, quemados por la visión, y comenzó a relinchar en medio del silencio apenas triturado por las conversaciones a puertas cerradas; un relincho mítico e inacabable.

Don Gervasio tomó por otra calle y se puso a mirar por una claraboya una partida de naipes y los barriles de vino del boliche. Le fluyó un cabrilleo de reminiscencias alegres y les sonrió a los toneles como trasmitiéndoles una aquiescencia eternal. Se distrajo olvidado un poco de los pesares y resentimientos de ese viernes de derrota, quizá para él el último en avecinarse a la tierra, ya que el proceder de Paula poseía todas las apariencias de lo definitivo y no dejaba ninguna esperanza de enmienda. Sí; tal vez para él era preferible retornar a su jurisdicción y pasarse los viernes en interminables procesiones compartiendo con espíritus desconocidos el baño de herrumbre de las quejas.

Abandonó la claraboya y echó a andar a diez centímetros del suelo, tratando de despojarse de su curiosidad y de su nostalgia para empezar a ser, de una vez por todas, un ánima bien alambicada, sin adherencias terrenales ni la ceniza de la memoria, con suficientes méritos para ingresar en una libre eternidad sin la carga del yo. Eso, antes de hacerse una idea diferente de la eternidad, como se la hizo después.

Pero no remontó vuelo en seguida.

Tuvo la intención de despedirse de las sustancias tangibles, de las materias que lo rodeaban ya que no lo podía hacer de la gente sin causar imprevistos trastornos —porque era seguro que alguno lo vería como lo vieron Paula y el caballo—. Y continuó desplazándose aquí y allá y de pronto se le ocurrió la piadosa idea de llevarse unas flores al cementerio, pero no mantuvo la idea porque pensó que era mejor despegarse del mundo con la imagen de las barricas de vino y no con la visión de ese infierno apacible en donde, por otra parte, podía toparse con algún aparecido.

El fantasma de don Gervasio Urquiaga avanzó sin más por las calles estrechas del pueblo que, a juzgar por ciertos ruidos, ya daba señales de querer salir afuera a beberse los rocíos de la noche, y decidió ascender vuelto un adiós inmenso y tremolante, una cúpula de alas en conmovida agitación como las manos en las despedidas, o simplemente como una estela de cales, acaso lo único que de él quedaría en la tierra. Estaba resuelto a emprender la tarea de una segunda y última descarnadura, y de arrancarse valerosamente los apegos a la materia en estado de seducción, de emigrar sin volver la cabeza, que aún la tenía, aunque desleída. Estaba resuelto. Sin embargo, hesitó. Volvió al ras reconfortante del suelo y se dispuso a prolongar un poco más su paseo al calor de la vecindad humana.

Extremadamente oscura, la noche invitaba más a deslizarse entre paredes que a volar por ella.

Sucede que los caminos muchas veces recorridos terminan por atraer los pasos, y de tal manera que si bien él no se propuso pasar frente a la casa de Delfina Salvador, se encontró de pronto junto a su puerta, no del todo cerrada. Se sorprendió honestamente ya que él no buscó esa proximidad, sobre todo considerando que a nadie le complace visitar el lugar donde ha muerto, aunque sólo sea por superstición. Hay tantos otros sitios... Pero sus pies, evidentemente, aún conservaban peladuras de rutina o quizá fue la atracción de sus huellas, apisonadas, sí, pero existentes bajo la epidermis del suelo, la necesidad de volver a encajar en los propios moldes. El hecho es que estaba allí. Se quedó mirando la puerta que tan bien conocía y sonrió turbado por el recuerdo de tantas delicias y desempeños propicios a la vitalidad. Después de todo, pese al entrevero trágico, aquél había sido un buen sitio. Allí había habido calor y voluptuosidades vivificantes. Lo cierto es que había sido Delfina quien no le dejó apagar la condición de varón en sus fases más definitorias y mantenido en él la arrogancia de la plenitud. Y esto él lo reconocía aunque después a causa de ella debía perderlo todo, sangre, carne y deseo.

Recordó su primera impresión cuando, a pocos pasos de donde estaba ahora, se vio urgido a salir de sus pies o de cada uno de sus poros —ya que era indudable que no podía quedarse—. Algo así como infinitos resortes, uno por cada molécula de su carne, lo impulsaron al desalojo del cuerpo que le había pertenecido intransferiblemente. Había salido como quien se ahoga y necesita respirar, y en seguida había experimentado una desazón de exilio que le impidió gustar el goce del vuelo. Miró el árbol en cuya copa su gasa espectral se había sacudido para desentumecerse —tantos años de encierro y reumas circundantes— y se aproximó aún más a la puerta. ¡Pobre Delfina Salvador! Lo azuzó de pronto el deseo de verla, de confesarle que no le reprochaba la levedad plumosa en que se había convertido ni el trasplante al otro mundo, que un día u otro hubiera sucedido sin el relumbrón de las muertes, violentas con que él se fue.

Vaciló un poco. Miró hacia uno y otro lado; no se veía a nadie —no era cosa de hacer otro escándalo, que con aquél bastaba—. Y se atrevió a entrar.

Por un momento creyó que se había equivocado de casa. Ese primer cuarto que había sido un recinto alegre, ahora poseía el aspecto del interior del rancho de doña Gaspara adonde una vez lo había llevado el reuma. En la mesa donde habían compartido no pocos locros había potingues atestados y barajas cabalísticamente dispuestas; y pezuñas de carpincho y más mejunjes por todos lados y un ala de cuervo sobre la pared que daba al frente. Y las sillas parecían colocadas para una ceremonia especial. Y lo más impresionante era una cortina negra que ocultaba funerariamente la única ventana, y que debía interpretarse como un pendón del duelo o una camisa de la muerte colgada para orearse.

"Aquí debe de haber fallecido alguien" —se dijo don Gervasio. Y en seguida reparó en que el muerto había sido él. Bueno, y también el otro. Dejó caer la niebla invertebrada de una mano sobre el aparador y continuó inspeccionando esa habitación que se había vuelto infausta y absurda. Pensó: "¡Qué ambiente de superstición!" —y después se dijo, sin saber por qué lo decía, con un vago aire premonitorio—: "En toda superstición vuela una mariposa pinchada" —y añadió—: "Aun las más venturosas están aferradas a uno con hilos trágicos, aun las del buen agüero". Trató de sentarse en una silla y no pudo. Es que los espíritus no se quiebran en ángulo recto, ni en ningún otro ángulo. El más allá confiere una esencial verticalidad, la postura infatigada, por eso los aparecidos están siempre de pie, impedidos de arrodillarse, tenderse o sentarse.

Se deslizó hacia el dormitorio a través de un pasillo angosto pero a él ahora la angostura no lo incomodaba.

Se quedó en el hueco de la puerta.

Advirtió en el dormitorio algo que antes no había: un diminuto corral. ¿Para qué pequeño animal había sido montado su cerco?

Delfina se estaba quitando los zapatos. Traspiraba, sentada en el borde de la cama, y de pronto se sacó dos crespones redondos del escote y los puso a orear en el espaldar de una silla. Don Gervasio dejó de mirarla y contempló el lecho: tuvo la sensación de estar mirando la túnica viva que había sido su carne. Y sólo entonces cayó en la cuenta de que los espíritus carecen de temperatura. "En la época en que yo era calor..." —se dijo—. Pero no se dejó encantar por la reminiscencia. Volvió a poner en ella los ojos, es decir, sus cuencas opalescentes, y la vio soltarse una gasa y desanudarse una muselina y quitarse todavía más velos, sin dejar de estar arropada.

"Esta exagerada se ha puesto tantos lutos como si se le hubiese muerto la humanidad" —pensó don Gervasio—. Y con un movimiento de primer vuelo de ave recién emplumada, se colocó a espaldas de ella, náufrago en un espejo de gran tamaño, un espejo profundo en el que creyó flotar.

Delfina sintió un escozor en la nuca, y después el dolor de

una uña hincada en cada una de sus vértebras. Percibió, sin el auxilio de ninguno de sus sentidos, que no estaba sola. Se dio vuelta y cuando advirtió la imagen que rezumaba los vapores nacarados, viscosos, la leche centelleante, trascendente, del otro mundo, cayó de hinojos junto al cerco de espinas.

—¡Dios mío! —alcanzó a balbucir.

Parecía absorber el desprendimiento de misterio del aparecido y realizar al mismo tiempo una tarea incandescente, como si su alma se estuviera frotando en él. La veneración se le había instalado en los párpados y era todavía un peso excesivo que le impedía mirarlo de lleno, agolpado frente a ella que sólo pudo salir, mejor dicho, filtrarse de su recogimiento para exclamar:

—¡Juan Ciriaco!

Al ánima la recorrió una espina de fastidio.

Delfina continuaba sin ver, encandilada por el misterio, agobiada por la reverencia y también porque lloraba el llanto de las felicidades extrañas que fluyen de un fondo trágico. Fue inútil que intentara incorporarse. El peso específico del misterio es demasiado grande. Y la voz le salía agradecida a la benevolencia de lo sobrenatural:

—¡Dios mío! Sabía que vendrías a esta casa —y de pronto tomó el tono de las letanías—. Juan Ciriaco, ánima bendita. Por fin apareciste, ánima bendita.

Don Gervasio se armó de paciencia. "Los espíritus debemos de tener todos la misma cara y cada uno ve la que quiere ver", pensó.

Pero no es así. Los espíritus guardan su fisonomía.

Trascurrieron algunos minutos en que él no atinaba a nada, ni a sentirse resbalar por el espejo. Por fin ella pudo levantar las manos que se le habían quedado agarrotadas, pero no la cabeza en su deseo de contemplar la póstuma visitación, el rostro de esa gasa errante en que se había convertido el andariego, más errante por ser de él; pensó mostrarle los crespones con que había cubierto sus pechos y otros lugares de su cuerpo para que él comprobara la veracidad de la promesa hecha sobre su preciosa sangre, pero era tal su anonadamiento que no conseguía dirigir las manos hacia los crespones. Sólo pudo continuar con sus voces y su bien modulada monotonía.

—¡Ánima bendita, no desaparezcas, no me dejes sola!

Y ahora era como si un hierro, un lingote opulento, le impidiese levantar la cabeza. Y eso que don Gervasio estaba desarmado, sin nada en las manos más que alguna voluta hurtada a un tiempo en estado de gas. Ella proseguía:

—¡Te mandó el cielo! Respondiste a mis invocaciones. Dios mío, ¡Dios mío!

Don Gervasio no sabía qué hacer. Consideró que la prudencia es un don bueno de ejercitar y pensó en desandar sus volanderos pasos. Además el equívoco lo había irritado bastante. Abandonó el espejo, que era amplio y pulido, con la intención de ganar el hueco de la puerta y no pasó de allí porque oyó un aullido que, de haberla tenido, le hubiera puesto la piel de gallina. Sólo se le paralizó la voluta gaseosa que lo circundaba.

Delfina, merced a una brusquedad propicia, había levantado los ojos.

—¡No es Juan Ciriaco! —la voz se le había puesto de loba herida.

Lo miró con una fijeza llameante y dijo, como una acusación:

—Usted es el ánima de don Gervasio.

Él tembló ligeramente. Quiso ser cortés.

—Siento no ser el ánima que esperabas.

—¿Por qué no me lo dijo?

—Es que no me diste tiempo a presentarme. Es verdad, soy el espíritu de don Gervasio Urquiaga, fallecido en tu dormitorio con toda la ropa puesta.

—No sé cómo lo reconocí porque está bastante cambiado...

—Sí, vuelto un soplo, a veces un gajo de sudestada, y además por los cuernos con que me fui al otro mundo, que ya me conocías, es verdad, pero que ahora deben de estar irisados.

Ella lo miró con inocencia.

—No se le notan —dijo.

—Es que deben de haberse cocido y deshecho en el baño de María de la eternidad.

Delfina se levantó de su desmoronamiento, de sus crisis, y se le plantó enfrente, y puede decirse que sólo entonces comprobó con firmeza la identidad del aparecido. En ese momento lo único firme en ella fue un nuevo brote de maldición. Y lo miró de arriba abajo lamentándose de no poder lavarlo hasta hacerlo desaparecer como hiciera con sus manchas de sangre. No se movió del sitio donde estaba, sólo que se había incorporado, y él parecía un pellejo de aparecido, llena de timidez su casi trasparencia y más agrisado que nunca ese viernes de desaires y soledad.

Al igual que Paula en su primer encuentro con él, Delfina no se santiguó y se esforzó duramente para tomar con naturalidad el hecho. Una naturalidad de fondo rocoso, azufrada. Sin un asomo de piedad —después de todo él estaba mucho más desposeído que ella—, inmersa otra vez en la noche aquélla y, reviviendo lo peor de su desorden enzarzado de fatalidad, le recriminó:

—¡Todavía tiene el coraje de aparecerse aquí!

Esas palabras también habían sido pronunciadas por Paula y él las asoció al matorral de hortensias de su primer encuentro, un viernes con muchas chicharras y olor a bulbos desenterrados.

Delfina Salvador sentía que la sangre le corría dentro sólo para desquiciarla.

—¿Entonces no es el ánima de Juan Ciriaco?

—Soy quien soy, ya te lo dije —respondió él amoscado.

Ella buscaba una tormenta de palabras pero la lengua le componía una que otra palabra sin sentido.

—¿Vino aquí para traer más desgracia?

Don Gervasio intentó explicarle algo, por lo menos insinuarle que no era justo hacer tan mala partición de las culpas o no repartirlas. Y aguardó a que amainara, pero la increpación seguía, cercaba su escualidez resignada e inerme, y el llanto de ella pronto fue un envoltorio viscoso del que no pudo salir.

No le costó mucho, después del llanto, que el ánima absorbió con una previsible condición de espongiario, encontrar el hilo de una retahíla lúgubre:

—¿Qué viene a buscar? ¿Más muerte?

—A buscar, nada. Me posé en la tierra como en cualquier otro cuerpo celeste. Sólo que aquí trascurrió mi historia. Pero te advierto que la mía es una visita intrascendente que no cambiará en nada tu vida. Haz de cuenta que dejaste abierta la ventana y entró más viento que el que suele entrar.

—Por algo es que vino.

Don Gervasio recurrió a una de esas fórmulas axiomáticas de los lugares comunes y dijo:

—Pasaba por aquí, y entré...

—Como si se tratara de un vecino. Quién sabe qué se ha propuesto, pero si cree que va a asustarme se equivoca —clamó ella que había pasado precipitadamente de la felicidad de sentir que ése era el espíritu del andariego, a una decepción rabiosa de la que le fluía un humor vengativo. ¿Pero a un ánima qué otra cosa se le puede hacer sino desearle una mala eternidad? ¿Qué otra agresión? Y en tanto buscaba la fórmula de una imprecación trascendente, insistió:

—Ya ve que no me espanto.

Sí; él veía. Movió negativamente la nebulosa que ahora tenía a modo de cabeza, monda e inteligente, más que su testa perecida, y respondió con una suavidad casi angélica:

—No vengo a que te espantes sino a verte, aunque es poco lo que se te ve, tan escondida estás en esos lutos...

—Que no me los puse por usted.

—Ya sé, ya sé. Esa espuma negra que te brota de adentro, esos crespones, tienen otro destinatario.

—El que murió por su culpa.

—Bueno, Delfina. ¿Acaso yo estoy vivo? ¿O es que no morí a causa de él? Aquello fue un incendio donde nos quemamos todos. No nos queda sino aventar las cenizas y dejar todo limpio.

—Si viene a buscar las suyas sepa que están en el camposanto y no en esta casa.

Sólo entonces don Gervasio reparó en la sangre cercada.

—Veo que has hecho un corral para que no se te escapara esa sangre...

—Que no es la suya.

Él se la quedó mirando en su abundancia rígida.

—¿No la conoce?

—Mía no es. La mía era más bermeja, tenía un tinte glorioso. Daba gusto verla correr. Aunque, es claro, ésta no es fresca. Además las sangres son todas iguales, todas tienen la hermosura de una vertiente roja y después, cuando se coagulan, se oscurecen horriblemente. Ésta podría ser también de animal...

Delfina se encolerizó.

—¡Cómo de animal! Es la sangre de Juan Ciriaco y usted no la profana.

El ánima pensó: "Este cerco me da mala espina. Acaso hice mal en mirar ese resto de ser humano precisamente hoy que es viernes, día en que se frotan las supersticiones y sueltan un polvo aciago". Sin embargo, se adelantó hasta el recinto donde se extendía la mancha espesa. La observó y dijo con melancolía:

—La mía la lavaste bien. Debiste frotar con fuerza para no dejar ni una gota, con una mano de erosión, con lejías formadas en tus dedos.

—Lo dice como si lo hubiera visto —exclamó Delfina envalentonada ante la mansedad de él—. La arranqué con las uñas y a usted lo mandé al infierno cuantas veces me acordé de su nombre.

Don Gervasio se aguantó el diluvio.

—Y sin embargo no fui.

—¿Cómo que no fue? —preguntó ella desconcertada.

—No me escurrí de ningún caldero ni soy lo que queda de la Gran Quemadura.

—¿Y entonces de dónde viene?

—De ningún sitio fijo. De errar por las penumbras del otro mundo.

Los ojos de Delfina se refocilaron en la visión de un más allá intrincado. Gradualmente empezó a trasfigurarse; el cambio era sutil y su aspecto exterior seguía siendo a simple vista el mismo, sólo que la mutación se le había producido dentro. La nada contemplada a lo largo de todos esos meses de anonadamiento ahora le prometía las señales de su código.

—¿Cómo es el otro mundo, don Gervasio?

El oírse llamar por su nombre le dio algún ánimo.

—Bueno, no sé cómo decírtelo. Una planicie flotante con un vaivén de espectros que le dan apariencia de mar, pero no es agua, ni siquiera aire...

—¿Y qué es?

—Según algunos que tienen más antigüedad que yo, tiempo en estado de larva, vaya a saber.

—¿Y qué hacen los espíritus?

—Andan.

—¿Nada más que eso?

—Parece que nada más.

Delfina sintió la decepción.

—Pero debe de haber otra cosa...

—Hasta ahora no la he visto. ¿Y la eternidad qué crees que es? Una manera inmensa de andar.

Ella permaneció pensativa. No se podía hablar así, tan llanamente, con una concisión tan mondada, de lo sobrenatural.

—Pero de tanto andar se debe de llegar a algún lado —dijo.

—Sí. Puede ser que al punto de partida.

Por cierto hubiese preferido una descripción dantesca, y no la abstracción de una conjetura. Un abigarrado friso mitad angélico, mitad demoníaco, un gran friso con historias, ya que las historias son lo único que testimonia la existencia de algo —quien no posee una historia no existe—. Hubiese preferido la descripción de las infinitas conmociones que siempre hay debajo de la verdadera serenidad. Es que él, como espíritu fresco, probablemente había merodeado la eternidad sin llegar a poner el pie en ella. No quería hacerle la pregunta pero se la hizo:

—¿Juan Ciriaco está con usted?

—No, no está.

—Como se fueron juntos...

Él, que había conseguido un cierto alivio, tornó a respirar el aire destemplado que corría allí dentro. "Esta atribulada volverá siempre a lo mismo" —se dijo.

—¿Pero lo vio alguna vez?

—No; no lo he visto —contestó él con displicencia.

—¿Y quién está con usted?

—Nadie que yo haya conocido; como somos emigrantes hay que avenirse a cualquier compañía.

De pronto ella empezó a vislumbrar una forma incierta aún de vindicación, una vaguedad que se le iba de las manos y que era preciso apresar y ceñir para que se convirtiera en algo comprensible. Pero tuvo que poner orden dentro de sí. Y no le fue fácil. Lo que más le importaba ahora era sonsacarle al ánima algunas claves. Trató de aplacar el hostigante deseo de vengarse de don Gervasio, y no mezclarlo a su curiosidad.

—¿Vio el ala de cuervo y las pezuñas de carpincho?

—Sí. Aunque te parezca curioso entré por la puerta y crucé por ese depósito de la hechicería que has hecho allí delante.

—¿Depósito? Todavía me faltan muchas cosas, algunas muy difíciles de conseguir. ¿Pero no se da cuenta de para qué tengo todo eso?

Él caviló apenas.

—Bueno, después de lo que sucedió aquí será para protegerte del mundo que, ya ves, a veces se le viene a uno encima como si uno solo pudiera soportar todo su peso.

—No —explicó ella—. No es para defenderme de nada —hesitó—. ¿Se lo digo? Quiero ser vidente y hablar con los espíritus.

Su voz, al decir esto, pareció haber necesitado años para formarse, imperiosa y humilde al mismo tiempo. Se le advertía la desesperación ya que ése no era un deseo comparable a otros. Tan bordeada de miedo estaba la imploración que él no entendió bien. Por otra parte, la súbita mansedad de Delfina lo había desconcertado.

—¿Qué es lo que quieres?

—Hablar con los espíritus.

El ánima frunció el ceño. Ahora se explicaba el aspecto de

ese primer cuarto de pócimas turbias. "Quién sabe con qué las habrá preparado esta desatinada" —reflexionó no sin temor.

—¿Y acaso no estás hablando con un espíritu? —dijo—. ¿O yo que soy? ¿O es que no has reparado en el humo humano en que me he convertido? Si es eso lo que querías... Doy fe de que estás hablando con un residente del más allá, oficialmente autorizado para el tránsito por el infinito.

Se había irritado ligeramente, como si ella lo hubiese menoscabado. Y prosiguió en tono de reproche:

—¿O crees que el único con calidad de espíritu es tu Juan Ciriaco? ¿Así como la única sangre que mereció coagularse en tu dormitorio fue la suya?

Ella no oía esas palabras que no respondían a su obsesión. Y le confió de pronto con aire estoico:

—Quiero hacer presagios, tener poder. Mi fuerza tiene que tomar por otro camino ya que no voy a ser jamás de ningún hombre.

La vio persignarse mientras hacía su patética afirmación. Meneó su vaporosa testa y dijo:

—No sé cómo vas a vivir en una viudez que tiene la desgracia de ser doble y a la que, por si esto fuera poco, la privas de toda esperanza...

—Sé lo que digo. Ningún hombre me tendrá —repitió ella con el valor de un voluntario holocausto.

—Te va a ser difícil.

—¿No me cree?

—Sí, te creo. Mejor dicho, te creería si no tuvieras esos pechos, y sobre todo tu fervor erótico, y esa manera de tenderte que no he visto en otras mujeres.

—Nunca pensé que los espíritus pudieran hablar de estas cosas.

—Bueno —admitió don Gervasio—. Es que yo más que descarnado estoy descarnecido, que es una manera triste de perder la carne y quedar con nostalgia de ella. Tengo, no sé cómo decirte, la memoria llena de trozos de mi piel, los que de alguna manera vivieron más que los otros, de sensaciones victoriosas, de calores, los buenos calores, esos veranos interiores que de pronto era capaz de contener en una asombrosa totalidad.

Calló de golpe. Después dijo no sin estupor:

—Antes yo no hablaba así. Era un ser rural no desprovisto de fantasía, a ti te consta, pero me expresaba de otra manera. Ahora se me han metido en el habla ideas y modos de decir que no sé de dónde salen.

—Eso les debe de pasar a todas las ánimas —acordó Delfina.

—Sí, tal vez. El más allá es, sin duda, más culto que la tierra. Pero, volvamos a tu decisión de continencia vitalicia. Como te decía, con esos pechos tuyos que hacían perder el sentido con sólo pensar que uno podía tocarlos, y que después provocaban una sucesión tan tremenda de quemaduras gozosas...

—Sepa que están bien apagados.

Él más la oía, más parecía desconcertarse. Ya había pasado bastante tiempo, unos cuatro meses, de aquel suceso habido una noche de infierno soplado desde afuera y adentro —porque seguramente fue así— en el recinto de ese mismo dormitorio donde él se posaba sin la sensación de los pies que toman posesión del suelo. Había pasado bastante tiempo, y sin embargo Delfina hablaba como si las cosas acabaran de suceder.

—Mira que la carne... —atinó a decir él con voz persuasiva. Y después de una pausa añadió: —Los que la abandonan voluntariamente en vida como piensas hacer tú empiezan a exhalarse y terminan siendo seres difusos. Nunca estarán enteros ni aquí ni allá.

—¿La carne? Ahora tanto me da tenerla o no. Me puse crespones por todas partes.

Sí; ella estaba en su infierno y además se había echado otro encima.

Don Gervasio volvió a menear la cabeza.

—Yo que la he perdido sé lo que vale. Ocúpate ahora de tu carne que para hablar con los espíritus tienes el tiempo giratorio de la eternidad.

Pero Delfina Salvador pensaba en otra cosa. Se decía: "Si con tres clavos... Y eso que era el hijo de Dios. Dios mismo. Si bastaron tres clavos...". Sólo entonces había conseguido unir armoniosamente la espesura de su inquina por él con el deseo de hurtar claves y designios y mirar a todos con los ojos descuajados de la videncia. Aquella forma desleída de venganza que había entrevisto se acababa de ceñir de golpe hasta la nitidez y vio el fruto precioso, maduro de dones que podía pender de ella. Era un plan absurdo y temerario, pero esto no la amilanó. Se quedó paralizada por el hallazgo y mientras don Gervasio hacía la alabanza nostálgica de la carne en sus espesores sensitivos, ella, atenazada por un escalofrío victorioso, ideaba la consecución de ese acto al que se atrevería y que debía ejecutar antes de que él le viese la intención. De pronto le oyó decir:

—Me voy, Delfina. Sólo estaba de paso, como ya te dije. Me voy como un ahogado responsable que cuida de su plomo.

—¡No!

—Sí. Y me da alguna felicidad que lo lamentes. Pero ya no volveré a flotar en esta superficie, y tal vez en ninguna. Siento como si se me desgarraran infinidad de nebulosas. Lo cierto es que vine a verte y te vi.

—¿Se vino del otro mundo nada más que para verme?

Él calló. Se dijo secretamente: "Paula". Y después reiteró su voluntad de despedida.

—Adiós, Delfina. Me voy.

A ella le salió un alarido bien impregnado de súplica:

—Quédese todavía un poco. Hágame compañía.

Por primera vez en sus descendimientos a la tierra alguien le rogaba que se quedase. Y sintió el fluir de la complacencia.

Delfina Salvador abandonó el dormitorio.

—Le quiero pedir algo —le dijo desde el pasillo—. Y cuando entró en el aposento de las pócimas indescifrables se dirigió directamente a una gaveta de donde sacó un pequeño trozo de bronce macizo y después un puñado de clavos. "Si Cristo que era mucho más que un ánima...". En eso estaba pensando mientras volvía al dormitorio esforzándose por contener todos los sacudimientos de la audacia. Fue el miedo de perder esa oportunidad única lo que le impidió toda posible torpeza y le concedió los movimientos diestros, la capacidad de golpear, de estaquear el misterio que él representaba pese a su manera de sentir todavía el mundo.

—Espere.

Él ya no estaba en el dormitorio sino en el pasillo que comunicaba las dos habitaciones. Evidentemente lo quería retener para algo importante; eso se le veía en la cara. Le anticipó:

—Si me quieres dar un mensaje para tu Juan Ciriaco, es mejor que te lo calles porque yo tengo mi orgullo y además...

Delfina se le acercó tanto y con tal expresión de extravío que el ánima retrocedió hasta quedar contra la pared. No es que se inquietara, sólo estaba pensando: "Me va a exigir que lo busque al otro entre esas muchedumbres". Y continuó hablando:

—... allá es muy difícil encontrar a alguien. Esas multitudes de espíritus se desplazan a grandes velocidades y cada día llegan de a centenares de miles, sólo de este mundo, sobre todo ahora con la guerra.

Delfina tuvo una inhabitual rapidez. Le hincó un alfiler en el borde del brazo izquierdo para fijarlo de alguna manera, y él no lo sintió en las partículas todavía materiales que le nublaban la espiritualidad, ni lo advirtió, tan abstraído estaba haciendo cálculos de seres evaporados, de batallones enteros destilados de sus uniformes.

El primer clavo hundido certeramente en el pecho le hizo revivir el recuerdo de una herida humana, y entonces se dio cuenta de la tarea de ella y de su respiración llena de ferocidad, y de ese algo verdoso que le trasudaba la cara; esa tarea que semejaba un rito cumplido con exactitud, una ceremonia de la hechicería y, lo que es peor, la violación de las inmunidades espectrales.

—¿Qué haces? —trató de aullar, pero a los espíritus les está vedada toda voz animal y sólo pudo emitir un delgado hilo de ira.

—Lo estoy clavando en la pared.

—¡Ay!

Sus propios ayes lo inmovilizaron aún más. En un ¡ay! se puede quedar crucificado. Intentó volar pero por más que forcejeó y tironeó de sus nieblas, vapores y alburas espumosas, no consiguió desprenderse. Era indudable que conservaba adherencias de la humana materia, tejidos en estado de transición fáciles de caer en cautividad. Había vivido pegado al suelo como una sombra, una fogosa sombra, y ahora padecía lastres de los que no había conseguido despojarse en sus vuelos.

—¿Qué haces? ¿Has enloquecido?

Delfina siguió golpeando. Su expresión de posesa parecía traer a flor de piel un enredado fondo en el que se mezclaban insomnios, renunciamientos, destrozos, pasmos y curiosidades.

—¡Déjame!

Ella continuaba absorta en los fuegos que encendía.

—¡Déjame! ¡Debo volver al otro mundo!

Le clavó siete clavos. No le bastaron tres.

—¡Ay! —gimió el ánima como si el séptimo determinara su definitiva sujeción.

Tomó una coloración extraña, entre el azul y el índigo, más espectral y desolada aún, y se le encogió el contorno.

Delfina cayó al suelo.

El polvo brillante del holocausto llenó el pasillo y los dos aposentos, y las partículas fosforescidas traían la imagen del paisaje que probablemente tiene la eternidad. Hubo al principio una calma de olvido, de cosa inerte, y después empezaron a volar las formas desprendidas de los objetos, volaron papeles y sombras. Un viento frío agitaba los párpados de ella, le abría y le cerraba los ojos. Sin duda allí se acababa de formar una depresión y el viento se juntaba. Y después un trozo de piel desprendido de la mano derecha de ella, la que había hundido los clavos, empezó a girar frente al ánima, y Delfina tuvo miedo de que se le volara toda la piel, pero antes de que ese miedo se le convirtiera en pavor —quedar así, desollada y roja en el suelo— el trozo desprendido volvió a su sitio sin que su mano mostrara una señal.

El viento levantaba una polvareda de muertos y era a la vez luminoso, diferente de los que agitan la tierra. Un remolino con las puntas de fósforo blanco en el que parecía disgregarse la realidad, o lo que quedaba de don Gervasio.

Delfina pensaba que estaba contemplando el otro mundo.

El vendaval más bien parecía salir del ánima que ya no gemía, reducida a sus siete escozores. Había un algo coruscante, como de cales estalladas bajo un foco de luz en esa suerte de demolición esotérica.

Ella lo soportó todo con entereza. Por otra parte, el ánima de don Gervasio carecía aún de algunas condiciones, entre otras la de espeluznar, condición que hubiese llenado de rostros horribles la tormenta. Delfina estaba dispuesta a no volver atrás, es decir, a no quitar un clavo. No le importaba que aquello derivase en un fin de mundo. En ningún momento intentó abandonar la conmoción ni siquiera arrastrándose. Cuando se enciende un fuego hay que estar en el centro de ese fuego, y es lo que ella hizo.

De pronto se le volaron los crespones que sellaban su castidad; se le volaron las telas negras que la cubrían, los velos, los linos reteñidos, y se quedó casi tan desnuda como aquella noche, con una desnudez sin ningún resplandor, puesta a hervir en los tachos de las anilinas. Permaneció quieta; en realidad no sentía miedo, y tampoco concibió la posibilidad de una represalia. Estaba preparada para volar también ella en el ciclón metido dentro de esas cuatro paredes del pasillo, volar viva o muerta, tanto le daba. Sus trapos golpeaban contra el cielo raso, se retorcían soltando goterones oscuros. Y ella esperaba que de un momento a otro se le desprendieran los pechos y echaran también a volar. Había atrapado un espíritu, había fijado en una pared de su casa un soplo del otro mundo, un huésped único aunque forzado al hospedaje, y comprendía, aun sin formulárselo, que lo pasmoso de ese torbellino era lo menos que podía suceder.

"Es un castigo, el aviso de un castigo" —pensó sin miedo—. Sí; el más allá le hacía una advertencia. Una de sus criaturas acababa de ser agredida. Quizá le hubiese bastado con encolarla.

Cuando a la madrugada cesó ese viento que sin duda alguna desprendía el ánima, Delfina Salvador quiso levantarse y no pudo. Quedó tumbada en el piso, convertida en una escarcha viviente, erosionada hasta los huesos, sin conciencia, y los crespones se le habían juntado en la cara como montones de murciélagos, mientras el espíritu de don Gervasio se había demacrado aún más en sus amarillos errantes y azules rígidos, y los siete clavos, dos en los hombros, dos en los pies, dos en las manos y uno en el pecho, desprendían un brillo persistente y volvían más patética aún la humana niebla martirizada.

Semejaban dos despojos, esa especie de despojos que son el comienzo de algo.

cuatro

DIEZ días después se puede decir que se había adaptado. Había cumplido una tarea minuciosa y heroica, ya que adaptarse no supone sólo un simple mimetismo, tomar los colores y silencios, las maneras de ser de lo circundante, sino —y eso es lo peor— amoldarse a oquedades nuevas, cubrir con el propio ser los pequeños precipicios que dejan los cambios. Las primeras noches se lamentó bastante y los quejidos le salían ferruginosos a causa de esos clavos viejos, y más tarde los reemplazó por un plañido que por momentos alcanzaba una suave musicalidad —quizá cuando él pensaba en Paula— hasta que al fin recobró su entereza, es decir, la unidad valerosa de lo que le quedaba. También llegó a emitir un zumbido de mosca verde pero el sonido entomológico no se le repitió más que en dos o tres ocasiones, durante la siesta.

Habituado ya al abierto infinito, a los espacios hiperbólicos, don Gervasio se sentía estrangulado por los tabiques de ese pasillo que visto un poco desde arriba parecía un cajón. Experimentaba la sensación de estar envasado, metido en un depósito, y no se perdonaba el haber ido a parar allí, esa visita a Delfina Salvador que entrañó una póstuma infidelidad a Paula, y sobre la que algún castigo tenía que recaer. Por otra parte, ni siquiera sufría la contaminación del mundo —seguía tan aséptico como cuando había llegado, con pocas probabilidades o ninguna de ser reabsorbido, disputado por la materia como sucede con los desechos. Que otra cosa no se sentía en esa especie de sótano a nivel del suelo, y entrampado.

El primer vaticinio de Delfina fue: "Terminará por acostumbrarse. No hay quien no acabe acostumbrándose a lo peor. Después de todo, descansará de tanto andar por ahí". —"Ahí" era para ella el cosmos—. Y convencida de que la naturalidad es lo más propicio para crear un hábito, lo único en donde nada se magnifica, seguía viviendo como si no lo hubiese atrapado, viviendo como antes, sin reparar en él sino fugazmente, vigilándolo sólo para comprobar que no se le había desclavado. Y a él lo cubría el polvillo de la resignación, y le daba un aspecto de atardecido. "La resignación se advierte sólo cuando se ha amoldado tan bien a la propia fisonomía que si uno se la arranca teme quedar desollado" —meditaba en su mural cautiverio al que no llegaban las señales del mundo, tan sólo la taciturnidad que había cobrado esa casa, el olor a ala de cuervo que ahora se respiraba allí, y la nube de amenaza que llenaba el volumen de cada pieza y de ese pasillo húmedo que parecía subterráneo y que quizá lo era, con su aire a yacimiento y a cosa disuelta.

Don Gervasio llegó al refinamiento de la resignación, a su molienda más fina, con la sensación de que se le iban formando sucesivas capas de acatamiento y de que estaba espolvoreado sin fuerzas ya para sacudirse y volver a su condición errante.

Ella atravesaba el pasillo con aspecto de desentendida, acentuando su estrabismo. Iba y venía percibiendo sólo la luz metálica de los clavos y sus mancillas de herrumbre. En ocasiones se aproximaba con un plato de comida o un vaso de agua o una rebanada de pan, y sólo cuando estaba allí caía en la cuenta de que los espíritus exprimen las sustancias de un inviolado ayuno. Y entonces era él quien se hacía el estrábico. Y ella se volvía, sin decir palabra, aguardando pacientemente no sabía qué, pero era seguro que algo tenía que pasar. Un espíritu es un espíritu y no tardaría en echar un brote de misterio.

El pasillo era un ámbito de desolación: las baldosas mordidas por la vejez y el cielo raso con una gotera como un ojo lleno de suspicacia, y ni el cielo sucio de una claraboya. Él era allí una telaraña espectral que no podía verse siquiera en un vidrio. No había con qué distraerse, ni un objeto que sugiriese las manos que lo habían hecho, ni un cambio en la mezquina luz del recinto, difusa y avinagrada como de bodega. Su visión obligada era la pared que tenía enfrente, un plano gris sin accidentes topográficos, sólo una quebradura muy leve y una mancha en la que no era posible descubrir el diseño de un rostro humano, uno de esos grabados de la humedad que fijan una cara que está viva en otra parte sobre un cuerpo también vivo, creando una historia. Él se lamentaba de que esa mancha no insinuase un semblante, pensando en que no se está solo frente al dibujo de un rostro humano.

Y se decía: "Esta desatinada me ha pinchado igual que a una mariposa".

Le llegaban los rumores del ajetreo de Delfina; se sobresaltaba con la caída de algún cacharro, la escuchaba barrer, lavar sus ropas de murciélago; discriminaba los trajines de la cocina y los otros, el coro de sonidos que secundaba la preparación de potingues balsámicos e infusiones con poder, ya que le había dado por ahí. Y esa sucesión o mescolanza de murmullos, estridencias, ecos y ruidos más o menos reconocibles, era lo único que lo distraía.

En su reposo vertical el ánima trataba de amoldarse a la pared, a los infinitesimales cráteres de su porosidad, temerosa de perder en ese apresamiento el único derecho que le quedaba: el de aspirar a una eternidad apacible, aunque secretamente intuía que la eternidad debe ser una continuidad de estados apacibles y estados convulsos, estallantes, bien combinados, explosiones hermosísimas, feéricas, y serenidades pulidas a la perfección. Fue pasando por todas las tonalidades; algunas mañanas amanecía con el reborde ceroso que deja la cavilación, otras era apenas un emplasto verde claro que antes de mediodía ya se había descolorido. Empezó a consumirse las ráfagas en vez de soltarlas y provocar vendavales cotidianos que metieran en esa casa más furia que la que había, y se fue tornando anguloso hasta tomar el contorno de las desesperaciones inútiles.

Delfina se había propuesto el aquietamiento de él, una suerte de domesticación. Que el ánima terminara aceptando sus clavaduras como había aceptado verse desaposentada de su sedentario refugio carnal y echar a andar como un meteorito. Juzgó acertado no hablarle, no darle siquiera el saludo matinal para que al fin el diálogo lo consolara. Ella no hablaba sino con el charco duro de la sangre del otro, y esperaba que don Gervasio fuese el primero en abrir la boca, esa cuenca de labios derretidos en la que la lengua sería la más tangible y móvil de sus reminiscencias. Pero él también tenía sus obstinaciones y callaba. No daría el brazo a torcer; el brazo esponjado de niebla lo tenía en forzada invalidez, un poco distante del flanco pero no de tal modo que pareciera un crucificado.

Observaba la señal dejada por la gotera con aprensión: "Me va a volver a dar el reuma" —se temía convencido de que su estado de víctima se acrecentaría con nuevos males ya que la víctima posee una intensa condición acumulativa. Otra cosa hubiese sido su cautividad en el dormitorio donde la hubiese visto a ella quitarse las batas y velos para acostarse, y donde hubiese recogido la rememoración de abrazos caudalosos y relámpagos de felicidad. La atmósfera de placer debía estar, aunque sofocada por la carga de lo que aconteció después; sólo sería cosa de saberla husmear y reconocer separada de todo lo que se le vino encima. La sola contemplación del lecho le habría bastado. Además un dormitorio es siempre un ámbito misterioso. Algo habría encontrado allí hurgando en el humus erótico formado a lo largo de años; el actual pudor extendido allí no le hubiese impedido descubrir agujeros de procacidad diseminados por todas partes, un cuadro vívido del que se hubiese podido esperar una oleada de calor.

"Me he quedado pegado igual que la sangre del otro. Y en este sitio atosigado. Sólo me falta el cerco de espinas" —se decía entre una y otra abstracción inherente a su condición incorpórea.

Por lo visto, la naturaleza trágica de Delfina Salvador necesitaba guardar y tener visibles los escombros de la catástrofe.

Los primeros días no había conseguido aceptar la inmovilidad, dado que él procedía de integrar ráfagas siderales. Ese estarse sin vuelo y sin andar contrariaba peligrosamente su esencia, y hasta tal punto sentía una amenaza de parálisis contra el muro, que llegó a pensar si no terminaría disolviéndose en la humedad o convirtiéndose en un moho verdinegro.

Delfina iba y venía. Pasaba casi rozándolo sin prestar atención a los suspiros con que él se testimoniaba su existencia. Bueno, también a ella, ya que las terquedades se le empezaron a aflojar.

La noche lo cubría pegajosa y triste y se le entumecía el misterio de que estaba hecho. A veces se le posaban los mosquitos —y esto no era lo más molesto, después de todo una compañía zumbante, sino las voces que esa desquiciada profería en la oscuridad y que traían los contornos de agonía de aquella noche que ella había convertido en hoya de tanto cavar en sus hechos y circunstancias. Lo peor era tener que oír el nombre del otro resonando en toda la casa; y no es que sintiera celos; después de todo era a Paula, su mujer, a quien había amado, pero el orgullo le encrespaba los vapores. Y aunque él no cerraba un ojo en toda la noche ya que el sueño es cosa de la carne, una de sus abismales voluptuosidades, esas invocaciones le interrumpían bruscamente la meditación y amanecía con cara de insomnio.

Sentía que su conformidad había agrisado el aire más aún, y al cabo de diez días la resignación fue el cielo que don Gervasio se construyó para errar entre sus siete clavos.

La undécima mañana se sentía casi reconfortado, y no porque hubiese sucedido algo, seguía tan estaqueado como el primer día. La paciencia crea espesores y esto era lo que necesitaba él para no concluir en gas de inminente difusión. Así como había aceptado el desalojo terminante de su hábitat carnal y había quedado a la intemperie hasta hacer del deambular cósmico su costumbre y ocupación, ahora también en esa invalidez aherrojada el hábito pugnaba por formarse y salir a la superficie.

El enmudecimiento se había prolongado por demás; temió incrustaciones de silencio difíciles de disolver, el afianzamiento de una porfía que hiciera imposible el diálogo, y aguardó a que ella apareciera aunque exagerando su estrabismo para hacerse la desentendida.

—Delfina...

La voz le salió vacilante, un silbo.

Ella pasaba en ese momento llevando un manojo de velas. "No será para encendérmelas a mí" —pensó. Y volvió a llamarla.

Al oírse nombrar, Delfina lo miró a hurtadillas y después se le plantó enfrente y se lo quedó observando, y más le fijaba la vista con mayor nitidez percibía los vapores amarillados que desprendía en lugar de esos otros blancuzcos que arrastraban fosforescencias profundas.

Pensó que el ánima se le estaba amustiando.

Bueno, podía ocurrir eso, una consunción, porque de algo deben estar hechos los espíritus y ese algo puede consumirse.

—Escucha...

Se le acercó solícita.

—¿Necesita algo?

—Sí; que me saques de aquí.

Delfina hizo el recuento de los clavos. No se le había salido ninguno.

—... cinco, seis, siete.

—¿No me has oído? Necesito que me dejes en libertad. Tener cielos y cielos y venir a terminar en esta mazmorra... Me preguntaste qué necesitaba y se te veía la buena voluntad. Te lo repito: que me desclaves.

—No puedo —respondió ella gravemente.

Don Gervasio meneó la cabeza, lo único que conseguía mover.

—Dime, al menos, qué es lo que te has propuesto.

—Vengarme.

—¿Quiere decir que me has arrojado todas las culpas, todos los malos jugos de aquella noche?

—¿Y qué otra cosa merecía usted?

—¿Y para ti reservaste la inocencia, esa agua bendita que brota de los resquicios que siempre hay en las culpas, aun en las más indudables?

Ella se alzó de hombros, quizá porque no había entendido bien. Y él carecía de fuerzas para cargar con la violencia que se levantaría allí como una humareda monstruosa si insistía en la recriminación, si le atribuía el motivo donde la culpa empieza a elaborarse. Optó por preguntarle simplemente:

—¿Hasta cuándo me vas a tener aquí? Porque supongo que no te vas a dedicar a atrapar espíritus, a hacer un empapelado de ultratumba...

Delfina tenía la mirada vaga.

—No lo sé.

Y era como si hubiese respondido a otra pregunta. Él se impacientó.

—¿Pero no te has hecho una idea?

—Todavía no.

—Bueno. Yo necesito saberlo. Tengo mis compromisos con la eternidad. Reconóceme el derecho de enterarme hasta cuándo durará tu venganza.

Ella se irguió.

—¿Puedo saberlo? A menos que usted me ayude a ser vidente.

Él no reparó, porque no quiso, en la pasión enmarañada, despótica, que animó esas palabras, en la obsesión clamorosa contenida en cada una de ellas, más que dichas arrojadas a él como una conminación, más bien un sudario puesto sobre su rostro nuboso para recoger los sudores del más allá. Recorrió con una mirada ininterrumpida el pasillo inhóspito y aventuró:

—Quizá puedas hacer algo por mí sin devolverme los cielos perdidos. Te propongo una cosa.

—¿Cuál?

—Que me claves en tu dormitorio.

—¿Justamente allí?

—Sí. Hay menos humedad. Aquí, fíjate bien, hay una amenaza de gotera que me preocupa. Te lo digo por mi reuma.

—¡Pero si usted ahora es puro espíritu!

—Te equivocas en lo de puro. No he llegado todavía a esa fineza. Se me tienen que desprender ciertas partículas que son la memoria de la carne y el hueso. A un espíritu puro no hubieras podido apresarlo con cuatro clavos.

—Con siete.

—Bueno, es lo mismo.

—Quién sabe. Con cuatro clavos se me habría volado.

—Podríamos probar.

—Ni se lo sueñe.

—¿Qué te cuesta trasladarme a tu dormitorio?

—¿Le parece poco tener que desclavarlo?

—¡Vaya! ¿No tienes una tenaza, una pinza?

—No es por eso. Es que si lo desclavo para mudarlo se me vuela...

—Palabra de ánima que no.

Delfina lo miraba con desconfianza. Y de pronto se le enturbió la cara, no sólo por el recelo sino por la persistencia del rencor.

—¡Como para creerle! ¿No se acuerda que me dijo que aquella noche no vendría y después entró sin llamar siquiera, para desquiciarme y plantar dos muertes aquí mismo?

—Una, porque la mía, por lo visto, no te la planté. Tu llanto y tu veneración son para el otro. Mejor dicho, tus voces de enloquecida que no dejan dormir a nadie; no lo digo por mí, que estoy con los párpados comidos, en un desvelo de descuartizado que espera que sus pedazos vuelvan a juntarse.

—¿Voces?

—Gritos que me han hecho espeluznar a mí, que soy un fantasma...

—¡Ojalá hubiese gritado cuando entró usted para traerme la desgracia y enlutarme para toda la vida!

—Cuando entré no me podías ver. Él te cubría como un lienzo agolpado sobre ti.

Ella no lo oyó. Continuó su exasperada retahíla.

—Ojalá hubiese gritado antes de que saliesen a relucir los cuchillos, cuando oí sus pasos, sus amenazas y esos bufidos...

—Que no puedo dar ahora.

Don Gervasio recibió con impasibilidad la oleada que removía sedimentos tremendos, su propia laceración mortal, las raíces bullentes multiplicadas allí, mostrándose para que el hecho no pereciera. Y después se encogió ligeramente.

—En este estropajo de espíritu en que me he convertido, sí puedes confiar. ¿Cómo crees que te engaño? El engaño también pertenece a la carne. Has de saber que el alma sólo posee la sustancia de la verdad.

Ella se irguió otra vez como atacándolo.

—Será como usted dice, pero no los voy a tener a los dos en el dormitorio para que suceda quién sabe qué...

—Llévame sin aprensión. ¿Qué podrías temer a esta altura de mi inconsistencia? ¿Qué podrías esperar?

—Pero, ¿y Juan Ciriaco?

—Él andará deslizándose por esos altiplanos del otro mundo...

—No digo él. Su sangre.

—¡Ah, es cierto! La sangre. ¡Qué manía! Una de las más fanáticas manías humanas. ¿Y acaso antes no nos tuviste juntos a los dos?

—Sí; pero a destiempo.

Una irrigación más iracunda que la anterior coloreó la cara de Delfina.

—Se imagina que no lo voy a sacar de ahí para darle preferencia a usted...

—No te exijo tanto. Es que aquí paso la mayor parte del tiempo solo. Y la soledad es como la intemperie: termina cubriéndolo a uno de óxidos y musgos.

—¿Qué más quiere que le crezca algo vivo, algo verde? —sugirió ella cambiando de humor.

—Sí. Una plantita.

Cualquier cosa, hasta un nido de polvo, añadiría algo cálido a su sensación de estar tan asépticamente lavado.

Ella se fue; y él no tuvo más remedio que quedarse, agarrado al cabo que le tendía la meditación. Dedicó parte de la tarde a su aseo; se sopló una baba del diablo que lo recorría como una cicatriz; se sacudió la tierra levantada por la escoba de Delfina y que lo había llenado de puntitos negros, y al instante recobró su palidez y volvió a ser un panadizo de nácar. Y después se puso a la tarea de esponjarse un poco para que la escualidez no le diera un aspecto vermiforme que lo redujera a la mitad, es decir, a la cuarta parte, puesto que él de por sí ya era una mitad.

Delfina pasó tres o cuatro veces y le dijo: "Hola", señal de que su resquemor empezaba a entibiarse y que se podía aguardar la instauración de una familiaridad serena. Por la noche la sintió caer de bruces pero las invocaciones, ni bien comenzadas, se interrumpieron bruscamente, y la vio aproximársele tanto que él intentó dar un paso atrás en el olvido instantáneo de sus clavaduras, impresionado por sus ojos, casi salidos de sus fosas. Se diría que la córnea se le había licuado, brillante y desbordada sobre las mejillas. Lo único que se le ocurrió pensar fue: "Se le habrá aparecido el otro". Pero en seguida se dijo: "Un espíritu no entra sin antes anunciarse al que ya ha ocupado la casa". Debía de ser otra cosa. Le oyó una sola palabra dicha con voz de condenado a muerte que expresa el último deseo:

—Ayúdeme.

Frunció el ceño, una ligera astringencia, como si alguien le hubiera echado una gota de limón entre uno y otro ojo.

—Te ayudo —le dijo—. Pero antes debes explicarme.

La vio caer de hinojos ante él.

—¡No! —protestó—. Mira que el hecho de ser espíritu no tiene nada que ver con la santidad. La santidad es un estado de fulgurante calcinación de la carne. Y yo ya no la tengo.

La vio desgarrarse los crespones visibles.

—Ayúdeme a ser vidente.

Ahora lo comprendía; para eso lo había apresado.

—Pero antes te levantas. Prefiero que me detestes a que me veneres.

Ella obedeció y dijo:

—Quiero tener más poder que doña Gaspara, la vieja del estero. Usted la conoce y sabe lo que es capaz de hacer. Curar daños, anunciar inundaciones, pestes en el ganado, ahuyentar a los malos espíritus...

Don Gervasio atisbó una posibilidad de salir de allí.

—Soy un mal espíritu, Delfina. Y te daré el poder para ahuyentarme —dijo con gravedad.

—¡Qué va a ser un mal espíritu usted!

—Pero ¿no afirmas que te traje la desgracia?

—La trajo sin querer. Usted me va a ayudar. Quiero tener más poder que la vieja esa que ya ni ve ni oye pero sigue mandando en todos porque tiene secretos que se los va a llevar a la tumba, y quién sabe si va a terminar en una tumba porque nadie la va a enterrar por miedo a tocarla.

Alzó los brazos carbonizados por los lutos y prosiguió.

—Para eso lo clavé. Para que me ayude a hacer profecías y a hablar con los muertos.

—¿No fue por vengarte?

—Por las dos cosas.

—Sí; nunca nada se hace por un único motivo. Y siempre en un motivo hay más de uno —razonó él a media voz.

Ella estaba en un temblor imperceptible de ciénaga y tal vez era sólo eso, un tembladeral que necesitaba formar sucesivos tembladerales.

Él la miró desde una compasión que creció de golpe hasta justificarlo todo, su propio cautiverio y su casi crucifixión.

—Delfina...

No le contestó. Parecía girar, aunque no lo hacía, cumplir el movimiento de redondez de la inmovilidad. Ni siquiera alzó la cabeza al ser pronunciado su nombre. Daba la impresión de hundirse con lentitud, de ser arrastrada quién sabe hasta qué fondo. Y se estuvo así con aspecto de penitente. Y él continuó llamándola a lo largo de esa noche rígida, pronunciando en distintos tonos su nombre porque sabía que no estaba muerta, ni siquiera desvanecida, sólo ocupada en arrancarse las pieles, durezas y costras que de alguna manera obstruyen la sensibilidad; ocupada en desollarse para recibir el mundo y sus hechos.

—Delfina...

Era inútil. Ella estaba en la tarea de convertirse en una llaga interior para percibir el aire funesto que empieza a rodear a los seres de la desgracia antes de que se produzca. Así, paralizada, pero cumpliendo una actividad dolorosa y radiante, se sentía más viva que nunca, convencida de que en ese desollarse, en ese ensimismamiento caótico, renacía nueva y limpia, con el don de descubrir anuncios y descifrarlos.

El manojo de velas con que había pasado a la mañana apareció desperdigado en el piso. "Ahora sólo falta que la casa se encante y los cirios se enciendan solos" —pensó don Gervasio que, pese a su estado o quizá precisamente por ello, les rehuía vivamente a los símbolos mortuorios.

Dejó de llamarla.

"No me responderá. Seguirá en el rito de su idea fija con una terquedad de diez mulas", pensó.

Contempló la primera luz del día colada quién sabe de dónde. Recordó que en el más allá no hay días sino tiempo, tiempo sin fraccionar, y se dijo: "Los días son una de las más bellas costumbres de la tierra. El tiempo macizo de la eternidad sin mañanas ni noches posee menos misterio que la luz de un solo día".

Y la vio avanzar lentamente hacia el dormitorio y volver la cara antes de desaparecer, salir a la orilla de un éxtasis prolongado con la frente aceitosa como si acabara de ser ungida, mientras murmuraba:

—Quiero conocer el destino, curar daños, hacer profecías, convertirme en santa para la gente.

—¿En santa?

Don Gervasio pensaba que la santidad es una hoguera blanca y que la condición ígnea de Delfina estaba hecha de fuegos oscuros, llamas enroscadas, fuegos ciegos que giraban hacia todas partes. "Una buena fogata interior debe ser vigorosa pero nunca desordenada", se dijo no sin dejar de observar que desde que estaba allí o quizás antes, desde sus encuentros y desencuentros con Paula, le había brotado hacia adentro la espina de la filosofía.

Ahora no le quedaba sino la meditación y el aire de mártir inútil adquirido durante los últimos días o las últimas noches, cuando la casa se volvía un abismo y él se enfriaba como una estalactita o tenía la sensación de pender igual que una baba del diablo, de esas que se lleva el viento, pero en realidad no pendía ni había viento que se lo llevase ni brisa que le hiciera flamear las partes no clavadas. Y en ese cautiverio que de tal manera contrariaba su esencia volátil, se le fueron condensando ciertos vapores.

El ánima se fue sazonando.

Días después alcanzó la plenitud, un estado equivalente a la antigüedad que no poseía, aunque le quedaban muchas adherencias propias y óxidos contraídos, ya que no pudo salirse de los clavos. Empezó a desprender volutas, garfios vaporosos y pseudopodios azules que aprehendían las sustancias, los limos, los destellos, con que se van formando las historias humanas. Y una mañana vio a través de las paredes, y la visión no se limitó a traspasar esa sólida opacidad sino que fue como un reguero: corrió por el pueblo, traspuso cuanto muro halló y percibió la formación de lo que sucedería. Era como estar en libertad. Quiso verla a Paula. Abandonó la imagen de los primeros seres en los que se había detenido, y la buscó en una expectación forcejeante, dolida y llena de gozo. Trató de orientarse; le costó bastante porque el sol para un ánima sale de todas partes. Pero en algún sitio estaría el jardín con su monte de cinereas y sus estallidos jugosos de matas de cedrón y sus platabandas entre muros de hortensias. Buscó con una desesperación dulce el viejo jardín que ahora se figuraba recién brotado y más edénico que el mismo paraíso. Pero ésa era una libertad un tanto impiadosa, una libertad de cinco o seis cuadras a la redonda solamente. Se esforzó todavía por llegar más allá y se hubiese conformado con atisbar borrosamente la casa y la figura de ella. Pero había un límite, una especie de cerco que él sintió tan espinoso como el que circuía la sangre de Juan Ciriaco Fuentes. Había un círculo preciso que encerraba sólo algunas cuadras del pueblo, con sus gentes, sus entremezcladas respiraciones, sus destinos, y su visión no pudo recorrer un metro más. Su mujer, su casa y su jardín quedaban mucho más allá, en las afueras del pueblo. La nostalgia de ella, el único ser con quien quería compartir su eternidad, le crispó el pecho en torno del primer clavo puesto por Delfina, y se apesadumbró, hasta que las pesadumbres se le desgajaron solas, y se alegró con el espectáculo reconfortante que siempre provoca la gente viva.

Absorbió fragmentos de imágenes, pensamientos herméticos, movimientos que no se ven, como los de la hiedra trepadora, el magnetismo del ser elegido para que en él o en torno de él giren las circunstancias que han de ordenar la formación del hecho extraño, acaso único en las crónicas de las uniones o desuniones humanas. Veía a la gente, la victoria del ser y el pudor que entraña toda verdadera victoria. El sector de pueblo que percibía estaba en orden, un orden apuntalado con formalidades y rutinas, pero pequeño, ya que un orden de magnitud es siempre un tumulto inteligentemente dirigido. De todos modos había una epidermis de apacibilidad. Sonrió. El acaecer humano es conmovedor. La sombra de los niños ilumina el suelo, y hay tantos ademanes, tantas dulzuras tácitamente exprimidas... Le hizo bien entrar y salir de casas y de gentes, claro que sin dejar de estar amarrado; fue como un repaso de hechos comunes a la que fuera su vida, de gestos y costumbres. Y de pronto se pasmó y tuvo un sobresalto que casi lo desclava.

—¡Delfina!

Ella se dispuso a acudir. Como llovía pensó en la gotera y buscó un cacharro para recoger el agua.

—¿Qué?

—Que vengas en seguida.

Apareció llena de aprensión.

—¿Qué? ¿La gotera?

—No.

—No me diga que el reuma...

—No; y te agradezco la preocupación. ¿No es que querías hacer profecías?

Ella dejó caer el cacharro, un recipiente que servía para la cocina para dar agua a las plantas menores y para hacer estruendo como el que hizo y que pareció infernal porque en ese recinto debía haber una encarnizada acústica.

—¿No es que deseabas ser vidente? —insistió él.

—¿Voy a ver algo? —preguntó sofocada.

—Cállate, que el que ve soy yo.

Todavía continuaban los ecos estridentes y multiplicados

en agudezas metálicas del tacho caído; cuando se desvanecieron don Gervasio anunció:

—Hay una gran complicación en el paraíso terrenal de don Tobías.

Ella lo miró sin entender. Esperaba otra revelación, un hecho no sugerido sino descripto con vigor caldeado y que podía ser un temblor de tierra o la violación en masa de las mujeres del pueblo. Repasó en su mente las palabras del ánima y preguntó con desconcierto:

—¿Qué paraíso terrenal?

—Ya te lo dije, el de don Tobías. Su barraganería. Para él lo es. Su convivencia afectuosa con las muchachitas.

—¿Afectuosa? ¡Si todo el pueblo sabe!

—Es que la vida no puede ser secreta para los demás a menos que sea secreta también para uno mismo.

Delfina no meditó en esas palabras, temerosa de que el ánima tomara el camino de las abstracciones. Y comentó:

—Él dice que las trata como un padre pero yo lo he visto mirarlas como si las untara —se detuvo y de pronto preguntó vivamente—. ¿Y cuál es la complicación? ¿Se le escapan las muchachas?

—No. Se va él.

—¿Se vuelve a su país?

—No. Al mío.

—¿Cómo?

—Te digo que don Tobías se va al otro mundo.

Un tanto decepcionada, Delfina se alzó de hombros.

—Bueno, ya tiene bastante edad. ¿Y de qué va a morir?

—De degüello.

El soplo aciago desprendido de esa sola palabra la sacudió con fuerza, le puso en la mirada un precipitado hervor.

—¿Don Tobías va a morir degollado?

—Sí. Ahora déjame ver, que allí se ha interpuesto cierta penumbra...

Y el ánima empezó a otear.

Ella estaba pendiente, como si en ello le fuera la vida, de la revelación, y se mordía los labios para no hacer ninguna pregunta que interrumpiera el itinerario de la mirada fantasmal, a la espera de que la bruma interceptora terminara por desaparecer.

—Ahora vuelvo a ver claro —dijo don Gervasio como quien se ha limpiado los lentes.

El aire se puso tirante; se diría que alguien lo estaba tironeando de las puntas.

—Sí —prosiguió con lentitud—. ¡Pobre don Tobías Abud! Mañana a la noche las chiquillas van a introducir en la casa al asesino.

—¡Cómo! ¿Precisamente ellas? —se escandalizó Delfina.

—No saben que lo es. Un forastero joven del que están enamoriscadas. Poco después el rozagante patriarca va a ser degollado.

Era tal el patetismo que Delfina veía el hecho en todos sus detalles, un bajorrelieve rezumante de sangre y el cerco de brazos de las muchachitas en torno del forastero que le haría verter al viejo un caudal inacabable de sangre olorosa de cedros del Líbano. Se sintió temblar contagiada por los vapores del ánima.

—¿Con qué lo degüella? Seguro que con una navaja.

Don Gervasio tuvo un gesto de asentimiento.

—Veo que tu sensibilidad se está afinando. Sí, con una navaja.

Ella se puso contra la pared para sostenerse; tenía la sensación de que le sudaba el alma. Preguntó:

—¿Cómo es el forastero?

—Un muchacho de veinte años.

—Pero ¿cómo es?

—Tiene la cara más bella que he visto, semejante a un ángel.

—¿A un ángel?

Sí. Pero cuando se tiene rostro de ángel y no se es, ello implica una mistificación. Un ser humano con cara angélica es siempre un enmascarado.

El ánima había cobrado un aspecto de membrana, tiesa, atenta a esa máscara viviente, al rostro que había fascinado a las muchachitas, y ella, mientras tanto, empezó a alejarse hacia la puerta que daba a la primera habitación, sin dejar de mirarlo. Tenía el pelo revuelto y la ropa en desorden, crespones que le asomaban del escote, velos que le colgaban de todas partes. Quería aguardar algo más; sin embargo, se sentía arrastrar hacia afuera.

—¿Qué puedo hacer yo?

Hizo la pregunta y no esperó la respuesta. Salió a la calle dando alaridos que remedaban los de aquella noche, haciendo el anuncio con tal escándalo que nadie dejó de pensar que Delfina Salvador había enloquecido. Volvió a la memoria de todos la escena de aquella Delfina poco menos que desnuda pregonando muertes a la puerta de su casa; y ahora era casi lo mismo, sólo que estaba cubierta de telas lúgubres y embebida en vahos sangrientos cuyas fuentes no se veían.

Comenzó a caer otra lluvia, una de esas lluvias agoreras que disuelven a los pájaros y lavan para siempre las puertas de las casas abandonadas hasta hacerlas desaparecer, y Delfina seguía su camino sintiendo que se descargaría un diluvio estival lo suficientemente copioso para que las zanjas se convirtieran en riachos. No pensaba en retroceder. Era la primera vez que salía en varios meses y ésta era una libertad excitante. Se le volaba la mantilla, se le abultaban las telas negras puestas unas sobre otras y parecía no una mujer sino una procesión urgida, un viento negro en medio de la lluvia, ululante y rabioso. Advertía cómo la miraban desde las ventanas. Veía reflejado en los rostros de todos el espectáculo que sólo puede ofrecer una loca. Y esto la impulsaba aún más a clamar su vaticinio para que retumbara en el fondo de los zaguanes.

Súbitamente dejó de llover. En segundos el aire quedó seco, recorrido por una que otra luz rosada.

Delfina repetía el anuncio a los gritos por una calle y otra, cada vez con mayor vehemencia. Quería asegurarse de que nadie dejara de oír, y pronto la imagen de don Tobías degollado voló por todo el pueblo; la visión de su barbada cabeza flotaba en el aire, sobre los patios y las higueras, en el ámbito apacible de los cielos domésticos. Sí; la cabeza volaba aunque nadie admitía la posibilidad de su brusca separación del cuerpo al que había pertenecido durante tantos años. Fue en vano que ella andara y desandara calles dando la mala nueva con un día de anticipación. Nadie le creyó a Delfina.

—Pobre. Está trastornada.

La idea del degüello se le había alojado en la mente con tal propiedad que parecía ella la degollada, caminando con la cabeza apenas agarrada por algún tegumento. Sentía una horrorosa satisfacción: su primera predicción poseía la fuerza de un temblor de tierra. Se agachaba para recoger la mantilla que a cada tres pasos se le caía, y después permanecía en medio de la calle de tierra, hincada, sin variar el orden de las palabras ni su patetismo grandilocuente y maquinal, que era lo que más acentuaba la impresión de que estaba desvariando.

—Pobre mujer. No parece la misma.

En el pueblo nadie la había visto desde la noche en que don Gervasio Urquiaga y Juan Ciriaco Fuentes se fueron juntos al otro mundo —aunque en seguida se separaron—; nadie la había visto desde entonces, y su brusca, insólita, estremecedora aparición esparciendo otra vez el escándalo con voces oscuras afirmó en la gente la idea de que ella había perdido la razón, sobre todo a juzgar por la actitud en que muchos la vieron, arrodillada en medio de la calle, mientras el viento le arremolinaba los crespones —remota, irreconocible imagen de aquella Delfina que turbaba a los hombres y los encendía como a velones que es bueno tener ardiendo.

Y después se largó un chaparrón agitado y ella tomó por la calle de casas fuera de línea por la que había transitado días atrás la nostalgia terrenal de don Gervasio en la creencia de que se despedía para siempre del mundo, ya que Paula se negaba a acompañarlo. Avanzó en silencio hacia una dirección fija y ya no caía una gota de agua cuando llegó a la casa de don Tobías Abud.

Tenía el pelo y la mantilla empapados y los crespones en un estrujamiento que movían a lástima, y barro pegado a las piernas, piernas de alfarería que se plantaron frente a la puerta, resueltas a no dar un paso más que no fuera hacia adentro, porque era justo que la víctima supiera qué le pendía en torno de la garganta, una garganta que se suponía en el sitio debido ya que la pelambrera del viejo la ocultaba.

Las chiquillas le abrieron la puerta y al verla se arracimaron en un ángulo del patio, sin preguntarle nada, absortas en los costrones de barro, en la negrura de las ropas, en el aire de pavor que de pronto se desprendió de la visitante y pareció amustiar la frescura y petrificarles los pies porque se quedaron sin poder dar un paso y huir de su presencia.

El patio era acogedor, con plantas vistosas refrescadas por la lluvia y una galería a la derecha a la que daban tres puertas. La humedad insuflaba un fuerte olor de azahares y magnolias. "Don Gervasio diría que éste es el olor del paraíso, pero lo que ocurre es que esto está lleno de limoneros", pensó Delfina. Las miró a las muchachas, esas zorritas de muslos abrasados, como si las estuviera acusando de lo que iba a suceder allí inevitablemente. Aunque ellas serían inocentes, tendrían la inocencia fatídica del que le franquea la entrada al asesino sin imaginar ni sentir la conmoción que viene con él. Se anunció con palmadas como si percutiera un parche, resuelta a ignorar a las muchachitas, que ni siquiera se le habían acercado.

—¡Don Tobías!

Esperó. Sintió que la mojadura la penetraba y se quitó la mantilla para retorcerla, y lo mismo hizo con los crespones que le salían de todas partes. Después, contrariando su determinación, se dirigió a las chicas, dura, increpándolas:

—¿Está o no está?

Ellas asintieron con un movimiento de sus cabezas, pero ninguna fue a buscarlo.

—¡Paraíso! —comentó irritada Delfina.

Bajo el emparrado avanzó el viejo con aspecto de patriarca. Bien plantado, rebosante de vitalidad, de barba rizada entre espumosa e hirsuta, trasuntaba un bienestar de bosque y todas las voluptuosidades de los sedentarios. Tenía casi setenta años que translucían una juventud puesta en maceración en un barril de madera dura, y hacía sólo dos años que había dejado de ser tendero para disfrutar de su posesión de higueras, parras, limoneros y muchachitas recién salidas de la pubertad.

La miró a Delfina con conmiseración, dispuesto a extender sobre su desgracia el bálsamo de su paternalismo, de consolarla de alguna manera. La encontró demacrada y mucho más extraña de lo que siempre había sido, y con esas ropas, un disfraz funesto, como si anduviese mostrando los trapos de la viudez —con costras de lodo y agujeros de agua. ¿Y qué necesidad tenía de salir justamente ese día en que el cielo por momentos se había venido abajo, ella que mantuvo una reclusión sin excepciones? "Pobre mujer" —se condolió don Tobías, y comprendió por qué las chicas habían dejado de hablar y estaban acoquinadas.

—¿La trajo la lluvia? —atinó a preguntarle pensando que un saludo carecía de sentido ya que ella parecía estar en otro mundo.

—Me trajo la noticia de su muerte —contestó ella con la inexorabilidad de los vaticinios indudables.

Don Tobías dio un paso atrás.

—¿De mi muerte? —frunció el ceño y agitó la barba; y en seguida su tremenda vitalidad le hizo sonreír—. ¿De mi muerte, dice? ¿Y cómo yo no me he enterado? Tendría que ser el primero en saberlo. Imagínese que el cambio es demasiado grande para no sentirlo...

Las muchachitas huyeron a las habitaciones y se encerraron.

Él, mientras tanto, pensaba: "Pobre mujer. Ha enloquecido". Y le dijo con suavidad:

—Le han informado mal, Delfina. Por lo que se ve estoy vivo.

—Ya veo que está vivo —replicó ella—. Pero va a ser degollado mañana por la noche.

Don Tobías sintió un escozor bajo la barba, la penetración de una lámina fría, pero fue sólo un instante.

—No me pienso mover de aquí —dijo para tranquilizarla más a ella que a sí mismo.

—Es que lo van a matar en su casa.

—¿Y como lo sabe?

Porque soy vidente.

Azotada por el viento, la lluvia y los pregones de muerte, los ojos como un vidrio que hervía, Delfina parecía en verdad una loca mítica, intemporal, un ser al que sería demasiado arriesgado contradecir. El viejo optó por tomar una apariencia de credulidad. Luego le oyó decir, aunque al principio no entendió bien, y menos entendió cuando las palabras le llegaron con entera claridad:

—Lo va a degollar un ángel.

Don Tobías respiró hondo, consumió todo el aire tranquilizador de su paraíso sintiendo que esas palabras eran la prueba y refirmación del extravío de Delfina, y le hizo una reverencia profunda mientras le decía:

—Gracias por venir a avisarme.

—Sí —le dijo ella—, usted también tenía que saberlo.

—¿También yo? Quiere decir que otros ya están enterados...

—Todo el pueblo.

Él le miró esa mixtura de lodo y gasas retintas, la lluvia colgándole del pelo, y detuvo su atención en las ojeras de ese rostro que parecía malévolo y bien inspirado al mismo tiempo.

—Voy a extrañar este patio —le confió con una sonrisa endulzada por la compasión—. ¡Mire qué espléndidos están los limoneros!

—Yo en su lugar, en vez de mirar los limoneros, revisaría mis deudas con Dios.

—Si es un ángel el que me va a degollar quiere decir que es Dios quien estará en deuda conmigo... —dijo don Tobías con un asomo de diversión en la sonrisa que persistía aún.

Delfina lo oyó vagamente. Se sentía traspasada de frío, aunque alrededor de ella seguía siendo verano, y sólo pensaba en irse. Ya había cumplido.

—Después no diga que no le avisé.

—Después no voy a decir nada. Lo único, darle los buenos días a Jehová y a Alá las buenas tardes... —rió él.

En seguida le hizo una segunda reverencia y ella se fue sin darse cuenta de que había transmitido el anuncio con la exactitud de su formulación original a todos menos a don Tobías, el interesado. Cuando llegó allí su exaltación la había precipitado ya en el agotamiento e hizo la revelación a medias y confusamente. No le pesaba en la conciencia no haberle dado todos los detalles. "Lo que está escrito se cumple porque allá arriba se escriben solamente verdades, y lo que tiene que pasar pasa y nadie le escapa al destino por más que le huya" —meditó mientras tomaba por una callecita arbolada, de esas que parecen conducir a un lugar irreal.

—¡Degollado por un ángel! —exclamó el patriarca meneando la cabeza—. ¡Pobre mujer! En qué estado está...

El anuncio no consiguió hincarle siquiera una espina. Su estupenda vitalidad era resistente a toda duda sobre sí misma, a toda idea que no entrañara un bienestar misericordioso —misericordioso porque don Tobías Abud sabía agradecer los dones y en todo placer veía el otorgamiento de una gracia. La desazón que le dejó la visita intempestiva de Delfina fue por ella y no por él. Dio un paseo entre las higueras reconfortado por el verdor —la lluvia había venido bien—. No tenía ese azulado resplandor que se ubica bajo la piel de la víctima y le crea una súbita lejanía con atmósfera propia; se sentía, pese al mal augurio, rebosante. Y después se metió en la galería para avisarles a las muchachas que la loca se había ido.

Delfina Salvador, mientras tanto, se alejaba cubriendo su cabeza con sus lutos casi licuados, y a largos pasos torpes que ponían en peligro su equilibrio —el de su cuerpo, porque el otro ya se le había desbaratado— y por momentos la hacían girar como una figura funambulesca. Cuando entró en la casa se fue al pasillo y le dijo al ánima:

—Si a don Tobías mañana lo degüellan, ni usted ni yo tenemos la culpa. No lo podemos evitar aunque nos pongamos a custodiarle la casa, porque es su destino.

—Sí —admitió él—. Lo matarían a él y también a nosotros, es decir, a ti. Para escapar a los designios del destino se necesita una picardía metafísica que él no posee. Está demasiado bien enraizado. ¿Viste alguna vez que un árbol al que se va a talar se escapa? Bueno, para burlarlo al destino, en situaciones como ésta, hay que ser el árbol que se escapa...

Al día siguiente el paraíso continuaba intacto.

La mañana y la tarde transcurrieron sin nada que les mellara la apacibilidad; se sentía el mismo olor a azahares y a magnolias de los días anteriores traídos por el aire dulce y pegajoso de la siesta, y las muchachitas parecían más alegres. Quizá se hubiese podido descubrir una cierta expectativa, sólo un círculo erótico sin señales aciagas. Pero esa noche don Tobías, por primera vez en la crónica de sus costumbres, verificó si las dos puertas, la de calle y la del fondo, estaban debidamente cerradas, y reforzó la clausura con dobles vueltas de llaves, y se animó a inspeccionar el terreno, aventurándose en la oscuridad de la que emergían las higueras como corpulencias humanas. De pronto advirtió la inutilidad de sus precauciones: el degollador, si era ángel, tendría que caer del cielo.

"¡Pobre Delfina! —volvió a apiadarse—. Era una hermosa mujer. Aunque nunca estuvo del todo en sus cabales".

Palmoteó a las muchachitas y se fue a acostar.

Una vez más revivió el espectáculo de esa Delfina transmutada, ni sombra de lo que había sido, y sintió el peso bienaventurado de la razón cuando está en su sitio y no ha sido saqueada por las tribulaciones. E inesperadamente le cubrieron los ojos las imágenes de su infancia como párpados de porcelana, y la reminiscencia le virtió una sangre de felicidad sobre la suya que todavía lo irrigaba con biológica obediencia y en la que había afluentes del Líbano, violencias turcas, el zumo antiguo de algún larguibarbado abuelo judío, y en la que flotaba uno que otro islote griego, orígenes bien y mal avenidos. Vio un chico voluntarioso emerger de una geografía crispada y atrancarse de las plantas de los pies el suelo natal, y comprendió que ese chico había quedado en él como un sedimento, que se le parecía en todo y en todo se le diferenciaba. Se le precipitaron recuerdos, un tiempo a pedazos, y la cantidad de luz y la cantidad de sombra que tiene el pasado, no por las cosas que hayan sucedido en él sino simplemente por su condición de pasado.

Cuando tornó a asaltarlo la imagen de Delfina tuvo la sensación de que la barba le acorazaba la garganta, y volvió a la rememoración de lo que había sido su vida antes de afincarse allí, en esa provincia en la que había prosperado, y poco a poco lo fue ganando una somnolencia dulce mientras le caía de los ojos el agua de la inocencia, que fue la última agua que le lavó la cara.

Eran las once de esa noche caliente, casi una pulpa demasiado mórbida. Las muchachitas estaban enturbiadas esperando a que la noche se cerrara aún más, atentas a los primeros ronquidos de don Tobías. Eran cuatro, las cuatro morenas y vivaces, y tenían entre quince y dieciséis años, pero sus ojos ardían con un aguijón de madurez erótica dispuesto a hincarse en el forastero que las había enamoriscado y alborotado los muslos. Estaban trémulas, hurgando en la oscuridad, sintiendo que se les enredaba un soplo cálido y viscoso hasta la altura del vientre, mientras se preguntaba cada una en el ámbito de un temblor todavía más profundo, cuál de ellas sería la primera en ser poseída por el bello desconocido, flexible, mimbreño, no importaba que fuese en presencia de las otras —ya el viejo las había acostumbrado a testimoniar una lujuria callada, a simular que dormían.

El deseo del muchacho hermoso como un ángel las tenía azoradas, y se preguntaban si él se abrazaría a todas en esa habitación caldeada de intimidad, y en la que repentinamente se había levantado una columna de miedo, ya que cada una había acrecentado su temor de quedar fuera del amor prometido las dos o tres veces que conversaron con él a escondidas, entre las higueras, una conversación de voces apagadas y súbitos desvanecimientos cuando él les mordía la boca y les acariciaba las piernas, y ellas dejaban hacer, como zorritas que eran, habituadas a un juego ilícito lleno de nocturnidad.

Eran poco más de las once. Se deslizaron como gasas, los pies descalzos, sintiendo en la nuca el castigo de la expectación erótica.

Pegaron las orejas a la puerta de don Tobías y le oyeron el dormir acompasado, el sueño que iba cayendo en busca de un fondo lleno de sueños fósiles, un fondo de excavaciones oníricas. Se despegaron con suavidad y se metieron en la cocina oscura; la mayor hizo girar la llave de la puerta y para abrirla tuvo que dar una vuelta más, sin detenerse a pensar por qué había variado la costumbre. Y él, que estaba esperando desde hacía veinte minutos en el escondite de troncos abultados, y por si fuera poco, oculto tras unas conejeras vacías, entró con un natural sigilo, las pupilas brillantes y heladas. Era hermosísimo. Un sol dañino. Y pareció ocupar en seguida un centro desencadenante de algo. Pero las muchachitas no percibían la atmósfera aciaga que ya había empezado a tomar consistencia; sólo sentían la fascinación de él y estaban a su merced en una incondicionalidad mansa y fatídica.

Se le pusieron en torno, se apretaron a él en una audaz disputa sufriendo la lastimadura del forzoso enmudecimiento. El forastero trazó con sus manos una caricia múltiple, se oprimió todavía más a ellas que lo sofocaban con una voracidad de pirañas agilísimas mientras la disputa se volvía feroz y ostensible, ya que cada una trataba de desplazar a las otras, cada una con su hambre de él, sin tiempo para crear siquiera un imaginario pudor.

Él las fue llevando hacia adentro, y fue en vano que tratase de deshacer el nudo, el conglomerado que formaban entre todos. Llegaron al centro de la casa sin despegarse de él, tan enturbiadas por el deseo que ya no podían sostenerse por sí mismas. Empezaron a jadear, sin importarles que don Tobías se despertara. Lo arrastraron al recién llegado hasta la puerta de un dormitorio y estuvieron a punto de entrar, pero él se detuvo, harto de las cuatro, con deseos de golpearlas y limpiarse la baba que le habían segregado, pero se guardó la violencia y les dijo que se acostasen y lo esperaran, que él las sorprendería en la oscuridad, que así era mejor, que no quería elegir, saber a cuál tomaría primero, que las cuatro lo habían enloquecido, que se quedaría hasta la madrugada, queriéndolas hasta el primer sol.

—¿A qué hora se levanta el viejo?

—A las ocho.

—Tenemos bastante tiempo.

Las estrujó contra sí, les apretó los pechos y las empujó al interior del dormitorio repitiéndoles que lo esperaran sin encender la luz, que él entraría en cualquier momento, que esa noche no se parecería a ninguna. Las cuatro se deslizaron con sus pies de gasa, conteniendo la respiración, las camisas revueltas y temblorosas.

Y cuando hubieron desaparecido él, que había retenido su impulso de darles un empellón y arrojarlas al suelo y taparles sus babosas bocas con los pies —esas perritas en celo—, se mordió los labios con miedo de que aparecieran, en tal excitación estaban, y su mirada de tan helada parecía arder. El sol dañino creció hasta ocupar el centro magnético que hay en toda casa. Se dirigió a la puerta del viejo y la abrió temeroso de que su reseca madera empezara a chirriar, que eso era lo que faltaba, aunque se quejaba injustamente ya que no había tenido ningún tropiezo. La madera no soltó un solo chasquido. Entró y apoyó en una cómoda una linterna encendida con el foco hacia el cielo raso. Y le bastó ese resplandor.

Las muchachitas, a instancias de él que quería saberlo todo de esa casa, le habían confiado que don Tobías era muy rico y que guardaba bajo la cama un cofre muy grande que ellas nunca pudieron abrir, de fierro adornado. Él sí lo hizo, con una ganzúa, rápidamente, y vio que había dinero, montones de billetes ordenados y atados, y papeles manuscritos con letras raras que quién podía entenderlas. El tufo de los papeles viejos no lo distrajo; sólo veía la nitidez de los valores.

Don Tobías soltaba un ronquido espacioso; él continuó vaciando el cofre con una pasmosa ligereza. Había mucho más dinero que el que esperaba encontrar.

De pronto cesó el ronquido y un movimiento brusco recorrió las mejillas y los labios del viejo, y él, que se había incorporado para sacar de entre sus ropas una bolsa, pensó que despertaría. Miró su corpulencia, husmeó el aire fornido que trasuntaba la dormida cabeza y comprendió que don Tobías no se dejaría robar, que defendería aguerridamente su dinero. Don Tobías empezó a moverse y el forastero sintió que la mano derecha se le llenaba de ferocidad, que su mano derecha cargaba algo nuevo, un peso misterioso; además traía el alma revuelta, no por esas mujercitas que le importaban menos que un vaso de aguardiente sino por la necesidad de embeberse en el horror, una necesidad que lo venía hostigando hacía tiempo y que de pronto le dictó el movimiento preciso.

Sacó de entre sus ropas una navaja y se inclinó sobre el patriarca rebosante de sueño, dormido en la confianza que dan la salud y el apego a la vida, y levantó suavemente la barba, el inútil broquel rizado con sus vellones antiguos de cabra asiática, y le seccionó la garganta descubierta con un tajo tan diestro, hondo y rápido que el deleite pavoroso fue demasiado breve.

Limpió la navaja en la sábana y la metió en la bolsa y comenzó a arrojar en ella los fajos de dinero.

Las mujercitas se revolvían en sus camas, los cuerpos húmedos, sin hablarse, sin preguntarse nada, y miraban la puerta con una nublada fijeza, sin idea del tiempo que había transcurrido desde que entraron en el dormitorio. Estaban asustadas, con la sensación de que detrás de la puerta se estaba formando una nebulosa.

Y mientras aguardaban seguía brotando aún la sangre del degollado, una sangre que traía entre sus sustancias resina de los cedros del Líbano, azafrán de Turquía, jugos de viñas corintias y de higos de Judea. Las guedejas de la barba absorbían el líquido cuya fuente era no sólo el cuerpo de él sino las tierras calcinadas y, no obstante, vivas, de donde procedía, y cuando cesó la vertiente y en el tajo se endureció la última espuma y se formaron zarcillos de coágulos, las muchachitas abandonaron sus camas y lo buscaron al forastero traspasando la nebulosa que se había formado más allá de la puerta; lo buscaron hasta encontrarlo en el dormitorio de don Tobías que tenía los ojos cubiertos por los párpados de porcelana de su niñez, y la barba levantada en penachos endurecidos y rojos —aun en esa semioscuridad se veía que eran rojos— y la garganta cortada en dos como de un hachazo. Él estaba guardando el último atado de dinero y al verlas dejó caer la tapa del cofre en el que sólo habían quedado los manuscritos, y les clavó una mirada cargada de desprecio y furia, una mirada inhumana. Y ellas estaban rígidas en un ángulo hasta donde no llegaba el resplandor del pequeño foco, hasta donde no llegaba nada. Él no les pidió que se tragasen la lengua ni les dio el empellón brutal que había deseado darles; tenía la mano descargada —todo él se había segregado en esa mano ahora vacía, exprimida hasta la última gota—. Dejó de mirarlas y cerró la bolsa; le dio un puntapié al cofre, tomó la linterna y desapareció. Algo de luz quedó, sin embargo, en el cielo raso, y ellas semejaban figuras de sal. Y lo miraban a don Tobías sin entender.

A las siete de la mañana el pueblo entero conocía la noticia, es decir, su confirmación, y la cabeza de don Tobías Abud pendía sobre cada casa como un enorme higo recién arrancado. El viento la llevaba de aquí para allá, un globo histriónico, y se le veían los párpados blancos y casi translúcidos con que había muerto.

Todos debieron admitir que la videncia toma a veces el aspecto, el desorden luciente del extravío, y que no se debe juzgar con precipitación. La imagen de Delfina Salvador recorriendo las calles como un vendaval de lutos, con su profecía bajo la lluvia que la castigaba, sin desfallecer para cumplir con estoicismo su misión, volvió a pasar delante de cada puerta, mientras en el cielo de cada casa seguía volando la cabeza barbada con su vertiente de sangre que la imaginación exaltada del pueblo vio como un viento rojo, un viento líquido. Y no era una alucinación colectiva porque aun a los menos impresionables, a los que no creían ni en agorerías ni en apariciones, les bastaba con levantar la mirada para sorprenderla.

—De haberle creído a ella en vez de tomarla por loca cuando andaba pregonándolo, el viejo se hubiese salvado —dijeron algunos.

—El que menos le creyó fue tal vez él mismo...

Se entabló la polémica, que no duró mucho porque los más se empacaron en una tesis terminante:

—Lo que está en la videncia pasa así se tomen todas las medidas para impedirlo. Además hay que respetar los presagios y permitir su cumplimiento.

—Así sean catástrofes.

El viejo don Tobías, pues, estaba bien muerto, y una parte de él, la pensante y ornada de vellones, seguía volando para demostrar que un misterio es un misterio.

Nadie dudó ya de que Delfina Salvador se había vuelto vidente, quizás a causa de aquella desgracia, según decían algunos, o porque sí, ya que los dones extraños pueden ser otorgados de pronto, a cualquier edad y en cualquier circunstancia, según afirmaban otros, puesto que era imposible que alguien sospechara la asesoría fantasmal con que contaba ella merced a la fortaleza de siete clavos bien puestos.

Cuando se lo dijeron a doña Gaspara la vieja refunfuñó algo ininteligible; quizás había estrangulado una maldición que no se atrevió a exteriorizar, pero lo que se le vio claramente fue una expresión de miedo animal, algo así como un hambre primigenia y desolada, una máscara de hambre sobre su rostro que ya había dejado de ser de mujer para ser de cabra. Quizás una oleada turbia de celos o vaya a saber qué, se estaba formando allí, en ese espantajo que todo lo veía y sabía, que veía con las manos, como decía la gente ya que los ojos se le habían hundido y tal vez disuelto. La cosa no le gustó. Durante treinta años había sido la única curandera, profetisa, pasta de santidad irrigada por jugos demoníacos; se había movido entre las formas y materias de la superstición como en el único hábitat posible para ella. Y ahora, después de tanto trajinar en la negrura fosforecida de los poderes malignos, y descortezarse las manos en aguas ácidas y pócimas secretas, oía estas palabras: "Delfina Salvador presagió el degüello de don Tobías Abud, lo pregonó por todo el pueblo —usted desde acá lo debe de haber oído aunque está a más de media legua—. Y al viejo la cabeza se le voló como un globo". Ella no había respondido pero se le adivinó la maldición no soltada tal vez para macerarla más tiempo en la boca.

—Se terminó el paraíso —dijo don Gervasio con melancolía.

Delfina se puso adusta.

—Se apagó —añadió él en el mismo tono.

—No le tenga tanta lástima que aquello no era un paraíso como usted dice sino una vergüenza.

—Bueno, una vergüenza con sus malos y buenos jugos, como sucede siempre. De todos modos, don Tobías ha sido degollado.

—Tal como usted dijo.

—Con delicada violencia, en medio de los fuegos eróticos encendidos por el asesino. Su espíritu habrá saltado al más allá como impulsado por un resorte.

—Que Dios tenga su cabeza en la gloria —musitó Delfina. Se acercó a la ventana que daba a la calle y descorrió apenas la cortina de paño negro, lo suficiente para observar sin ser vista a los que ahora se detenían impresionados frente a su casa, en el mismo instante en que Paula también miraba a través de un vidrio. Fue sólo una coincidencia; las dos mujeres apoyaron simultáneamente la frente en los vidrios, Delfina para dotarse en los fuegos de un irracional respeto, unánime y complejo, y Paula porque era viernes.

Paula se había compuesto un calendario subjetivo que coincidía con el otro de papel con ilustraciones apaisadas que colgaba de la pared más estrecha del comedor. Sabía que era viernes desde antes de despertar y el resto de la semana perdía la noción del nombre de los días. El viernes para ella era el sector imantado del tiempo. Desde temprano estaba allí, aplastada contra la ventana que daba a la parte de jardín donde él se le había aparecido dos veces, para comprobar si el ánima de su marido se había vuelto a posar en alguna planta. Sólo quería ver, repitiéndose más de una vez que una dignidad hecha trizas necesita tiempo y dureza para volver a su integridad. El viernes anterior tampoco lo vio desde ésa ni de las otras ventanas. Sentía que su reclusión perdía razón de ser, que la ausencia de él, su falta de testimonio, le escamoteaba el sacrificio. Consolidaba esa fortaleza de soledad terca y valerosa para que el principal testigo fuese don Gervasio, el que la había humillado y a quien necesitaba demostrar viernes tras viernes la inexorabilidad de su rencor.

"Estará en los acacios, que de aquí no se ven" —se dijo sin

dejar de espiar con la esperanza de verlo. "¡Cómo ha crecido ese laurel rosa! Seguramente son sus ramas las que lo tapan". La mirada se le colaba hasta por los agujeros que las plagas dejan en las hojas, hendía los tallos y se filtraba en el verdor sin hallar nada. "Todo está demasiado crecido. Tanto follaje, esas ramas tan largas. Esto parece una selva" —se lamentaba sin decidirse a aceptar la ausencia de él.

La córnea pegada al vidrio, trataba de ampliar el sector de visión posible. El único movimiento del follaje lo provocó una paloma —y no era cosa de confundirla con el ánima no sólo por el tamaño sino también por el buche—. Y no hubo otro sobresalto, ni siquiera un pequeño viento improvisado ni uno de esos temblores propios del atardecer. Paula Luna sintió que el frío del vidrio se unía a sus fríos interiores y despegó los ojos de la ventana, no sin antes contemplar los resplandores azafranados del cielo, de un cielo en donde él debía de estar sin compañía y sin perdón.

Mientras tanto, el ánima de don Gervasio se distraía. Se habían abierto grandes bocas de nitidez en su estrangulado encierro, que ya no lo era del todo. La vida se le mostraba en los resultados de su elaboración y en la anticipación de sus improvisaciones, claro que en un área todavía reducida, no mayor de esas cinco o seis cuadras a la redonda cuyo límite inamovible parecía corresponder a algo, a la mal filtrada condición de él que continuaba con sus tremendas nostalgias terrenales en forma de grumos, corpúsculos obcecados y algún hilo de médula titilante que le corría por el dorso. Se diría que esa superficie poblada en donde sucedían las mismas cosas que en el resto del mundo, le giraba en torno, ya que no era menester que volviera la cabeza para percibir lo que se formaba a sus espaldas —la espalda, esa área de muro con que carga el ser humano—. Día y noche se los pasaba escudriñando casas y gentes sin acordarse de sus clavos y pensando en Paula un poco menos, no porque hubiese dejado de quererla sino porque los demás habían invadido su imaginación. Sentía que la gente se le venía encima, que se le pegaba como figuras de papel recortado y engrudado —bueno, el engrudo era él—. Y pensaba que el mundo es un hervidero de millones de esas figuras vivas desencadenantes de hechos, tiernas, duras, violables, en continua combustión. Y tantos nombres, voces, tantas piernas andando, y estallidos, calcinaciones, búsquedas, y abrazos para no dejar de ser. Pensó: "No hay nada mejor que agarrarse a un cuerpo vivo para no perderse. Sí; el abrazarse, el adentrarse en otro ser es el único medio de llegar a uno mismo". Y le volvió a brotar el recuerdo y la necesidad de una Paula plantada ante él, herida de muerte en su dignidad —ésa era la apariencia, el pretexto—, en realidad, herida de muerte en el amor que le había tenido y que le seguía teniendo, porque la fuerza de que se había armado, ¿de dónde le podía salir sino de la convicción de que todavía lo amaba, pese a la humillación y a esa viudez que era el despojo de todo? La imagen de Paula, abriéndose paso en una selva de hortensias, valerosa hasta el punto de no ceder a un perdón fácil y esperar a que el perdón se le formara en lo hondo como una criatura viva; la imagen de ella con algo de tallo que está creciendo sin saberlo, sin conciencia de que va buscando la luz, destiñó a las demás y le volvió doloroso el costado del pecho.

En cuanto a Delfina, la gloria no la había anestesiado, todo lo contrario; la escocía la necesidad de nuevas predicciones, convencida de que no se es sino en la refirmación, y todas las mañanas lo urgía a él con la hostigante, invariada pregunta:

—¿Qué está viendo?

Don Gervasio meneaba sus vapores y respondía:

—La vida.

—Bueno, entonces algo está pasando.

—Sí, pero no creas que la vida es una permanente conmoción, aunque lo parezca. Tal vez lo sea secretamente. Pero, de todos modos, una buena parte de tragedia posible se volatiliza en las cosas que se dicen, en las intenciones. Si se pudiera rescatar esa fuerza perdida y aplicarla tendrías el inmenso bajorrelieve al rojo que esperas ver. Pero ocurre que la tragedia está diseminada, no porque lo esté realmente sino porque nosotros no podemos percibir sino algunos de sus fragmentos. Ya ves, se extiende la guerra, una masa de espanto y de incineraciones de seres vivos, pero no podemos conocer el rostro de cada una de sus víctimas. Las noticias del horror parecen abstracciones aun cuando la información sea concreta. Es imposible que la crónica recoja el holocausto individual, y sólo se nos da el resultado del drama, una síntesis de esqueletos que lloran, sin que conozcamos o podamos percibir la infinidad de historias que lo componen.

Delfina lo escuchaba un tanto desconcertada.

—Si mira tan lejos, ¿qué va a ver? Ya sé que hay guerra pero allí no conozco a nadie. Fíjese aquí, en el pueblo. Algo tiene que estar pasando.

—La guerra también es un pueblo, con su geografía, sus gentes y su manera tan distinta de vivir y morir...

Ella volvió a la carga:

—¿Qué quiere? ¿Que anuncie que hoy va a morir un soldado más? Mire aquí cerca. Quién no le dice...

—No esperes un degüello por día.

—No digo un degüello, pero algo que impresione a la gente.

—Vamos, Delfina, no pienses que tus videncias, ya ves, te las concedo, se sucedan frecuentemente. La mayor parte de los días son un calco; el hombre ha creado la rutina para defenderse de los sacudimientos tanto de la desgracia como de la felicidad.

—¿Rutina? —replicó ella—. Si en todas las casas siempre hay algo...

—Sí, un nudo que termina desanudándose mansamente.

—Como se le desanudó la cabeza a don Tobías.

—¡Vamos! Eso fue algo tan extraño que aún estoy dudando de que haya sucedido.

Delfina rió desafiante.

—Se ve que usted no lee el diario. El asesino todavía anda prófugo pero la policía ya le ha echado los perros. Además todo el mundo vio volar la cabeza.

—Sería un pájaro barbado.

—Usted se burla porque a usted no se la pueden cortar.

—¡Cómo preferiría que lo pudiesen hacer! Pero ya me han cortado todo, a lonjas infinitesimales. Y menos mal que he salvado esta entereza de vapor de agua.

Ella volvió a su obsesión.

—Algo se está preparando.

—No te desanimes. Sí; algo divisaré desde esta especie de mangrullo sin verdor a que me has condenado. Pero quiero que me escuches bien: no es preciso que presagies sólo asesinatos. Comprendo que las muertes violentas son correntadas que nos arrastran a todos, pero hay hechos menores más complicados que una catástrofe. Claro, lo sangriento lo asalta a uno, lo revuelve y aturde todo, quizás a causa de su color caldeado; si la sangre fuera amarilla no sería lo mismo.

Delfina prestaba atención, asombrada del cambio de don Gervasio, que en sus tiempos corporales tan cercanos aún, no había mostrado inclinación alguna por la meditación. "Bueno, es lo único que le queda" —se decía ella—, y pese a que entendía sus razones no lograba salir de la tensión de un permanente acecho. Sí; lo comprendía, pero se resistía a aceptar una apacibilidad que aislara la cabeza volante y volviera de pronto remoto el episodio.

Hacía ya diez días de aquel en que a don Tobías se le habían puesto de porcelana los párpados, y Delfina no se resignaba a esa calma que en realidad no lo era ya que el hecho mantenía erguida su imagen.

—Fíjese en la casa de don Benedicto. Algo tendrá que pasar ahí. Hace años que él amenaza con matarla a la mujer, ese búho enorme que no lo deja vivir.

—Si hace años, él ya perdió la oportunidad. El tiempo a las amenazas las va mondando hasta que queda una pepita que no sirve ni para ser arrojada —sentenció don Gervasio.

—Sí, será como usted dice, pero no se olvide de que el padre de don Benedicto mató a su concubina por las mismas razones.

—Justamente. La tragedia no pasa de una generación a otra como un rasgo fisonómico. Cuando se produce en una, la generación siguiente queda pulverizada, sin capacidad para un nuevo estallido.

—¿Se acuerda con qué la mató? Con unas tijeras de tusar caballos.

—Bueno, nunca se sabe para qué sirven las cosas hasta que se las usa.

De pronto Delfina lo enfrentó decidida.

—¿Usted no cree que en un pueblo donde hay un ánima clavada a una pared tienen que suceder cosas terribles?

—Si es por eso, me voy.

—Sepa que no me asustan los infortunios.

—Ni las calamidades apocalípticas.

Ella repasaba la vida y milagros de unos y otros; se amparó en un lugar común:

—Mire que cada casa es un mundo.

—Sí, pero también hay mundos desérticos, tan erosionados ya por la rutina que es inútil esperar que en ellos pueda haber otro acontecimiento que una nada compuesta de actos desgastados.

—A usted el otro mundo le cambió la manera de hablar —comentó ella.

—No sólo. Sin embargo me siento yo mismo en una dimensión más profunda, como si me hubiera comprimido.

Pero la atención de ella estaba en otra parte, hurgando en las casas de la vecindad.

—Algo tiene que suceder. A dos cuadras de aquí vive un hombre que acopia cueros de nutria. Dicen que tenía un abuelo lobizón.

—No te lo niego, pero ya te dije que las categorías excepcionales no se trasmiten por vía de la herencia. Si a dos cuadras de aquí en vez de él viviera el lobizón, tal vez algo podrías esperar.

Ella permaneció pensativa.

—¿Usted dice que no ve más que a cinco o seis cuadras a la redonda?

—Sí; ése es el cálculo que hago.

—¿Por qué no estira un poco más la mirada, hasta la casa de las hermanas Páez, de Graciana y Micaela? ¿Sabe lo que pasó?

—Sí; poco antes de emigrar yo murió el marido de Graciana.

—Del que Micaela estuvo enamorada como una enloquecida toda la vida, esperanzada en que él enviudase para hacerlo su marido.

—Sí. Eso se dijo siempre.

—Pero en vez de viudo hubo viuda, y Micaela no le perdona a la hermana que el difunto no haya sido ella.

—Sí; nosotros hacemos nuestro juego y la muerte hace el suyo.

Delfina continuó con vehemencia:

—Vivió furiosa con los celos que le tenía, y ahora anda baldada de la cabeza diciendo que los hijos son suyos, disputándoselos a la madre...

—¿Y Graciana?

—Enciende velas y los mira a los hijos como si fueran de oro.

—Un oro viviente.

—Sí; es eso. Micaela se ha vuelto temible; los tiene a los críos de la otra siempre junto a ella. Parece que los estuviera envolviendo en una baba de capullo.

—Bueno, Delfina —la desanimó él—. Allí no puede pasar nada.

—¿Por qué? Yo veo con claridad.

—Sí, pero la claridad no nos lo muestra todo. Tienes que ver también confusamente, que la mirada se te enrede y pierda en la sombra, para comprender.

—Lo que yo le aseguro es que Micaela va a terminar echándola a la hermana de la casa después de haberle robado a los hijos.

—No. Seguirán viviendo así; harán de la disputa y el odio el lazo que las unirá. Se necesitan para mantener vivas sus dos pasiones, para continuar atadas, una tumultuosamente y la otra con la melancolía de la víctima, al hombre que quisieron las dos.

Delfina no se conformaba. Se alzó de hombros y tomó un aire tan pensativo, tan ausente que por un momento don Gervasio creyó estar en un más allá imprevistamente chico, del tamaño de ese pasillo. Le oyó decir:

—¡Cuántas historias hay!

—Sí —admitió él—, las que se agarran de algo vivo, y las historias que quedan flotando, esa bruma de los días tristes. Casi hechos que no consiguieron prender.

—La lástima es que muchas hayan sucedido antes que yo pudiera presagiarlas.

—No te lamentes. Ya has empezado con una bastante espectacular, rebosante, y que los colmó a todos. Una tragedia con todas sus tintas.

—Me hubiera gustado vaticinar la muerte de aquel carnicero que se quiso suicidar tres veces. ¿Se acuerda?

—Y que no lo consiguió nunca.

—Una vez clavándose el cuchillo, otra queriéndose ahorcar y la otra metiéndose en un río para ahogarse. ¿Y no sabe qué dijo después, cuando las tres tentativas fallaron? "Ya no me quiero morir. Está visto que voy a vivir cien años". Y el mismo día se pinchó sin querer con una espina de rosa mosqueta. Y murió de eso. ¡Una espinita! ¿Tétano, verdad?

—Sí.

—Sin embargo cuesta creerlo. Después de todo lo que hizo...

—Es que la muerte tiene imaginación.

Una mañana —dieciséis días después del degüello que continuaba goteando sobre el pueblo desde la imagen que volaba— Delfina Salvador no tuvo necesidad de preguntarle al ánima qué estaba viendo para enterarse de que se preparaba un acontecimiento digno de ser profetizado. Fue el mismo don Gervasio, esta vez, quien se mostró urgido.

—¡Delfina!

Ella se estaba vistiendo y no esperó. Acababa de quitarse un camisón con cintas negras y se envolvió apresuradamente en él, sin perder tiempo en cubrirse con púdico cuidado frente a la posibilidad de una inminencia calamitosa. Saltó al pasillo al tiempo que colocaba sobre sus pechos los dos crespones redondos de trama no tan cerrada que no trasparentasen lo que ella trataba de ocultar, dos aureolas violetas que resaltaban sobre la piel blanca.

—¿Vio algo?

Él, ante sus vetas de desnudez, pareció vacilar. La miró con fijeza y las adherencias de su memoria carnal se estremecieron con un temblor vibrátil.

—Delfina...

—¿Qué?

—Muéstrame un pecho.

—¿Y para eso me llama?

—Si no me lo muestras no te digo lo que estoy viendo.

—Es que yo le juré a Juan Ciriaco. Usted ya lo sabe.

—¡Vamos! Muéstramelo sólo un instante. ¿Qué te cuesta levantar un poco esa gasa? Además te aseguro que no te verá. Los espíritus suelen estar de espaldas.

—¿Quiere que falte a mi juramento y me caiga muerta aquí mismo?

—Muéstramelo como aquella vez, la primera. Estábamos en este mismo pasillo. Claro que yo con toda mi carne puesta...

—Le pregunto si quiere que me caiga muerta.

Él le vio la obstinación, la despuntada violencia que se le juntaba en los gestos, y desistió. Sólo pensó: "Esta mula trágica". Y cambió de tono.

—Bueno. Hay que apurarse. Escucha bien.

Las manos de Delfina estaban aferradas a los dos redondeles negros.

—¡Se alzará el fuego de la justicia! —clamó el ánima.

Ella pareció desanimarse.

—¿No un fuego de verdad?

—¡Claro que de verdad! Un fuego rabioso y endemoniado. Dentro de una hora arderá como paja la casa de don Rufino Lucero.

—¿La casa del intendente?

—Sí. Y será un fuego real que no dejará un ladrillo sobre otro, una demolición ígnea. Y al mismo tiempo un fuego simbólico.

Delfina corrió a ponerse los lienzos y velos de su clandestina viudez mientras inscribía en sus oídos y en su lengua las palabras de don Gervasio: "Dentro de una hora arderá la casa de don Rufino Lucero. Un fuego rabioso y endemoniado".

—¿Qué día es hoy? Porque el tiempo aquí se me enreda y más se me antoja un sudor que un orden medido —se lamentó él y volvió a preguntarle a ella que estaba en el ajetreo de sus trapos—. ¿Puedes decirme qué día es hoy?

—Domingo.

—¡Ah! Por eso don Rufino se ha ido de caza con su secretario, es claro, porque es domingo. Llevan dos mastines lanudos mal adiestrados para la caza, que en vez de levantar perdices le van a hincar los dientes a don Rufino en la pierna derecha.

—¿Alguien se va a quemar vivo? —preguntó Delfina desde el dormitorio mientras se ponía zapatos con hebillas.

—No puedes con tu índole —se fastidió el ánima—. No habrá teas humanas. Esto no será un holocausto sino una vindicación. Y espontánea, entiéndelo bien. Que se provoca sola.

—¿Entonces la casa es lo único que se va a quemar?

—¿No ves que esto no es una trampa de horror sino un acto de justicia? Se quemará lo malhabido, la rapiña, la burla a la buena fe del pueblo. No hay familiares en la casa ni servidumbre. La mujer le estará lustrando los cuernos en compañía de uno de los concejales. Nadie se chamuscará siquiera un dedo pero van a arder los ladrillos como debieron de arder las urnas de tantas elecciones con votos fraguados, inventados, que siempre le dieron el triunfo político a don Rufino en vez de dármelo a mí, que jamás pude ser intendente, apenas concejal, y de esto hace diez años —hizo una pausa y respiró sus recuerdos de tanto vaivén de la política provinciana. Y después exclamó: —Apúrate, Delfina. Si quieres reunir méritos tienes que hacer la profecía con la mayor anticipación posible —volvió a respirar hondo pero esta vez fue un soplo vivificante, mientras se decía—: Y lo bueno será cuando él llegue y huela la calcinación, ese olor agrio, oscuro y agresivo, tan lleno de impiedad, el mismo olor que yo les sentía a mis derrotas.

Ella ya estaba preparada para salir a un tiempo hacia todas direcciones, y tenía formados los gritos y la palidez, y los brazos se le agitaban. Ya en la puerta se volvió.

—¿Y si la gente apaga el incendio en cuanto empieza? —inquirió con miedo de que el hecho perdiera su condición de pavor fastuoso.

—No. Por más agua que le echen aquello será una mole llameante que dejará un baldío infernal en poco menos de media hora. Cuando vuelva don Rufino encontrará una carbonera cuajada de insignificantes lucecitas.

Delfina se había marchado.

Él proseguía: "Don Rufino sentirá que se le escuecen las manos. Cada ladrillo un manotón a las arcas de la comuna, cada teja, siete manotones. Y ahora todo será polvo de brasa. Sentirá que se le escuece también la conciencia. Y esto es quizá poco. Tendrá que admitir la justicia y andar con el baldío a cuestas".

El pregón a la vez aullado y cantado con una patética exorbitancia buscó las calles, se entretejió con sus propios ecos hasta formar una red cerrada, y poco después todo el pueblo —menos los impedidos y las autoridades— se concentró para presenciar el fuego furioso que predecía Delfina Salvador. Porque esta vez nadie había dudado, nadie se había atrevido a pensar de ella: "Está trastornada".

La muchedumbre observaba la casa de don Rufino, los muchachos trepados a los árboles y Delfina al frente, con los brazos extendidos, crucificada en la gente que creía en ella.

Se preparó arena y agua y alguien sugirió la conveniencia de salir en busca de don Rufino, que debía de estar en algún campo de las cercanías, probablemente en La Aguada, donde solía ir a cazar.

—Hay que avisarle al intendente.

—Debe de estar en La Aguada o en Las Tacuaritas.

Pero nadie, ni el que había tenido la idea, se movió de ahí.

Había una imantación a la que era imposible sustraerse. Nadie se distrajo, ni siquiera cuando llegaron tres hombres de la policía, entre ellos el sargento que había arrojado su chaqueta sobre el cuerpo desnudo de Delfina la noche de las dos muertes. Pero esta vez no era preciso ponerle remiendos al impudor; el cuerpo de ella estaba envuelto en tantas telas que su desnudez se volvía inimaginable.

Ni siquiera la brusquedad de los tres representantes del orden conmovió esa especie de éxtasis.

—Está prohibido amontonarse frente a la casa del señor intendente —dijo el sargento.

Los cascos de un caballo solitario sobre el pavimento fue la única respuesta.

—¡Dejen libre la calle! —ordenó el sargento.

El paso del caballo resonó dramáticamente. Delfina profetizó:

—La casa de don Rufino Lucero se va a incendiar dentro de diez minutos.

Los tres hombres giraron sobre sus talones, sacudidos por las palabras de ella, que más que ser un aviso tenían el sentido de una exhortación. Forzaron la puerta y entraron para inspeccionar. Lo revisaron todo, incluidos los recintos secretos del sótano y la bohardilla. No se veía un solo punto candente. Como medida de precaución y con el gesto de quien decide una anulación suprema, el sargento cerró la llave principal de la corriente eléctrica. Inmovilizado el fluido de donde podía devenir la primera llama culposa, desde el balcón de la planta alta comunicó a la gente que no había peligro de incendio a menos que alguien lo provocase intencionalmente.

—¡Vuélvanse a sus casas!

El caballo se había detenido. Era blanco y daba la impresión de estar mucho más cerca de lo que en realidad se hallaba.

—¡Despejen la calle!

El gentío permaneció en su ansioso hacinamiento. Delfina seguía crucificada en esa masa humana que le daba tal prueba de fe. Y sentía la carga de la infalibilidad.

Salieron los hombres de la policía resueltos a dispersar el amontonamiento, y la confianza fanática que se había centrado allí traspasó sus gruesas chaquetas, y se sintieron sin autoridad para hacer cumplir la orden; sus cerriles ojos saltaban de la fachada al rostro de Delfina. Mientras tanto la casa permanecía inmutable, y el silencio se ceñía semejante al silencio tremendo que crece en torno de los sacrificios humanos. No se percibía un chisporroteo, una fosforescencia verdosa, no se veía un anillo de fuego. Las paredes blanquísimas brillaban a la luz calurosa insospechables de inflamación, desprendiendo la serenidad de la fortaleza, y lo único ardiente allí eran los ojos apiñados, esas miradas como un jugo gomoso que resbalaba sobre la cal de los muros.

El sargento consiguió desprenderse un instante de la expectación y las fuerzas que habían empezado a crecer allí, y dijo, no sin vacilación:

—Vuélvase cada uno a su casa. Aquí no va a arder ni un fósforo.

Y de pronto se levantó un fuego rabioso y vasto, con llamaradas que se desplegaban para que de ellas salieran otras más altas aún, y se formó el penacho de un volcán, un ciclón ígneo de crestas que ascendían en espiral entre columnas de hollines grasientos mientras la crepitación extendía sus rumores de roedor. Hubo un fuego giratorio en el que ardió íntegra la casa desde los cimientos a las cumbreras, en el que se consumió todo, hasta las materias no inflamables, y la abigarrada humareda parecía corresponder más a la quema de una ciudad que a la de una sola casa.

El caballo empezó a relinchar espantado y se oyó su galope como una desesperada percusión en un cuero seco y estiradísimo. Y seguía relinchando a lo lejos, fantástico y hermoso como si hubiera salido de las llamas.

El agua arrojada era ínfima, un rocío caído en el infierno.

Y ese silencio ritual de la gente se había consolidado más aún; era casi reverente, una carga soportada por todos, ya que nadie se atrevió a levantar una voz, ocupado cada uno en absorber esa tormenta de misterio.

Y mientras se multiplicaban las centellas y las brasas prematuras, en un estero de la vecindad don Rufino comprobaba la inutilidad de su escopeta, no porque él tuviese un solo ojo válido y tampoco porque el arma no fuera precisa y de largo alcance sino porque los perros no levantaban una sola perdiz en esa soledad agreste de la que parecían haber emigrado todas las aves. No había cruzado el cielo también pajizo y desierto ni un solo pato de laguna, ni una nutria agitado la totora. El hecho es que los perros, adiestrados a los tumbos para la caza y buenos sólo para guardar ganado, se irritaron de pronto, quizás a causa de esa escopeta que no encontraba blanco, y se abalanzaron el uno sobre el otro, y en el vaivén de dentelladas que trataban de inferirse, la emprendieron con la pierna derecha de don Rufino, que tuvo que decidir un intempestivo regreso debido a las mordeduras.

A los perros les colgaba de los hocicos una baba de culpabilidad.

—Más que mordiscos siento una quemadura feroz —le confió a su secretario.

El regreso se efectuó a toda marcha para que él pudiera darse el bálsamo de la frescura.

El ánima de don Gervasio sonreía, no con malignidad ni siquiera con expresión vindicativa. Simplemente sonreía mientras se le disolvían ciertos grumos de rencor; más exactamente, se le derretían con un movimiento de goterones de cera.

Ya en las proximidades de su casa don Rufino aspiró cenizas con la sensación de percibir el halo triste de algo familiar deshecho o desmoronado. Y de pronto vio con su único ojo vivo, un ojo múltiple de mosca, la mancha espesa y pálida de la gente, y vio también el espacio que había ocupado su casa, ventilado en su pureza original.

Se oyó un gañido animal que, según quienes se avinieron a dar testimonio, no provino de los perros.

Delfina Salvador regresó a su casa impregnada de la condición candente del incendio y con la sobrecarga de poder que la gente le había concedido. No iba sola; a cierta distancia, ya que nadie se atrevía a acercársele por un irracional respeto, la seguían hombres y mujeres, arrastrando sus pies y sus conflictos, más que una procesión, una cola brillante que se fue desplegando por la calle de tierra. La acompañaron hasta diez metros de la puerta de su casa y se quedaron largamente, mirando no sabían qué, pero sin duda viendo algo.

Ella entró con una ráfaga de humo mezclada a sus crespones. Se recostó en una pared y respiró el aire de embalsamamiento de sus mixturas. La extenuación se le desprendió en el acto. Y corrió al pasillo.

Don Gervasio parecía haber descansado de antiguas fatigas. No había dormido ya que esa costumbre se le había quitado junto con su cuerpo, pero era evidente que estaba resarcido de algo, con un aspecto más saludable, como si hubiese aumentado cuatro o cinco gramos y se hubiese esponjado un poco.

—¡Tiene otro color! —comentó Delfina mirándolo no con el rabo del ojo, sino con el de la suspicacia. Y añadió: —Como si el resplandor del incendio lo hubiese teñido...

—Sí; puede ser un reverbero —admitió él para afirmar en seguida—: No vayas a creer que esto me alegra. Sólo siento el bienestar de un baño tibio, de un baño de justicia.

—Mire que no le conviene estar húmedo. Lo digo por su reuma —se burló ella.

—Te equivocas en eso de la humedad. La justicia es lo más seco, lo menos jugoso, lo más calcinado que hay. Uno puede darse un baño de arena caliente, y lo mío en esto del incendio es algo parecido.

—Un baño de ceniza —acotó ella.

—Bueno, como quieras. Lo importante por ahora es que tus dones de videncia han conmovido al pueblo y terminarán conmoviendo a la provincia, y no digo al mundo porque el mundo es una ilusión: no existe. Existen, sí, los pueblos y la gente conocida.

El nombre de Delfina Salvador se había convertido ya en un huracán estacionado en el interior de las casas del pueblo. Evidentemente en ella se había adentrado una fuerza sobrenatural —nadie podía sospechar la existencia de ese fragmento de más allá adosado a una pared como un tapiz—. Y si poseía el don de los presagios debía de tener poder contra los daños, contra la compleja cantidad de males que se enroscan a la debilidad. Era natural que fuese así.

Sin que lo contuviera el escrúpulo de la infidelidad y sin explícito acuerdo, el pueblo cambió de curandera: dejó a doña Gaspara, a Gaspara Verde, por Delfina Salvador.

cinco

El color era apagado y convulso, como el que toma el bosque cuando se lo empieza a talar. Ahora era el color de ella. Se le habían juntado, mezclado, deshecho, tonalidades de un otoño gigantesco, de un otoño de mutilaciones humanas y no vegetales.

—Zulema, ¿me oyes cuando te hablo?

No; no oía a la madre ni a las hermanas. Y tampoco parecía estar sobre la tierra sino en un subsuelo fantástico, y trasparentarse. Pero estaba. La madre la ayudaba a acostarse, a abrir la puerta, a quitarse las hormigas. Desde la noche aquélla que no comía. La alimentaba el sol —el sol la alimentaba y la destruía, le formaba corrientes de lodo tibio y le tostaba las manchas de greda.

—No sé si es mejor que esté al sol o a la sombra —decía la madre sin darse cuenta de que se refería a ella como a una planta. Lo advirtió cuando la vio llegar de la casa a medio destruir de Juan Ciriaco Fuentes donde permaneciera cubriendo el lugar ocupado por él la última vez que pudo mirarlo, ese rectángulo abismal y claro como una capa de hielo. Al volver tenía los pómulos verdes porque le acababa de salir musgo, y una yema vegetal en la axila, bastante abultada. "Parece que se le va a abrir una hoja", observó la mujer. Y ya se había dicho:

"Se está convirtiendo en algo que no es persona, en tierra, una tierra que anda". Un trozo de corteza como de ciruelo le cubría la mejilla derecha. Y lo más impresionante era esa oquedad en el pecho —una llaga hubiese sido bella comparada con ese agujero que se cavaba solo—. Zulema Balsa tenía una pierna de arcilla y los párpados de hojas secas, de un rojo polvoriento que hacía recordar el suelo otoñal de los bosques. Y tenía la inmensa tristeza anterior a toda disgregación, una tristeza sobre la que flotaba un aire parecido al de la felicidad.

La madre contaba los días prescriptos por la curandera en su segunda consulta marcando crucecitas sobre un papel. Veía a su muchacha atacada de muerte, ocupada en pacientes trasmutaciones, y aguardaba dócilmente a que los días se cumplieran, y cuando hubieron trascurrido en ese itinerario de cruces fuertemente señaladas, contadas varias veces para que no hubiera error, Zulema fue llevada camino de la tapera de doña Gaspara. Y las cuatro parecían un resto de cortejo rezagado, andando en una lentitud que por momentos se confundía con la inmovilidad, ya que las hermanas y la madre arrastraban dos bolsas en las que habían puesto papas, zapallos y una gallina que era poco más que un manojo de huesos, con las alas cruzadas para que sus movimientos no produjeran sobresaltos y el ave no anduviese a los tumbos dentro de la arpillera.

El cacareo, áspero, entrecortado, fue la única voz de esa procesión que cargaba no sólo con los tributos sino con el peso de un silencio funerario. En todo el trayecto las mujeres no cambiaron una sola palabra.

Llegaron, y según la costumbre las bolsas quedaron afuera porque la vieja tenía su manera de recibir lo que le llevaban, nunca dinero, sólo alimentos que jamás conseguían hacerle olvidar las semanas de hambre cuando nadie recurría a sus servicios. Doña Gaspara vivía con la obsesión del hambre, una obsesión que se le había fijado en las mandíbulas, y siempre le parecía poco lo que le daban a cambio de sus curaciones, presagios y pericia en sacar el mal de ojo.

Entraron sin llamar —eso también allí formaba parte de

las costumbres—. La vieja estaba de espaldas. Vieron en un ángulo del rancho una tinaja llena de huesos que las veces anteriores no habían advertido. "No, no estaba" —pensó la madre y murmuró un saludo que participaba de los buenos días y las buenas tardes—. Doña Gaspara se volvió y respondiendo al saludo para sus adentros, se acercó al grupo.

—¿Son de humano o de vaca? —preguntó la mujer señalando la vasija de barro cocido rebosante de huesos, y mordiéndose en seguida los labios para no preguntar más.

La vieja rió sibilinamente.

—¿De difuntos? —se atrevió a inquirir la mujer contra su voluntad.

—Todavía no. Pero pasando el tiempo puede ser que lleguen a serlo...

—No le entiendo.

La curandera gruñó como cuando un perro quiere decir algo en nuestro idioma y, naturalmente, no puede.

Además de la atroz tinaja —acaso el material de un inmenso caldo benéfico— había como novedad en la tapera un asta incrustada y la imagen de un santo. "Debe de ser un santo" —pensó la madre de Zulema, pero en realidad al santo, si es que lo era, el cielo se le había huido, tan desdibujado estaba. Sí; debía de ser un santo porque de la imagen de un santo aunque esté borrada siempre queda algo así como una mirada de vela encendida; siempre algo queda de esa hecatombe de diafanidades y dulzuras que es la santidad.

—Todo sirve para curar —aclaró la vieja—. Hay que probar con todo. A veces el milagro brota de lo feo, de un basural...

La miró a Zulema y puso mala cara. Su maxilar de cabra avanzó mostrando aún más los pelos punzantes del mentón, y le dio una vuelta en torno y después se detuvo a observarle los pómulos verdes y afelpados y las manos negras de hormigas.

—Se me está convirtiendo en tierra. Ya tiene una pierna como de greda. Y mírele el pecho —dijo la madre al tiempo que la desvestía hasta la cintura—. ¿Ve? Cuando la traje las primeras veces no estaba así.

Doña Gaspara no prestó atención; eso era, al menos, lo

que parecía; tal vez la estaba prestando profundamente —y miró a lo lejos tratando de descubrir algún indicio, la punta de un milagro.

—Está cada día peor —continuó la madre—. Fíjese —le mostró la axila—. Está brotada como una planta.

La vieja examinó la carne convertida en tierra, lo que aún podía pasar por pierna derecha ya que andaba y no había variado de forma, y cuando observó la oquedad del costado no pudo sustraerse al horror pese a haber vivido asomada a las llagas de los demás, descuidando las propias, que se habían cerrado con antiguas pelambres animales hasta convertirla en una erguida cabra mitológica. Y por último miró la axila. Movió negativamente la cabeza, y dijo:

—Si le llega a salir una hoja verde, aunque sea una hojita, va a ser malo. Quiere decir que la muerte está trabajando a conciencia.

Dio una segunda vuelta en torno de la desdichada y preguntó:

—¿No echó por los ojos un agua negra en forma de alimaña?

—No —respondió la madre.

—¿Ni un poco? ¿Una gota espesa con movimientos de sabandija?

—No. A lo mejor la echó y no se la vimos. Lo que sé es que cada día el daño la carcome más. Es como si estuviese muerta y empezara a deshacerse.

—Sí —asintió la vieja—. No es enfermedad lo que tiene la pobre.

—Yo quiero saber si se me va a morir. Quiero saber la verdad.

—No. Porque no es la muerte de ella sino de otro la que se le ha metido dentro. ¿Ella quiso a alguien que ha finado, verdad?

—Sí, a su novio, a Juan Ciriaco Fuentes. Ya se lo dije.

Doña Gaspara volvió a menear la cabeza.

—Eso es lo peor. La muerte de alguien a quien se quiere de verdad, es más muerte, prende con más fuerza que la de uno mismo.

La madre de Zulema tuvo una súbita animación y se atrevió a sugerirle:

—¿Y si usted hablara con él?

—Yo no hablo con los espíritus. Lo que conozco es la tierra, lo bueno y lo malo de la tierra. Los espíritus nunca me han molestado ni yo voy a molestarlos a ellos —se quedó ensimismada mirando la lejanía, esa lejanía que no necesitaba horizontes y que se extendía inconmensurable dentro de esas cuatro paredes. Y después preguntó: —¿La tocó alguien?

—Solamente yo. Usted no me lo había prohibido. Pero traté de no rozarla casi, y eso cuando tuve que cambiarle la ropa. La ropa limpia parece que le tapara la desgracia. Usted me dijo que mis manos no le harían daño.

—Sí; en un caso así la mano de la madre es la única que no forma llaga. La del padre tampoco.

—Padre no tiene. Nos abandonó.

—Ya tuvo de él lo necesario para nacer.

Hubo un silencio que daba la impresión de estar balanceándose.

—Quiero que me diga si puede hacer algo —dijo la madre.

Las hermanas estaban inmóviles en un rincón, casi sin respirar.

Doña Gaspara no contestó. Se sentó en su única silla, hosca, desentendida de sus visitantes, la mirada perdida aunque animada por el brillo del recelo. Mascullaba algo, palabras inaudibles, contenía en la desdentada boca un gañido ahogado.

La madre hizo una seña.

Las dos hijas mayores salieron y al cabo de un par de minutos entraron arrastrando una bolsa. La curandera echó al bulto una mirada que evaluó el contenido. Y permaneció en su hurañía queriendo significar que no había proporción entre la dimensión horrorosa del caso y la especie retributiva, ya que a ella no se le escapó que se trataba de patatas y zapallos, tal vez algunos choclos —siempre lo mismo—. Pero cuando vio la otra bolsa en la que se movía algo vivo, y oyó el cacareo ronco, hizo como que no vio ni oyó, y se levantó dispuesta a ahuyentar a la intrusa del cuerpo de Zulema.

Amenazó con los brazos a eso que no se percibía más que en sus consecuencias, la destrucción del difunto hecha polvo en la muchacha, y en seguida dio comienzo a un aúllo arcaico y fosco, y sus vueltas desordenadas por el movimiento de sus brazos secos se tomaron aún más conminatorias, pero en la cara se le veía la impotencia, una impotencia que se le extendía como una mancha de servidumbre ruinosa y resentida. Sus voces se mezclaban al cacareo de la gallina metida todavía en la bolsa, y continuó dando vueltas, atontada, valiéndose de las fuerzas de su cansancio, y por fin hurgó en enigmáticos tachos y puso en los pómulos de musgo, en la greda de los hombros y la pierna y en el hueco alucinante del pecho pócimas tan espesas que a duras penas consiguió untar. Frotó suavemente con una piel de reptil la yema vegetal de la axila y pronunció palabras que parecían pertenecer a un lenguaje de mundo primitivo, palabras salpicadas de hierro y níquel, vocablos de profundidades terrestres emergidas en su boca, en su lengua fósil y, sin embargo, activa, y que parecía haber pertenecido a todas las especies, a todas las edades, una lengua geológica, despellejada por sucesivas resurrecciones. Continuó frotando el cuero de reptil y ordenó:

—Ahora hay que esperar a que pasen otros diecisiete días.

—Dentro de diecisiete días no sé si podré traerla —dijo la madre— Si sigue así no tendrá fuerzas para estar viva.

—Viva seguirá estando porque ésta no es muerte de ella sino de otro. Ya se lo dije.

—¿Y qué va a pasarle si no se cura?

—Y, que va a ser tierra con forma de cristiano. Y con todo lo que la tierra tiene, pastos, hormigas, lo que ya empezó en ella, y partes de barro y partes de sequía como cuando hace mucho que no llueve.

—¡Dios mío!

—Y también va a dar alguna hoja verde en la época de los brotes. Ya ve que una se le está queriendo abrir.

Las dos hermanas profirieron un grito. La madre entreabrió la boca pero la voz se le había estancado.

—Lo mismo le pasó a una muchacha del norte de la provincia, hace años, en cuanto empezó el siglo —prosiguió la vieja—. Y nadie le pudo hacer arrojar el daño. Se volvió tierra con gramillones. Y todavía andaba con paso de cristiano cuando se levantó un viento fuerte, un vendaval. Y empezó una tormenta de tierra que duró meses y meses, y esa tierra que se metía en las casas y en los ojos era el cuerpo de ella desquiciado por el viento.

Las mujeres estaban rígidas, sin el valor que necesita un grito, que necesita una lágrima.

—Hay que tener fe. Más fe cuanto más grave es el caso —aconsejó la curandera, y añadió sin convicción en un tono monótono—: ¡A los diecisiete días echará por los ojos un agua negra en forma de culebra o de cualquier otra alimaña! Lo importante es que el agua arrojada sea bien negra.

La madre y las hermanas bajaron la cabeza; y se les notaba la desesperanza.

A la vieja le molestó que no le creyeran a ciegas aunque ellas no habían manifestado abiertamente su descreimiento. Y se alzó irritada:

—Si no la curo yo estén seguras de que no la va a curar nadie. No es por ponderarme pero si el mal no se lo saco yo no se lo va a sacar ninguno que sepa de estas cosas, ni esa que ahora anda por ahí anunciando calamidades. Hace treinta años que destripo daños y doy vuelta el destino de muchos, y la he acogotado a la muerte en más de una ocasión. Y esto no se aprende de un día para otro. A la desgracia le conozco las entrañas y he vivido escoriada por los males ajenos. Ya saben: no se la vayan a llevar a nadie.

Permaneció enfurruñada contra la puerta del rancho. Y después gritó:

—¡Y si no echa el mal vénganse a buscarse la gallina!

Las vio alejarse azotadas por el desánimo, husmeó el olor a yerbas espigadas y entró a retorcerle el pescuezo al ave.

seis

Hubo lunas violentas con halos de agorería, lunas candentes y temibles como debieron de ser las primeras, en noches sin testigos. Se sucedieron lluvias plañideras, lluvias finas, y las hojas comenzaron a inmolarse. Y era todavía verano, el verano en la mitad de su recorrido, una médula de calor agobiante.

En el pueblo enraizado en el centro de la provincia que posee un río a su derecha y otro a su izquierda, tantas cosas habían sucedido que nadie se asombraba ya de las nieblas que se metían en las casas como procesiones o de las insistentes polvaredas que se levantaban sin necesidad de viento alguno. Eso era cuando el ánima de don Gervasio pugnaba por salirse de sus clavos, por abandonar el ambiente de cataclismo creado por Delfina Salvador y volver al jardín de Paula para persuadirla de la conveniencia de acompañarlo, ya que hay que ser dos en la eternidad como hay que ser dos en el mundo.

Paula había tomado el aspecto de una vieja loba en cautividad y tenía la mirada enrarecida y a la vez atenta como los desiertos. Lo esperaba a su marido sin decírselo, sin que el deseo se le mostrara claramente; lo esperaba en sus sedimentos, vieja adolescente al mismo tiempo ansiosa y cansada de vivir. Sin proponérselo, sin tomar conciencia de ello, había lavado su rencor en la lejía de sus humores benévolos y había desbaratado el orden del escándalo, cambiado los hechos y concedido a él una muerte honorable, sin el entrevero con Juan Ciriaco Fuentes, sin las voces rabiosas de Delfina ni su injuriosa desnudez; sin los hombres de la policía, sin nada de aquel tremedal que lo había engullido a don Gervasio y también a ella. De todos modos había logrado lo más importante; crear para él una muerte serena que pudiese ser aprobada por todo el mundo, y no en la casa de la otra sino en la suya. Y había conseguido crearse también la convicción de que había sido así.

Bien exhalado el soplo del perdón, juzgó su decoro casi recompuesto; faltaba la formación de pequeñas cicatrices, las que quedan debajo de las grandes, un ínfimo trabajo que ya se cumpliría. Y quedaban algunas fisuras todavía hondas. Pero es a través de ciertas fisuras que el amor nos muestra su fondo vivo.

Estaba en su jardín selvático y crujiente. Y se puso a esperarlo, sin saberlo, sin decírselo, la mirada como puntas de alambre puestas al rojo oteando los espacios del jardín donde él había aparecido. No lo volvió a ver, es claro. Se le iba formando una desesperación mansa, benigna. Un viernes permaneció entre las plantas hasta muy entrada la noche y repetidas veces se quedó tiesa ante un movimiento del follaje o alguna niebla de pronto enderezada junto a un tronco. Inspeccionaba los huecos, los escondites metidos en la rosa mosqueta, como si él pudiese estar allí, en una cueva de insectos, sin ponerse a pensar que un espíritu conserva su tamaño y sólo se reduce a fracciones dispersas cuando la eternidad lo expulsa de sí; claro que a don Gervasio también podía ocurrirle eso. "No lo busco, claro que no lo busco. Que no lo vaya a creer" —se repetía; y añadía siempre en voz alta—. "Sólo quiero ver las plantas, el estado de las más jóvenes. Cuántas hojas caídas, Dios mío. ¡Y pensar que todavía es verano! ¡Cuánta maleza crecida de un día para otro!"

Ese viernes estuvo hasta medianoche mirando el cielo para verlo volar hacia ella, mejor dicho, resbalar como una estrella fugaz. Ese viernes no terminó de transcurrir por sí mismo;

ella tuvo que deslizarse hacia el siguiente día, ir al encuentro del sábado poco menos que subrepticiamente. Y parecía como si alguien la hubiera despojado de algo.

Se impuso aguardarlo también los demás días de la semana. Y hasta llegó a pensar que el más allá tendría su propio calendario con espacios de tiempo que quizá no encuentran cabida en la división y nomenclatura del tiempo terrenal y que si él venía en esos días asignados a nosotros quién sabe a qué jardín iría a parar. Paula se estaba secando pese a que el perdón le fluía dentro como un agua dulce. No se le caían las hojas porque no las tenía; no obstante, su otoño era despiadado. Poco le faltaba ya para aceptar que no lo volvería a encontrar nunca, ni en este mundo ni en el otro, y que le esperaba una fantasmal viudez errante, la soledad de las soledades, con principio pero sin fin.

Cuando llegó la carta los ojos le brillaron mansamente. Otra vez los hijos. Sólo entonces se dio cuenta de que en todo ese tiempo había estado pensando mucho más en él que en los hijos. La imagen de él había cubierto el espacio de la obsesión.

Llegaron un domingo por la mañana, más temprano de lo previsto, y la sorprendieron en su dormitorio. Ella estaba todavía acostada, y los cinco irrumpieron como un sueño jubiloso, un sueño que revienta de golpe y deja en libertad una cantidad de cosas alegres. Los yernos y las nueras permanecieron en el comedor, cuidadosos de no empañar esa intimidad, ese sobresalto de besos y abrazos. Que ella estuviera un rato a solas con sus hijos, que se despertara como en lo alto de un globo aerostático, de la misma manera como se despierta uno cuando sabe que ese día puede ser feliz.

Apenas pudo echarse un chal encima y sentarse al borde de la cama. La efusión la trastornó un poco. Algo importante había en medio de todo eso pero ella no alcanzaba a comprender. La actitud de los cinco no condecía con una simple visita; sin duda, había un propósito, ya vagamente anticipado en la carta pero que no había conseguido descifrar. Se sintió mecida por el afecto y se dejó estar, experimentando la sensación de un mareo dulce, sin preguntar nada. Ya hablarían ellos si es que algo importante tenían que decirle. Los hijos se ofrecieron para ayudarla a vestirse, pero ella prefirió hacerlo sola —a cierta edad se tiene no el pudor del cuerpo sino el de las ropas— y pidió que la aguardasen en el comedor.

Bajó la escalera y parecía un pieza de alfarería animada de movimiento; lo hizo fatigosamente tomándose de la baranda, y cuando llegó al comedor hubo más besos y abrazos, los de los yernos y nueras, y advirtió que una noticia empezaba a sobrevolar sus cabezas, una noticia, quizás una decisión a la que ellos concedían un valor especial. Pero también se percibía la intención de contenerla, de reservarla para cuando todos estuviesen reunidos alrededor de la mesa y que las palabras pudiesen resonar de otro modo sobre la solemnidad de los manteles almidonados. Es que ciertas cosas no se pueden expresar sino en la interioridad de una ceremonia.

Tomaron café, abrieron cajas con confituras, colocaron sobre el aparador botellas de licores y vinos blancos, e iniciaron el habitual paseo por el jardín. Paula no oía las exclamaciones, los comentarios; estaba atenta a los temblores de las hojas, al inmenso cambio que representa un vapor lechoso cubriendo parte de un tronco o de un matorral, cubriéndolos sin dejar de trasparentarlos. Cuando llegaron a la mata de hortensias junto a la que lo viera a él la primera vez, se detuvo de golpe, contuvo la respiración y por un instante pareció que se desvanecería.

—¿Te sientes mal? —fue la pregunta unánime.

—No —contestó ella. Y los miró a todos queriendo transmitirles sólo con la mirada las dos apariciones. Podía haberles dicho: "En este mismo lugar él vino a buscarme. No le tuve miedo porque sabía que en realidad era él". Prefirió ocultarles el hecho demasiado extraño para que no pensaran que su madre ya no estaba en sus cabales, trastornada por lo sucedido. Además eso pertenecía tan estrechamente a ella que no podía compartirlo siquiera con los hijos.

Cuando vio el jacarandá junto al sendero de grava volvió a quedarse rígida, a punto de perder el sentido, pero se recuperó antes de que su conmoción fuera advertida. Allí lo había visto la segunda y última vez.

—Este jacarandá es el más hermoso de los árboles que hay aquí —dijo Leandro, el mayor de los hijos.

—¡Sí! —exclamó ella vivamente, transfigurada, bella de pronto junto a ese árbol al que su alma había quedado amarrada. Ahora lo sabía, lo sabía con claridad, con una entrañable certeza, lo sabía sin lugar a dudas porque las heridas pequeñas acababan de cerrarse, y el perdón y el amor se habían fusionado, y el perdón y el amor estaban hechos de la misma sustancia y eran una creciente que se le extendía dentro. No pudo añadir una palabra más. La alabanza que ellos hicieron de otras plantas le pareció injusta. Allí lo único verdaderamente hermoso era el matorral de hortensias y el jacarandá; el jardín estaba inmensamente poblado por ellos. Lo demás, ¿qué importaba? ¿Qué sentido tiene un lugar, un paisaje que no está ligado a un acontecer humano? Es cierto que todo el jardín testimoniaba el paso de él. Durante años lo habían recorrido juntos —una serena historia de paseos, de los paseos de Paula y Gervasio, se había convertido en una especie de epidermis vegetal que se extendía por todas partes—. Pero aquella forma de la vegetación, el árbol de flores azules y las hortensias, habían cobrado otra significación, no sólo por el índice sobrenatural que se había posado allí, sino por haber testimoniado las últimas súplicas amorosas de él.

Hubo que encender las luces del comedor porque el día se nubló repentinamente. Paula prestaba a la conversación una atención imprecisa. A los postres se hizo un silencio lleno de complicidad, y después, cuando las miradas de los demás le dieron consentimiento, Leandro dejó caer espaciadamente estas palabras:

—Mamá, queremos que vengas a vivir con uno de nosotros.

Ella lo miró de lejos, como si de golpe hubiera dado un salto atrás y se hubiese ubicado en el día en que ella esperó ansiosamente esas mismas palabras. Entonces la hubieran sacudido, rescatado del pozo que se había cavado, del derrumbe. Eran las palabras preciosas que había deseado oír, las mismas. Pero existe el destiempo. Ahora no se diferenciaban tanto de las demás palabras aunque seguían siendo dulces y bellas.

Empezó la disputa por ella, la misma disputa que había aguardado en una expectación conmovida. Cada uno le ofrecía algo, la placidez de un valle, una ciudad a la orilla de un río, tocándolo, los nietos, el huerto, un naranjal en el que uno podía perderse, tan dilatado era. Oyó los ofrecimientos, las ponderaciones, los ruegos, las voces separadas, mezcladas, superpuestas; oyó el recuento de los beneficios, pero las palabras la traspasaban, no permanecían en ella. Todos por igual mostraban el mismo entusiasmo y la esperanza de la elección.

—¿Por quién de nosotros te decides?

Paula contempló la ventana; la nubosidad se había disipado.

—Claro, no te puedes decidir así, de golpe. Es mejor que lo pienses.

Sonrió y trató de formar la expresión del agradecimiento.

—No debes continuar en esta soledad.

—"¿En esta soledad?" —pensó ella—. "No; no estoy sola. Gervasio puede volver en cualquier momento. Ya ha venido dos veces. O más".

—En mi jardín no extrañarías éste, aunque no es tan grande —le dijo la hija menor.

"Gervasio debe encontrarme en este jardín y no en otro. ¿Me vería en otro sitio? Es aquí donde él me ve. Estoy segura" —pensó ella y después añadió también para sus adentros: "Este jacarandá es único en el mundo. Este matorral de hortensias es único en el mundo". Es que el mundo está lleno de cosas únicas que no pueden pertenecer sino a uno también de una manera única.

Los miró a todos, esta vez gravemente. La expectación se volvió tensa y el aire de alegría que traían ellos se consumió de pronto.

—Me quedo —anunció Paula.

Todos la miraron como si acabara de decir una incoherencia, como si ella en ese momento se hubiese vuelto absurda e incomprensible. No; no habían entendido bien.

—¿Qué dijiste?

—Que me quedo. Me quedo aquí, en esta casa.

El aire en el comedor se volvió brumoso.

—Mamá...

La llamaron como cuando eran chicos, con la misma necesidad de ella. Hubo una aprensión infantil y un temor remoto.

—No puede ser lo que dices...

—¿Qué sentido tiene?

Ella sonrió y parecía tan segura de sí misma, tan segura por su decisión de estar asida a un resto o a una esperanza de felicidad, que ellos contuvieron las protestas, las que aún se hubieran sucedido de no haber interpuesto ella esa sonrisa extraña. Después dijo:

—Gracias por el ofrecimiento, gracias, hijos.

Y los miró a uno por uno. Quiso decirles: "Hay una historia que de alguna manera tiene que terminar y para ello es necesario que me quede aquí". Pero les dijo otras cosas, que las mujeres de su edad empiezan a ser enredaderas, que se pegan a las paredes, se adhieren a las cosas que en el pasado estuvieron vivas, que la costumbre, que los recuerdos, sobre todo eso, que hasta cierto punto los recuerdos se pueden llevar intactos a otro sitio, que es mejor que tengan el apoyo del lugar y las cosas donde se formaron antes de ser lo que eran ahora, sólo recuerdos. Y finalmente les dijo:

—Además no podría elegir a uno. Los tendría que elegir a todos.

—Sí. Podrías pasar en cada casa un tiempo.

—Así te distraerías más.

Paula volvió a sonreír.

—No; yo echo raíces, y las raíces no andan de aquí para allá. Además en esta casa es como si estuviera en tantas partes al mismo tiempo...

—Pero estás sola.

—¡No! —dijo ella y se los quedó mirando como si hubieran manifestado algo que no condecía con la realidad, con esa realidad secreta que se crea en cada uno, tan válida como la otra multitudinariamente compartida.

Ese domingo distorsionó su sentido de fiesta, fue un domingo que se deshizo sobre los manteles, en las luces encendidas antes de hora. Paula presidía la negativa y observaba los soplos de desconcierto apenada pero firme, los puntos de perplejidad que saltaban de una a otra cara. Y tal vez fue ese aire súbitamente desasosegado el que precipitó el atardecer.

—Quizá mañana cambies de idea.

Permanecieron hasta el día siguiente y el lunes ella volvió a decir:

—Me quedo.

Los acompañó hasta la calle ancha, de tierra, que olía a cedrón. Se abrazó fuertemente a ellos en la despedida pensando: "Tal vez no los vuelva a ver". Los besó como cuando eran chicos. En el tiempo hay un único sector rescatable y es el de la infancia. Y después los vio alejarse y sus manos no cesaban de saludar.

Paula Luna de Urquiaga sintió que un llanto callado le lavaba los ojos, le disolvía restos de amargor y la preparaba para concluir su historia. Tuvo la sensación, mientras lo atravesaba, de que el jardín había aumentado su fragancia notablemente. Era poco el cielo que se veía, pero bastaba —una prueba de que todo el cielo seguía existiendo, una fracción del más allá en donde estaba él—; eso creía ella ya que era imposible que sospechara su cautiverio en la casa de Delfina Salvador. Se dispuso a entrar pero volvió a su recinto de selva de media hectárea. Y permaneció junto al coruscante jazmín del país, tan crecido como para formar por sí solo una galería, esperándolo a él que no llegaba, que no podía llegar desde sus siete clavos.

siete

Delfina Salvador hacía conjuros y preparaba sahumerios. El piso de esa primera habitación, patética, con su ala de cuervo estirada y vuelta una garra seca, fue lamido por incontables pies. Al parecer, en el pueblo había más infortunio que el necesario. Cada uno le arrancó el pellejo a su desesperación para exprimirla a los ojos de la curandera y hacerle ver los recovecos, los nidos de vergüenza, la parte de dolor que no se muestra a nadie. La peregrinación cotidiana llegaba desde las primeras horas del día con su carga de rostros devastados, osamentas de miedo y ansiedades que parecían conferirle un movimiento de marea.

Don Gervasio meditaba: "El episodio de don Tobías los ha contagiado a todos. Cada uno viene con cara de degüello, con la cabeza sin apoyo. Pocos días más y esto será un infierno". Más de lo que ya era para él. Sin duda, la gente se crearía nuevas tribulaciones para rozar el misterio y entrar con algún derecho en esa casa. Nadie quería admitir, no ya su felicidad, sino su sosiego, como si la desgracia fuese un don. Lo esperarían días más quejumbrosos que aquellos viernes del más allá y quizá las mismas letanías y el mismo trajinar monótono. Una galería interminable y la presencia, no ya del dolor, sino del disgusto humano. La idea de su libertad le pareció más remota que los cielos del otro mundo que había recorrido para terminar cayendo en ese foso en el que ni siquiera podía mover una mano.

Entre sus pócimas aceitosas con olor a rancio y a yerbas maceradas, Delfina se movía con la extrema soltura que da la infalibilidad. Escuchaba las consultas, las palabras que salían sin soltarse, agarradas unas a otras, y después se encerraba en el pasillo y la gente creía que hablaba sola, que hacía conjuros, sin cálculo del tiempo que pasaba ya que ahí el aire tenía algo de letargo, quizás a causa de esa cortina negra que parecía envenenar el ambiente con emanaciones carbónicas o por algo que no se podía precisar ni ver pero que estaba allí desprendiendo un sopor o quién sabe qué.

Delfina iba y venía.

Cerraba con firmeza la puerta del pasillo y le exponía a don Gervasio los casos en su diversidad.

El ánima estaba atónita. Pensaba: "Esta es la misma gente que dice buenos días, y trabaja, y duerme, como si tal cosa. Y es, sin embargo, una multitud de devorados vivos".

Delfina transmitía con reverente exactitud los consejos, las órdenes, los bálsamos espirituales de que la proveía don Gervasio, y quizá probablemente en su ir y venir era portadora de uno que otro corpúsculo de secreta incandescencia desprendido del ánima y que los infortunados recibían en la suya como una semilla de buen espíritu. El hecho es que todos salían reconfortados.

Una tarde entró una mujer joven con mirada de acuario, una mirada que intentaba huir y se movía apresada y daba coletazos en el vacío. Se sentó y puso una mano sobre la otra sin saber cómo comenzar. Por fin encontró la primera palabra y dijo algo, y se puso a observar el suelo, a descubrir la existencia de sus pies angostos y puntiagudos. Le colgaba del cuello un medallón y el pelo tirante daba la impresión de trazarle una línea de sufrimiento en torno de la frente. Tenía la piel yodada y la boca aturdida en esa búsqueda de las palabras que necesitaba decir para que la curandera la comprendiese con nitidez. No le faltaba buena voluntad pero no conseguía salir de su confusión. La mujer tenía conciencia de que debía hablar sin rodeos, sacarse los miedos y las vergüenzas de adentro y ponerlos a la vista, claramente, ya que una confesión debe quemarle a uno la boca, de lo contrario no es una confesión. Lo sabía, pero le resultaba difícil. La miró a Delfina con ojos de bolitas de porcelana, sus pobres ojos de pez, y por fin logró decir:

—Tengo una hija de trece años.

Y se quedó en silencio, como si eso bastara, quieta, entablillada en la silla. Se empantanó allí, en esa declaración escueta, y de pronto las manos se le retorcieron con fuerza hasta desalojar su sangre y volverse de palo, de palo blanco.

—La chica, como le digo, tiene nada más que trece años...

Delfina la escudriñaba. Comprendía que la mujer tenía algo así como una enorme piedra colgada de la lengua que le impedía hablar.

—¿Qué le pasa? ¿Está enferma? —le preguntó.

—No.

—¿Y entonces?

La otra volvió a abrir la boca y le salió una voz golpeada, una voz con verdugones. Alcanzó a explicar:

—Mi marido, que es el padrastro de la chica, la mira de una manera que no es lo que debe ser. ¿Me entiende? La mira con codicia, el puerco.

Se le veía en el cuello una mancha vinosa que mientras ella hablaba parecía avanzar y cubrirle la cara en parte, una mancha de resignación. Sabía que un día u otro el deseo del hombre acabaría por saciarse y ella tendría que hacer como que no veía, moverse en la casa con la lentitud o la fugacidad de las sombras innecesarias y fastidiosas.

—Le codicia el cuerpo, ¿sabe? Cualquier día de éstos... —prosiguió en el mismo tono de humillación e impotencia.

—¿Y usted qué hace? —le preguntó Delfina.

—Nada. No me atrevo a decirle nada. Le tengo miedo.

Él era un bravucón e impondría su voluntad impregnada de los jugos de su ferocidad y su lascivia. Lo sabía bien. En cuanto a ella, estaba hecha de trapo, de palo reseco, carecía de fuerzas para interponerse entre los dos cuando fuera necesario.

—Ayer le miraba las piernas de una manera que me asustó. A mí no me veía. Anda por toda la casa olisqueándole el rastro como un perro. Yo sé que la va a obligar a vivir con él sin importarle que yo lo vea. Y esto puede ocurrir esta noche, mañana, no sé... Se hincha como un escuerzo cuando ella le pasa cerca.

—¿Y la chica?

—No se da cuenta. Todavía no tiene malicia.

—¿Y cómo se llama?

—Salavina, igual que yo.

—No. El nombre de ella no importa. Dígame el del padrastro.

—Ah, sí. Eulogio Espoleta, pero le dicen Espolón porque ha criado fama de gallo. Le gusta beber y andar de jolgorio, pero ahora hace un tiempito que no se mueve de la casa. Se trajo unas damajuanas de vino y ahí está, acechándola a la chica.

Respiró hondo. Había dicho las palabras indispensables con claridad; lo había dicho todo. Se había arrancado el miedo pegajoso y el acto de acusación la hacía sentirse fuerte como si le hubiera nacido un ser gemelo dentro del suyo, hecho de heroicidad. La mancha del cuello se le había aclarado y ahora podía mover las manos y ponerlas donde quisiese, en esa mesa en la que apenas había sitio para que dos manos entumecidas pudieran reposar, o sobre las rodillas, separadas una de otra, como cuando se está en una pausa de uno mismo.

—¿De qué trabaja él? —fue la última pregunta de Delfina.

—Ahora de nada. Ha juntado bastante dinero —contestó la mujer con voz incolora; y añadió—: Fue siempre capataz.

Delfina se levantó, le dijo que la esperara sin moverse de allí, y se enclaustró en el pasillo.

Hizo el relato sin olvidar ninguna de las palabras dichas por la mujer. Era posible que don Gervasio ya lo conociese merced a la videncia que se le había despuntado, pero también era posible que durante la consulta él estuviese distraído o anegándose en alguna meditación.

—Al principio a la pobre no le salía el habla. Traía la lengua dura de miedo.

—No tienes necesidad de explicarme nada. Lo oí todo. Y mientras hablaban estuve haciendo memoria. Y con deleite, porque en mi estado hacer memoria es como refrescarse en una fuente que se ha dejado atrás y de pronto fluye a los pies de uno. Bueno. Esta mujer no puede esperar el tiempo que yo necesitaría para definir y descubrirle formas a la memoria. Escúchame bien.

—¿Usted lo conoce al hombre? —lo interrumpió Delfina.

—Sí, lo conozco —afirmó el ánima—. Fue ladero de un capanga en un obraje. Hombre acostumbrado a flagelar resignaciones y miserias. Un día lo obligó a un mensú, un brasileño del sur, a meterse en el río aguas adentro, encañonándolo con una carabina, a sabiendas de que el desdichado no podía nadar porque le había dado una especie de parálisis en los brazos. El brasileño se llamaba José de los Aparecidos. Y entró en el río con los brazos duros; cuando el agua le llegó a la boca empezó a agitar las piernas y sólo logró remover un barro de muerte. El otro seguía apuntando, fijos los ojos en el nivel del agua junto a la cara del mensú. José de los Aparecidos se quedó quieto pero cuando el otro se metió en el río y su brutalidad fue más fuerte que la correntada, dio un paso atrás, el paso que precisaba para ser un ahogado. El agua lo llevó adonde se lleva a sus muertos, primero al fondo y después a la superficie, a la luz.

Don Gervasio aspiró un aire de quebrachales y tierras bermejas, un aire desprendido de un joven cuerpo que flota como una planta acuática y que de pronto no es siquiera eso. Y trató de poner en orden los recuerdos, las averiguaciones, los impulsos, para que la llama de su lucidez ardiera sin perturbaciones.

—¿Qué podemos hacer? —preguntó Delfina impresionada por la revelación de ese hecho que en el pueblo nadie conocía, sintiendo en su cara, a la altura de la boca, el nivel de un río que crece.

—El único que puede con el gallo caldeado es José de los Aparecidos —sentenció don Gervasio.

Delfina lo miró perpleja.

—Pero ¿cómo? ¿Acaso no se ahogó según dijo usted mismo?

—Claro que sí. ¿Pero eso qué tiene que ver? ¿Acaso yo no finé aquí, en tu dormitorio? Sin embargo sigo existiendo, aunque a mi manera —le replicó el ánima.

En la primera habitación la mujer de Eulogio Espoleta contemplaba con ojos respetuosos las vasijas extrañas que olían a humus animal, vegetal y endemoniado; los trozos de metal quemados por la superstición a fuerza de ser frotados, las barajas españolas distribuidas sobre la mesa como configurando un cosmos, la solitaria y disminuida extremidad de un carpincho, el ala pringosa de tantos hollines soltados por sebos mal derretidos, la tela que sellaba la ventana y proclamaba un luto vigoroso. Nada había escapado a su curiosidad. Giraba la cabeza hacia uno y otro lado y por momentos se esforzaba por descifrar el cuchicheo filtrado de la puerta que Delfina Salvador había cerrado con un ímpetu misterioso. Seguramente serían las voces de sus invocaciones o el rumor de sus rezos. La mujer sintió que el corazón se le llenaba de paz. Se levantó y se asomó a la puerta de calle. La chica continuaba en el sitio donde la había dejado y quizás en la misma posición, recostada contra un naranjo.

—No te muevas de ahí —le dijo.

Volvió a entrar. La puerta del pasillo aún continuaba cerrada y proseguía el susurro.

Las últimas indicaciones de don Gervasio para llevar a buen término el caso del padrastro en celo, fueron:

—Que la mujer lo haga salir al marido de la casa con un pretexto cualquiera, pasada la medianoche, mejor mañana que es viernes, y los viernes el tiempo hierve. Ella no tiene que hacer otra cosa que forzarlo a salir al abierto y después quedarse metida en la casa. La escaldadura de él se le saldrá con agua, con un agua quieta y fría, una sangre de roca, que puede ser el sudor helado de la impiedad cuando no queda otro medio.

Delfina se lo repitió a la mujer tres veces, y le dio un papel ceroso, bien plegado, con una arbitraria mezcla de yuyos dentro para que a ella no le flaqueara la voluntad en el momento de hacerlo salir al marido de la casa y para que no se le notara en la expresión la emboscada que le tendía. Además las cosas tangibles, los pequeños objetos con fuerza de amuleto son las garrapatas de la fe.

El viernes amaneció con un cielo denso, precipitadamente transfigurado en una noche clara. Todo el silencio del campo se había juntado allí, en torno de la casa de Eulogio Espoleta, situada en las afueras del pueblo. Y los pastizales con viento pegado a las raíces, y los búhos, se hacían notar. La mujer miraba la oscuridad a través de un vidrio, medía la espesura creciente, sin moverse, sin producir un rumor para no despertarlo a él antes de tiempo; y cuando calculó que la noche había descendido hasta su mitad, se frotó en las manos el papel ceroso sin desplegar y lo zamarreó al marido.

El bravucón tumbado en un sueño gomoso, lascivo, no despertaba.

La mujer volvió a zamarrearlo.

—Alguien golpea afuera —le gritó.

El hombre se levantó de un salto y fue derecho al lugar donde estaba su carabina cargada. Abrió la puerta y dio cuatro pasos pesados. No vio a nadie y avanzó pensando que la medrosa de su mujer había oído mal. Retornó a la casa.

—No hay nadie —dijo con fastidio.

Ella apretó entre las dos manos el pequeño envoltorio ceroso y se animó a afirmar:

—Oí golpear, lo oí bien, y después vi un bulto cerca de la ventana.

Él volvió a salir y dio una vuelta alrededor de la casa pisando esos malditos charcos que se formaban a la menor llovizna, y reventando hojas suculentas, y por fin, como no percibiera más que las sombras conocidas y los bultos familiares de troncos y enseres, resolvió volver por segunda vez.

Y de pronto vio.

Tenía el arma engatillada pero se quedó tan pasmado que no pudo hacerla funcionar; el dedo se le había vuelto un alambre grueso, sin una sola articulación.

Frente a él, a menos de un metro, estaba el mensú brasileño. No tuvo que mirarlo dos veces para darse cuenta de que era José de los Aparecidos.

Su ropa de mensú, casi podrida, era la misma. Tenía la cara quieta y revuelta a la vez, color de río hinchado, crecido sobre un limo rojo; sí, tenía el color dramático de la correntada y una trasparencia acuosa.

Eulogio Espoleta salió de su estupor antes de que lo trincara el espanto; el dedo inmovilizado se sobrepuso a su rigidez y oprimió con decisión el gatillo. La bala dio en el pecho de José de los Aparecidos y empezó a formar círculos concéntricos como cuando una piedra es arrojada a un agua en quietud. Y el mensú seguía de pie, quizás a la espera de que desapareciese el último círculo. El otro dejó caer la carabina porque sintió que los dos brazos se le paralizaban.

—Vamos —ordenó el aparecido.

Una tozudez rabiosa, en realidad la forma basta de su pánico, lo impulsó a la desobediencia, pero aun cuando decidiera no dar un paso echó a andar como si algo lo tironeara de los pies, sin conciencia de la dirección emprendida, sudando un agua animal, un sudor de miedo que a poco de brotar le formaba una costra. Quería echar a correr, entrar en la casa y atrincherarse allí, pero sus pies iban en pos del otro.

La noche se había aclarado todavía más. Reparó en el lugar donde estaba, a unos doce o quince metros de la casa. Vio su hachuela al pie de un álamo. "Todos estos días buscándola y la vengo a encontrar ahora" —fue lo único que se le ocurrió pensar; no lo pensó él porque tenía el entendimiento entorpecido; la idea se le formó sola, afuera, una simple imagen que tuvo el valor de una pausa.

Llegaron al aljibe.

El mensú se detuvo.

—Métete en el pozo —le dijo.

Eulogio Espoleta se quedó de pie mirando el suelo, sintiendo y comprobando que se le había gastado toda la bravura, que se había convertido en un grueso odre hinchado de cobardía.

—Métete en el pozo —volvió a mandar el aparecido.

Se subió al brocal con los talones llagados por el deseo de huir y la imposibilidad de dar un solo paso más; y eso que nadie lo tenía aferrado, y puede decirse que se hallaba en libertad, aun cuando se tratara de una libertad que el miedo y la culpa habían cercenado. Quizá merced a un tremendo esfuerzo hubiese podido escapar, pero allí estaban los ahogados ojos del mensú y el ribete verdoso de su cuerpo, y sus toscas y jóvenes manos con las uñas fosforecidas. Aspiró el olor del obraje, el que él no había sentido cuando lo secundaba al capanga, un olor inhumano, hostigante, y le fluyó en las pupilas la crecida del río selvático, y después se le metió en el alma una polvareda roja, una polvareda de destrucción que lo azotaba, silbante, inacabable. Y todo eso era más terrible que estar metido en el pozo.

Dio un salto y cayó dentro.

El agua se encrespó helada. Es que el verano se queda en la superficie, es apenas una atmósfera insensata y vivaz. Al principio, el agua le llegó a las rodillas y después empezó a subir de golpe hasta la altura de su boca. No parecía agua de pozo sino de río, de correntada, plagada de ojos vacíos y de pirañas, tan arremolinada de voracidad. El hombre echó atrás la cabeza para respirar mejor, y lo vio a José de los Aparecidos mirándolo desde arriba. Se sintió atrapado por todas partes, sin más salida que la aceptación de la agonía que ya empezaba.

"Me ahogo, me ahogo" —se repetía—. "Éste ha venido a cobrarme su muerte". Estaba seguro. Era cosa de minutos, tres, cuatro a lo sumo. Evidentemente no le quedaba más vida. "Mala suerte la mía" —se dijo con amargura—. "Otros matan y el muerto los deja en paz, ni se les aparece". El nivel del agua subía ahora lentamente pero pronto llegaría a cubrirlo. Tocaba fondo; después empezaría a flotar, su piel de toro distendida y brillosa, sin perder su verticalidad, no como el otro que flotó acostado sobre la superficie del río. Lo cubría tan sólo un pantalón liviano que terminaría por reventar y pudrirse como la ropa del mensú si no lo sacaban de ahí en seguida. Echó más atrás la cabeza como tratando de incrustarse la nuca en la espalda. Y repentinamente el nivel del agua comenzó a descender hasta quedar fijo poco más abajo de su vientre, y la cara del aparecido ya no estaba en la boca del pozo vuelta ahora un redondel de cielo solitario.

Al amanecer Eulogio Espoleta reparó en los musgos que verdecían oscuramente el interior del aljibe, un musgo tenaz y lóbrego, y consiguió apoyar sus manos en la pared porque sus brazos habían recobrado el movimiento. "Estoy vivo" —admitió pese a que se sentía disgregado; trató de hincar las uñas, de encontrar alguna saliente que lo ayudara a trepar, y sólo consiguió bufar para sus adentros porque tampoco podía formar un grito; no le salía voz sino una especie de espuma verdosa. Lo que no entendía era por qué el otro lo había dejado con vida. No se habría venido del otro mundo para darle un baño. No comprendía. El agua del pozo, en vez de subir ese centímetro que se necesitaba para convertirlo en un ahogado y que su deuda quedara saldada, inexplicablemente para él había descendido hasta su vientre, un poco más abajo. Y de ahí parecía no moverse.

Ya era mediodía y nadie lo había descubierto. Como no podía gritar por más que se lo propusiese, intentó chapotear para hacer ruido pero las piernas se le negaron y si metía las manos en el agua los brazos se le volvían a paralizar. Lo enfurecía el hecho de que no se asomaran su mujer ni la hijastra en la búsqueda que presumiblemente debieron llevar a cabo. "Esas dos estúpidas" —pensó—. "Me andarán buscando por el campo". Volvía a sus esfuerzos por hacerse oír y en seguida tenía que claudicar. "Lo primero, cuando alguien desaparece es mirar en el aljibe, pero éstas ni se habrán movido de la casa, las atolondradas", se decía con un poco de furor que no lograba ser sanguíneo como habían sido todas sus rabias, un furor blando de miga de pan embebida en caldo.

Por la tarde oyó unos pasos y se esperanzó pero los pasos pronto fueron sólo un rumor impreciso, y cuando cayó la noche tuvo miedo, miedo de que volviera el mensú e hiciera subir el agua. "Sé que de aquí no salgo" —se decía en los pocos momentos en que el entendimiento se le abría paso entre la materia fofa de que ahora estaba hecho. Sólo de vez en cuando advertía, por ciertos ruidos, que la casa no estaba deshabitada. No sabía hasta cuándo podría resistir y hubo un momento en que deseó que retornara José de los Aparecidos para hacer subir el agua y terminar.

"Esas dos estúpidas" —se repetía como en sueños. En tantas horas que sólo la imaginación podía irrigar, no tuvo otro pensamiento para la chica. "Estúpida igual que la madre". Es que el frescor ya había adelantado sus trabajos en la carne caldeada, desde el vientre a los pies. El deseo se le había vuelto un racimo blanco, un fruto con sus jugos congelados.

Siete días estuvo metido en el pozo Eulogio Espoleta sin que el agua se saliera de ese nivel fijado con precisión, y cuando por fin lo sacaron —su mujer ayudada por dos hombres— tenía en el ánimo y en la mitad inferior de su cuerpo todas las agujas del entumecimiento y, privado de recordar sus ardores y resucitarlos, miraba con indiferencia a Salavina, a la chica, diluido como estaba después de ese forzado baño de agua fría que lo había convertido en una especie de bien lavado buey.

Lo tuvieron al abierto otros tantos días, oreándolo, porque no había manera de que se secara; parecía un costal repleto de agua filtrada por sus poros pero en realidad era un robusto cuerpo de bestia bautizada por la mansedumbre.

En su claustro húmedo y estrecho don Gervasio meneó la cabeza.

—¡Pobre Espolón! Ya no sirve ni para una riña. Creo que hemos sido demasiado severos.

—¡No diga eso! —protestó Delfina—. Una hijastra es como una hija.

—Hasta cierto punto...

—¿Qué? Veo que usted no ha perdido la malicia ni el gusto por el pecado.

—Tú sí los has perdido, y eso que todavía conservas sobrada carne y atributos que se te advierten por más que los quieras cegar con crespones.

—Que no me quitaré mientras viva.

—Ya me lo has dicho —balbuceó con fastidio don Gervasio, que no se avenía a soportar una vez más la retahíla de los juramentos y fidelidades funerarias de Delfina, y sólo deseaba darse un respiro, salir un instante de esa maraña en la que lo habían atrapado, y revivir algunos de sus éxtasis terrenales, acuciado como estaba por los restos de su memoria carnal todavía prendida a él como una sanguijuela, y que la eternidad no había conseguido rasparle del todo.

Delfina Salvador lo vio palidecer y encenderse, cambiar de color y perder parte de su trasparencia.

—¿Qué está pensando? —inquirió preocupada.

—En lo bueno que sería que me mostraras un pecho. Necesito resarcirme de este montón de desgracias ajenas que me estás echando encima.

—Pero usted ya sabe...

—Sí, ya sé, ya sé, no me lo repitas. Un solo respiro para salir de esto, olvidarme de los clavos que me pusiste, del gas en que me he convertido, y poder rescatar un gramo de mi carne, ¿entiendes?

—Lo que entiendo es que usted quiere que falte a mi juramento.

—¡Vamos! Te equivocas si crees que él te ha oído. En el más allá hay un continuo rumor de campanillas que ensordece a los que somos ánimas todavía frescas.

—Pero la sangre de Juan Ciriaco se puede levantar como una víbora y pedirme cuentas.

—Eso sólo pasó con la sangre de Abel porque fue la primera en derramarse. Eran otros tiempos, no había nada, ni espíritus. No volvió a ocurrir jamás y de lo que puedes estar segura también es que sin ninguna compensación voy a consumirme hasta quedar seco como la médula misma de la calcinación. Mira que la eternidad deja sus residuos por todas partes, y en eso puedo concluir si me privas de lo único capaz de recrearme...

Delfina vacilaba, inquieta ante la posibilidad de esa consunción. Dijo tímidamente:

—Si estuviera segura de que él no me ve...

—¡Claro que no te ve! Esos grumos que te has empecinado en conservar ya criaron hollejos minerales; y en cuanto a él, tendrá los ojos puestos quién sabe en qué vacío luminoso, en qué agujero trascendente. O estará mirando las enormes ojeras de la eternidad. No te ve, estoy convencido.

Ella no sabía qué hacer. Sentía por primera vez en su vida la oleada densa de la pudicia, pensaba que sus pezones se habían vuelto de pronto monstruosos. Dijo:

—No sé cómo un espíritu puede sentir esos deseos.

—Bueno, yo tampoco lo sé. Es que alguna partícula de carne se me debe de haber quedado en mal sitio... Y después de todo, ¿qué arriesgas? Con estas manos de humo, ni siquiera hueso, clavadas, deshechas, no podré tocarte. Sólo quiero ver.

—Le digo que no.

—Muéstrame uno, uno solo.

—Y después querrá ver el otro.

—Debes creer en mi conformismo. Muéstrame uno, el izquierdo, o si prefieres, el otro. Sólo un momento. Déjalo desbordar como hacías antes, cuando yo no era aún este caldo de cuerno hervido que soy ahora.

Delfina hesitaba, inmóvil contra una pared de ese pasillo donde se estremecía la mariposa sobrenatural que había cazado. Estaba a punto de ceder pues aceptaba las razones de don Gervasio, escaldado en las vicisitudes y descalabros ajenos, y comprendía su necesidad de una fugaz complacencia, mientras sentía nacerle dentro la condición lúcidamente abismal del renegado. Pensaba en su juramento y daba la impresión de poder desconocerlo y de estar, al mismo tiempo, bajo la opresión de un irracional castigo.

No atinaba a separarse de la pared.

De pronto, en un impulso de reniego y temeridad, se decidió. Se arrancó el chal y sacó de su escote un crespón, un círculo que quedó flotando; no, no era su pezón sino la gasa que lo cubría. Volvió a meter la mano en el escote, la mirada difusa, ajena al acto, al movimiento de esa mano apurada que se esforzaba por encontrar un hilo de obscenidad, y de repente lo miró a don Gervasio que tenía ojos acuosos de aguas termales.

—Si me sucede algo...

Él no la oía.

—...la culpa será suya —dijo débilmente mientras se desgarraba el escote y dejaba la mano quieta, a la espera de que el pecho se abriera camino por sí solo después de reventarle la ropa. Su pecho izquierdo, el que pesaba en su mano apenas ahuecada, olía a magnolia, y esto lo percibía él, y más lo percibía más se cocinaba en su propio hervor mientras las volutas que desprendía se le ponían de un verde de fósforo que le confirió al pasillo el aspecto de una mina de metales cuajados de cardenillos recientes. Pero de improviso Delfina levantó el chal caído, se cubrió el escote como pudo y se lanzó precipitadamente a la primera habitación donde había una mujer que la llamaba, no con un grito, ni siquiera con una voz apenas audible, sino con un gañido desolado que no le salía de la boca pero que estaba en toda ella, un aullido de víscera llorosa.

Don Gervasio quedó con la carga de su expectación inútil, agarrado a sus clavos. Tomó una coloración de harina tostada y respiró toda su compasión por sí mismo. Comprendía que en su situación no podía esperar sino frustraciones. Con Paula hubiera sido otra cosa. Frente a ella el gramo de carne que le quedaba no estaría sólo donde estaba sino recorriéndolo de abajo arriba, en el itinerario de tanta vida compartida y de tantos soles divididos mitad para cada uno.

Exhaló un suspiro remoto, asistido por la resignación, y en seguida sintió un olor de casa deshabitada, el olor que la recién llegada sin duda había traído consigo.

Era una mujer vieja con piel de nuez. Tenía en los ojos un brillo tenaz que persistía en medio de una expresión pedregosa.

Venía fatigada. Delfina le acercó una silla.

—Estoy acabada —dijo. Y ése fue su saludo.

Se sentó y empezó a respirar con voracidad para reponerse del cansancio de casi una legua caminada con apresuramiento sacando fuerzas de su ansiedad más que de sus piernas, que las tenía por tener, para continuar en su forzada verticalidad.

Delfina le dio un vaso de agua; se le veía la sed.

Pero no, no había tiempo. Bebió el agua de un solo trago y

puso el vaso vacío sobre la mesa. El brillo de esa mirada que salía de dos ojos casi calcáreos era la síntesis de una súplica extrema.

—Tengo para tres o cuatro días —afirmó la mujer—. Y no es que me queje. Llegué a bastante edad. Pero antes de morir quiero ver a mi hijo.

—¿Dónde está? —inquirió Delfina.

La vieja metió la mano en un bolsillo y sacó algo, cuidadosamente, como si se tratara de un objeto precioso.

—El lugar lo traigo anotado en un papelito —le contestó al tiempo que le alcanzaba una punta de sobre amarillado, sin conseguir atenuar el temblor de la mano que lo había oprimido.

Delfina trataba de descifrar los trazos borrosos.

—Cumple condena a perpetuidad —añadió la mujer.

—¿Y cuánto hace que usted no lo ve?

—Catorce años. Tenía veinticinco cuando se fue de aquí.

Se pasó la mano por la cara como quitándose algo, y volvió a guardar el papelito en el bolsillo.

Tenía la humildad y la inocencia del que espera el milagro.

Delfina se cubrió de una vaga solemnidad y le ordenó mientras la miraba fijamente:

—Diga su nombre con fe, todo su nombre. Llámelo en voz baja como si él estuviese cerca y pudiese oírla.

La cara de la vieja dejó de ser pedregosa y se tornó incandescente, una talla de luz en el momento de nombrarlo.

—Feliciano.

Se quedó callada.

—Todo el nombre.

—Feliciano Valdez.

Le brotó una sal de desesperación, una lágrima formada por el estoicismo, que le caía lentamente.

—Si no lo veo antes de finar no voy a tener paz en el otro mundo.

De entre sus mixturas Delfina eligió una, blanca y grasosa, y le untó los labios a la vieja.

—Vuelva a llamarlo.

—Feliciano...

Los labios brillosos quedaron entreabiertos.

—Espere.

Delfina se dirigió al pasillo donde su consultor estaba más desteñido que nunca. Poco le costó advertir la contrariedad del ánima pero hizo como que no había reparado. Se ajustó el chal y le expuso el caso.

Don Gervasio salió de su melancolía larval a duras penas porque en realidad era melancolía más que contrariedad esa estría que lo cruzaba de la cabeza a los pies, y lo mostraba como encogido, aunque algo lo estaba en verdad, ya que la verticalidad no es una continuidad sino una sucesión de caídas y saltos, de encogimientos necesarios para estar enderezado. Ella le repitió las palabras de la mujer a las que él seguramente no había prestado atención a causa de ese gramo ofuscante de carne. Le dijo el nombre del hijo y se lo repitió.

—Nadie lo puede sacar de donde está. De ahí sólo va a salir vuelto un humo como salí yo de aquí —sentenció el ánima—. Pero la madre lo va a ver. Que se vuelva a su casa y lo espere mañana, antes de mediodía. Que le tenga preparada comida y agua fresca.

La vieja salió de allí confiada en la verdad de ese rescate jubiloso que le permitiría irse al otro mundo en paz, llevándose, en vez del sufrimiento acumulado durante catorce años, una felicidad ardiente. Se bebió la legua de camino —que poco le faltaba para serlo—, la atmósfera pesada y el polvo, la casi legua de esa sequía que había levantado crestas en las huellas. Bordeó hectáreas pajizas y traspasó un silencio coral, y más adelante otro coro, el de los chillidos de las aves en demanda de lluvia. No sintió el calor ni la fatiga, no vio la soledad ni tuvo necesidad de detenerse para recobrar fuerzas.

Y esa noche durmió con los ojos abiertos, encandilada, y se levantó antes de que empezase el día, a la última hora de un cielo índigo inconmensurablemente crecido sobre los pastos.

Se metió en la galería fermentada de humedad en la que nunca había entrado ni un sol erróneo, y se quedó mirando el camino. Sabía que para ella el camino empezaba en los pies del hijo y terminaba ahí. Después se levantó y puso otra silla para que él pudiese sentarse, ya que llegaría cansado, con un cansancio lleno de castigo. Y se sentó y volvió a levantarse para acercar más todavía la silla a la suya. Estaba segura de que él vendría. Tenía aún los labios untados con la pócima grasienta que no había querido quitarse para no entorpecer el movimiento que empieza en todo milagro antes de que se muestre. Puede decirse que ella en ningún momento se había separado de la imagen del hijo; había envejecido dando vueltas alrededor de esa imagen que ahora le bastaba para morir en paz. La fijeza de la rememoración se le había vuelto un trazo trasparente y necesitaba su presencia corpórea, aun con el peso de una atmósfera enturbiada. Pero ella no pensaba en eso. Sólo quería verlo sin escarbar en él. Tal vez traería otra cara, en eso sí había pensado, y estaba dispuesta a lavársela hasta hacerle aparecer la cara que ella le conocía. Le arrancaría la piel sufrida y oscura hasta dejarle al descubierto su piel de muchacho.

Lo vio llegar con la primera claridad decidida.

Era el mismo muchacho de veinticinco años que vio partir de la casa antes de que el ánimo se le arrevesara. Llegaba fresco, sin fatiga, sin polvo en los zapatos, como si hubiera vadeado un río, y sin decir palabra lo abrazó largamente.

Ella se sintió el eje de algo —la cara de Feliciano le giraba en torno, sus brazos también giraban—. Las paredes sudaban un hierro frío y las llaves empezaron a derretirse.

Se sentaron.

—Hace calor —dijo él.

La madre le trajo agua y el muchacho empezó a beber, y ella continuó trayéndole agua fresca durante una hora seguida.

—Hace catorce años que no bebo agua fresca —dijo él.

La mujer no oyó esas palabras; estaba absorta en su contemplación pensando: "No ha cambiado nada".

Feliciano Valdez tenía la cara de antes de matar.

El mediodía se descargó de golpe. Entraron en la cocina y comieron cambiando unas pocas palabras, las palabras creadas para la sencillez y la costumbre. Ella no dejaba de mirarlo. De pronto le confió:

—Estoy acabada, hijo. Tanto me da comer o no. Es sólo para acompañarte.

Él comía con hambre, un hambre ruda y desolada.

En la cocina pareció filtrarse una impresionante lejanía y el plato de él se desdibujó, pero la vieja podía agarrarse a la mesa con fuerza y contemplar el rostro de su muchacho.

—Quería verte antes de morir —le dijo.

Los platos quedaron vacíos. Y el resto del día transcurrió repentinamente, en dos o tres horas.

Las llaves se habían derretido del todo. Él quiso abrir las puertas, salir a la galería, y no pudo. Las llaves fundidas habían soldado las cerraduras. El aire dentro era reseco y sosegado, y él aspiró casi gozosamente esa clausura que ahora había en su casa, la casa donde había nacido, no sólo él sino también esa mujer que se tendía sin una queja en su jergón, la madre con aspecto de centenaria en cuyos huesos habían resonado los cerrojos y los castigos padecidos por él.

El helecho de la galería, que no crecía desde hacía años, alcanzó en esas dos o tres horas que mediaron entre la mitad del día y la noche la altura de las columnas y sobrepasó el techo.

La vieja murió en paz, en una rápida agonía, con la felicidad brotándole de la piel seca y la babosa boca, sintiendo cómo él le refrescaba las sienes y los labios casi inexistentes y, sin embargo, brillantes, y cómo le sostenía la nuca.

Pero Feliciano Valdez no había salido de la cárcel y en ese momento echaba una sucia bocanada de humo y tenía perdida la mirada en un vacío miserable.

Comenzó a llover a cántaros.

—¡Delfina! —clamó el ánima de don Gervasio.

—¿Alguna videncia?

—No. La gotera.

Del cielo raso del pasillo se desprendía trabajosamente un agua vacilante aunque pertinaz, más bien una garúa circuida de cales.

Ella observó y puso un tacho abajo.

—Pero usted no se moja.

—Ya sé. Lo que temo no es la mojadura sino la humedad. Tengo miedo de que se me crispe el reuma.

—Por momentos usted se olvida de que es un espíritu...

—Sí, y son esos olvidos los que me dan la ilusión de una carnadura, no digo nueva, la que yo me había formado a fuerza de crecer y vivir, con algunas dificultades como el reuma, es cierto, pero con todo su calor.

—Pero usted no está frío...

—No. Soy un exiliado de la temperatura, tanto de sus grados ascendentes como descendentes. Lo que puedo asegurarte también es que el calor es un don precioso.

La gota caía una y otra vez —se diría que era la misma— como una pequeña amenaza.

Y don Gervasio pensaba en cuáles serían sus posibilidades de liberación aunque no estaba muy convencido de que pasearse indefinidamente por el más allá pudiese significar una forma real de libertad. Acaso lo era, y mucho más, ese sumergirse en el drama humano.

"No hay libertad sino en torno de una atadura dolorosa" —se dijo en silencio. Y entrecerró los párpados que en realidad eran una peladura de cebollas, más bien una nada en forma de óvalos complacientes.

ocho

Como Delfina Salvador había estado a punto de caer en falta —había llegado a tomar en su mano uno de sus pechos amodorrados, un buche de paloma gigante, para mostrarlo a los ojos de un hombre que si bien licuado y vuelto una plancha conservaba las formas de su varonía— durante siete noches consecutivas no se atrevió a hablarle a la sangre del otro, como lo hacía siempre, y como si esa sangre fuese una persona grumosa toda oídos. Fueron, por lo tanto, noches tranquilas cuya oscuridad penetró la casa para volverse en seguida titilante. Las noches que necesitó don Gervasio para descubrir el sentido de la eternidad, que aún no se le había revelado, y la manera de entrar en ella, la suerte de requisitos irrevocables que hay que cumplir para no quedar en las afueras del tiempo, lo que supone también quedar en las afueras del espacio.

"Tal vez todo consista en un derecho que se puede perder..." —empezó diciéndose mientras aspiraba una fina espiral de noche abierta filtrada en el pasillo—. Reconstruyó como pudo su deslizamiento en el más allá, la estupefacción de su desalojo al principio forzado y después espontáneo, su posterior lanzamiento a la velocidad de la luz, y se preguntó absorto: "¿Y la eternidad qué es?". Era la primera vez que se formulaba esa pregunta; no lo había hecho en vida y tampoco cuando flotó por esas inmensidades que al menor frotamiento desprendían la fragancia de la metafísica. La curiosidad por llegar a una conclusión convincente hurgaba en él hasta lastimarlo.

—"¿Qué es la eternidad?"

Recordaba haberse propuesto, mientras vivía, interrogantes más fáciles. Después había andado por los espacios y vislumbrado mundos vivos y muertos pero en ningún momento se había asomado a un ámbito revelador, a lo que pudiera significar una esencia o categoría diferente. "No es cuestión de volar por esos vacíos que separan unos mundos de otros para afirmar que se está en la eternidad. Puedo decir tal vez que anduve por sus alrededores. Quizá la respiré y atisbé pero sé tanto de ella como cuando estaba metido en mi carne". Se puede decir que estuvo de acuerdo con sus palabras; y una vez absorbido el sentido de cada una continuó diciéndose: "El andar, por sí mismo, no crea sino huellas y plantas desgastadas. Debe de haber otra cosa".

Se le aguzó la sensibilidad como si le hubiese brotado un sinnúmero de espinas acuciadoras. Su estado de espíritu, el hecho de que realmente lo fuera aunque con algunas impurezas, no bastaba para proporcionarle la clave. Después de fatigar largamente su percepción se dijo en tono de disculpa: "El haber ambulado por esos desiertos trasparentes no me confirió otra condición que la vaporosidad. Aquellas galerías azul oscuro, aquel cobalto arenoso y esa especie de laberinto de la nada, no deben ser sino antesalas donde la única actividad posible es la traslación". Intuía que sus consideraciones terminarían por llevarlo a alguna parte, claro que sin sacarlo de allí. Esas noches, debido quizás a la pausa impuesta por el remordimiento de Delfina, se sentía dispuesto a examinar la razón de esa trascendencia que para él había consistido en paseos, procesiones y celeridades inmensurables más en las extensiones tenebrosas o radiantes de la cosmogonía que en las de la metafísica.

Y después se dejó estar esperanzado en que la verdad fuera hacia él y le sofocara las incertidumbres. La oscuridad lo rozaba y se metía en los intersticios de su perímetro fantasmal y en los poros de la pared que le servía de lecho.

De pronto sintió la agresión hermosa y anonadante de un golpe de luz, y se dijo: "La eternidad debe ser incandescente, una sustancia que arde, tumultuosa y ordenada a la vez, como le dije a Paula la tarde de nuestro primer encuentro". Permaneció callado, más exactamente deslumbrado por la revelación, y al cabo de unos instantes añadió gravemente: "Aglomeraciones caóticas, volcánicas, y después dispersiones armoniosas". Sin embargo, faltaba algo. "Paula" —dijo con devoción—. Las verdades poseen una serie de nimbos concéntricos, más numerosos cuanto más profundas son. Los nimbos de su verdad debían de sumar centenas. Y la clave para llegar a ella había sido Paula porque en cuanto pronunció su nombre y lo repitió vio tan claro como si una aurora boreal se hubiese colado en el pasillo.

"Sí" —dijo con una convicción que le imprimió un instantáneo reborde flamígero—. "La eternidad es conjunción. Reencuentro y conjunción de los que se aman, y sólo puedo entrar en ella con Paula si Paula se aviene a perdonarme. Sólo con Paula me será dado formar parte de una luz estallante y hacedora. Sí, estoy seguro. La eternidad es amor. Y el amor desbarata toda finitud, toda conclusión. Nada amado concluye".

Se sintió lamer por el aire fresco de la madrugada, esa lengua de perro que se había escurrido por alguna parte no cerrada del todo, y así enlamiscado por los continuos soplos continuó exprimiéndole a su meditación todos los jugos que pudo. Y se dijo, casi en estado de éxtasis: "Sólo la simbiosis de los que se aman puede componer la siembra de vida humana en el espacio". Sí, eso debía de ser la eternidad, la continua maduración de mundos. Hasta la sequedad de algunos esconde un estallido. ¿Y qué era él ahora? Una semilla estéril, hueca, una cáscara. Integrado al espíritu de Paula sería un grano abultado con capacidad de formar una historia humana en uno de los tantos mundos.

"Ahora lo comprendo: de dos que se aman el primero en morir espera al otro para arder juntos y posarse en algún mundo fértil". —Afirmó tan convencido de que se hallaba en lo cierto como que estaba en esa pared que por momentos parecía llevar a cuestas.

De repente tuvo otro sacudimiento, el del pavor. Porque tal vez él algún día tendría que regresar solo, semilla hueca, pequeña polvareda de afrecho, sin otra posibilidad que una árida dispersión. Sintió crecer el conflicto, le vio a su destino un punto terminal, oyó su propio grito de condenado a no seguir siendo, y cuando pudo rescatar su serenidad reflexionó: "Los que se van al más allá en soledad terminan por desintegrarse en la nada. La soledad es el oponente máximo de la eternidad, su negación. El que no ama termina siendo una ráfaga mendicante carcomida hasta desaparecer".

Hizo una pausa; le fosforeció la inteligencia y se le encrespó el miedo, el miedo a una soledad que lo impregnara de disolución. Se veía vuelto un cuerpecillo de espuma y se puso a observar imaginariamente cómo iban reventando cada uno de los glóbulos de esa espuma hasta no quedar ninguno. Y con el espíritu de Paula, si se negaba irrevocablemente a acompañarlo, sucedería lo mismo. "Tengo que avisarle", pensó. Y después se acordó de sus clavos que las disquisiciones trascendentes le habían hecho olvidar. Y sintió que la eternidad se le huía. A él y a ella. La nada los invadiría igual que un moho y serían minuciosamente devorados, él en esa pared o en los desiertos movedizos que ya conocía, y ella en el fondo quién sabe de qué cielo. Eso, si no conseguía liberarse y que Paula consintiera en acompañarlo, no por costumbre o lástima sino por amor. De esas dos circunstancias dependía su estar en el tiempo.

Sólo ahora y no la noche del entrevero funesto se sintió ante la muerte. Una muerte sin nada ante sí, sin el yo rescatable de un fantasma.

Recogió los temblores de todos los ajusticiados del mundo y tembló con ellos, y toda la desesperación y el aleteo de los pánicos, y los hizo suyos. Y transpiró un agua ocre que le dejó grandes manchas y salpicaduras. Ahora parecía una estampa en sepia bastante borroneada por los hilos de llanto que se le mezclaron a ese sudor que seguía manando en distintos tonos.

Atinó a decir en voz inaudible: "Paula, todavía no te mueras. Espera a que yo vaya a buscarte, que algún día tendré que salir de aquí, y no faltará mucho ya que esta desquiciada no va a llegar a centenaria. Y si no me desclava ella alguien tendrá que hacerlo. Y a lo mejor un día se me oxidan los clavos o me vuelvo espíritu puro, sin estas partículas terrenas que no me han abandonado, y puedo salir por mis propios medios y buscarte para irnos juntos a la eternidad, que separados y solos nos tragarán los desiertos azules, las hirvientes ciénagas de la nada. No te mueras, Paula. Y si te mueres antes de que yo pueda salir de aquí, espérame en esa especie de antesala donde los viernes se cantan letanías".

Después se quedó en una algodonosa somnolencia de larva, extenuadas sus partes sensitivas y lleno de ojeras, de la cabeza a los pies. Y aun así, agotado, seguía repitiéndose: "Sin Paula no perduro. Unido a ella seré la mitad de una semilla humana que madurará en un mundo propicio. Si no renuevo en el más allá mis esponsales con Paula seré el trazo de ceniza que consigo traen los seres vivos como una advertencia. Vaya a saber. Lo importante por ahora es que debo irme de aquí, al menos para avisarle a Paula el peligro que corre si se marcha sola y con tanto desamor para sucumbir en el primer cielo que pise". Hizo una pausa larga para recoger algunos restos de esperanza y se preguntó: "¿Cómo voy hacia ella?"

Era difícil que Delfina Salvador se aviniera a soltarlo como a un pájaro cuyo encierro termina por despuntar alguna conmiseración. Ninguna razón valdría para convencerla. Su lógica, que nunca la había tenido en debido orden, se le había arrevesado del todo. Y tampoco era probable el éxito de un soborno, ni siquiera de una amenaza. Su índole cerril la pondría en guardia en seguida y volvería a empacarse como era su costumbre, a tapiarse para no salir de la negativa. Su pasión, en el fondo, no era sino la combustión de su tozudez. Además, en el hecho de atraparlo Delfina había resuelto conjuntamente su vindicación suprema, la manera de estar acompañada sin que el huésped le ocasionara trabajos y, por si esto fuera poco, su salvoconducto con la videncia.

Las manchas ocres, las ojeras dispersas, los diminutos pantanos dejados por el llanto, lo habían vuelto un trozo de lienzo sucio y mal tendido. Hasta había cobrado un fondo color plomo y se había angostado hasta un enflaquecimiento fusiforme, con piernas y brazos más largos de lo que habían sido. Cuando entró Delfina y lo vio así desbaratado, y le vio las manchas, supuso que era cosa de la permanente humedad del pasillo. "Debe de ser moho", pensó. Giró sobre sus talones e inspeccionó el resto.

—Estoy mirando estas paredes —dijo—. Ya ni se les ve el color. Cualquier día de éstos le voy a dar una blanqueada de cal.

—¡No! —se espantó el ánima—. Nada aniquila tanto como la blancura.

—Si quiere, a su pared la dejo como está —concedió ella.

—¿Dejarla como está? ¿Quiere decir que me vas a tener aquí toda la vida? —hizo otra pausa, una de esas que anteceden a las correcciones—. Es decir, ¿toda tu vida?

Delfina se encogió de hombros y se fue a la cocina a trajinar entre los cacharros y a levantar humaredas de frituras.

Don Gervasio vio formarse un minúsculo cielo de hollines.

—Delfina...

—Estoy haciendo tortas de grasa para acompañar el mate. No me diga que desea comer...

—No, pero no te imaginas la significación que tendría para mí el hecho de que me cebaras un mate.

Ella reparó sólo en la segunda parte de esta consideración expresada gravemente. Pensó que él había encontrado una manera de jugar a estar vivo más inocente que la de días anteriores, cuando quiso verle un pecho, y se le acercó con un mate con virola de plata cansada.

—Si gusta...

—Acércamelo más.

Delfina obedeció.

—No creas que pueda tomarlo. Y tampoco es la mía una actitud nostálgica. Es que acabo de descubrir que el reencuentro con los objetos familiares y los ritos creados en torno a ellos son como nudos dados a la eternidad para que no se nos escape.

—¡Vamos! —rió ella—. Usted ya está en la eternidad y no necesita sujetarla con nudos.

—Te equivocas. Tengo que anudarme a algo por si no me desclavas. Si en mi situación continúo siendo una abstracción, corro el riesgo de volverme una nada, un trazo de nunca jamás.

Estuvo a punto de explicarle cuanto se le había revelado acerca de la eternidad esas madrugadas encandecidas, pero en seguida juzgó preferible no hacerlo porque las cosas se complicarían. La intromisión de Paula, el miedo que experimentaría ella de quedar fuera de toda perduración ya que no podría unirse en el más allá a Juan Ciriaco Fuentes porque Juan Ciriaco la amaba a Zulema, serían nuevos factores desencadenantes de comprimidas ferocidades.

Le oyó decir:

—¡Si los espíritus no mueren!

"Eso crees —estuvo a punto de replicarle—. Mueren igual que sus cuerpos aunque sin sus desastres biológicos. Sólo viven los que se encuentran en el amor que se tuvieron". Pero calló.

Vio cómo ella entraba en el primer cuarto repentinamente cautelosa como si esperara sorprender a alguien en la ejecución de un acto temible, y le oyó abrir la puerta de calle. Y después la vio estarse en el umbral y volver enfurecida y llena de miedos diferentes, miedos cambiantes y fantásticos, miedos que la traían a la rastra. Y se sintió ensordecer con sus gritos:

—¡Maldito el que viene a desearme la desgracia!

A don Gervasio se le embarulló la serenidad.

—¿Qué ocurre?

—Otra vez las pisadas.

—¿Las mismas?

—Sí. Y usted tiene que saber de quién son.

—Te aseguro que no he visto llegar a nadie hasta tu puerta

y marcharse sobre sus huellas con tal exactitud que no se percíban los pasos del regreso. Debe de ser alguien que viene a la hora en que yo estoy más abstraído en mis cavilaciones, ya que eso de no dormir ni de padecer insomnio, debe ser ocupado con algo, y la meditación es lo que más sirve para tapar agujeros y llenar esas nadas volanderas que a veces se topan con uno.

—Es alguien que viene a desearme mal —afirmó Delfina—. Son las pisadas del daño.

Eran pisadas frescas, hambrientas. Llegaban hasta la puerta de Delfina y a menos de media cuadra desaparecían en una zanja herbosa. Eran los pies mendicantes de doña Gaspara.

Doña Gaspara sufría su hambre, mordía su hambre, se alimentaba de ella. Nadie iba a verla ya, ni siquiera la madre de Zulema Balsa. Nadie le llevaba nada. Todos los días abría la puerta del rancho con la esperanza de encontrar un bulto. Había triturado las peladuras de papas que no se atrevió a tirar y masticaba una que otra achicoria silvestre. Permanecía todo su tiempo en la soledad del campo sintiendo el aúllo de sus huesos y de su miedo de morir de hambre, azotada por el abandono que padecía. Delfina Salvador le había usurpado sus poderes y sus trabajos, y ella pensaba que de nada le había valido arrancarle las patas a un conejo vivo y colgarlas para preservar sus derechos.

Estaba reducida a una forma esquelética, sin embargo se atrevía a llegar hasta allí; no ignoraba la fuerza de los huesos con su fósforo altivo, más antiguos que la especie, esa grandiosidad de océano petrificado que termina por invadirlos. Sentía la perpetuidad de la cal que la sostenía y que afloraba en sus peladuras. Si su amargura de miseria bien soportada se negaba a acompañarla, ya la llevarían sus huesos, obedientes y seguros.

La cara se le había puesto más de cabra y ya tenía los ojos quemados de tanto atisbar el camino a pleno sol. Levantaba los brazos clamando con la esperanza de que su voz fuese oída, y semejaba un espantapájaros a la vez carbonizado y vivo, una máscara maligna. La única respuesta que recibía era el aleteo de las aves espantadas. El hambre la había vuelto remotamente vieja, la cara toda pómulos y oquedades con piel de tierra cocida, y lo único que le salía de la boca era una nata de maldiciones. Sólo le quedaba andar y arrimarse al pueblo y mendigar. Pero a doña Gaspara —que en el fondo seguía siendo la Gaspara Verde de una adolescencia de sombras reveladas— los menesteres de sibila y ahuyentadora de daños le habían menguado la humildad y en los últimos años se había vuelto levantisca. La vejez le había insuflado un orgullo avieso, más torcido aún a causa de las ingratitudes. Le habían pagado salud, paz y aconteceres felices con papas, zapallos, choclos y gallos secos. Y ahora la mísera paga remataba en ese abandono, como si todos se hubiesen puesto de acuerdo en ignorar su existencia.

Lo que quería era maldecir repetidamente a la curandera que la había desplazado y condenado a su actual estado inservible sin ofrecerle compartir la procesión de desesperados que se reúne en los umbrales, en los zaguanes, en los consultorios abismales donde arde el ojo de un gallo en medio de caldos del paraíso y pólenes del infierno. Nadie había ido a comunicarle nada —fue ella quien tuvo que hacer las averiguaciones—. Y todos, de alguna manera, le debían algo, por no decir que mucho, ya que no se pagan ciertos servicios con bultos con más cáscaras y plumas que especie suculenta. Treinta años llevaba en ese mismo rancho ahuyentando males de ojo, espantando muertes presentadas antes de tiempo y entregando a la gente los trozos más bruñidos de la superstición. Y desde hacía un mes o algo más nadie se había llegado allí, ni de lejos, para informarle: "Ya no la necesitamos, pero le seguiremos trayendo alguna cosa para que no se consuma y un día amanezca en puro hueso". Porque ése era el miedo que tenía: despertar una de esas mañanas y verse el esqueleto pelado. Se había propuesto morir —aunque no todavía— con el envoltorio de su pellejo entero por una especie de pudor.

Tampoco había vuelto la madre de esa muchacha que guardaba unos pocos restos de semejanza humana. A nadie había conocido ella que se le pudiese comparar, un hormiguero andante que quién sabe en qué concluiría. Habían ido varias veces a verla y ahora hacía más de un mes que no se aparecían por el rancho. En verdad de Zulema sólo quedaba algún trazo humano, más forma que sustancia, una que otra estría más o menos coherente de lo que ella había sido antes de que le pasara lo que le pasó. Nadie la salvaría. "¿Quién?" —se preguntaba doña Gaspara—. Ella había hecho lo que había podido, sin omitir nada, sin error; había tratado de extirparle a la intrusa juntando todo su poder. No era culpa suya si la muerte del otro seguía prendida allí con fuerza; se veía que había encontrado un buen terreno, porque hay casos en que la muerte de otro se mete en uno pero en seguida sale porque no se siente a gusto. Con la muchacha la cosa había sido diferente. Todas las veces le había dicho lo mismo, es cierto, pero era lo que correspondía: "Va a arrojar un agua negra por los ojos en forma de sabandija, bien repugnante". La variante había consistido en decir unas veces alimaña, otras sabandija, otras veces culebra. Pero la pobrecita no había arrojado una gota de nada.

Ahora todo su afán era llegar a la puerta de Delfina Salvador y maldecirla. No le importaba que ella le diera vuelta las pisadas con una pala, que es lo que se hace para que el que ha venido no vuelva más; ella sabía cómo desbaratarle la repulsa. Lo importante era envenenarle irremisiblemente el aire que la rodeaba. Hacía sus exorcismos a la madrugada y después se metía en un zanjón, a media cuadra de la casa, para terminarlos.

Le habían dicho a la madre de Zulema: "Vaya a verla a Delfina Salvador. Doña Gaspara está en las últimas. Ve y oye con las manos".

Ella se había resistido a ir a la casa de la otra, de la querida del andariego, a llevarla a Zulema allí, a esa casa que seguramente debía de estar impregnada de un vaho pecaminoso, porque la lubricidad es como la humedad, imposible de desalojar del todo por más que se ventile. Sus emanaciones persisten y brotan cuando menos se las espera aunque haya pasado tiempo y acaecido muertes en el lugar. La mujer se imaginaba la casa de Delfina con la visión de los clandestinos amores como telones desplegados, ostentosos, y sus gritos colgados de las puertas y ventanas, y su desnudez desafiando el noviazgo de él y la muchachita. Sin duda debían flotar los pechos tormentosos de Delfina Salvador, dos presencias aciagas, quizá la causa de cuanto había sucedido allí. Y además —lo sabía porque se lo habían dicho— estaba la sangre de Juan Ciriaco incrustada en el piso del dormitorio, claro que no toda la sangre de él como había creído cuando se lo contaron, sólo una parte, pero bastan unos grumos para tenerlo al muerto. Desde la galería algunos que los primeros días la espiaron para ver qué hacía, la habían visto a ella caer junto a la mancha rodeada de ramas y velas. Después, sin saber por qué, nadie se había atrevido a acercársele hasta la revelación de sus dones sobrenaturales.

—Llévela hoy mismo.

La madre de Zulema miraba el suelo.

—Yo no puedo ir a esa casa.

—Hay otros que van.

—Otros. Nosotras no podemos entrar ahí.

—No tiene que pensar en lo que pasó.

—Es fácil decirlo...

—Tiene que pensar en la muchacha.

—Yo no puedo ir. Y menos llevarla allí a la pobre. Justamente ahí.

Justamente ahí, donde estaba el ánima de don Gervasio Urquiaga repasando las nociones elementales de eternidad aprendidas en el relumbrón de algunas madrugadas, mientras Delfina Salvador continuaba lamentándose en tono sombrío:

—Esas pisadas siguen apareciendo todos los días por más que las dé vuelta.

La cabra ciega mendigaba por el pueblo mascullando imprecaciones. Sabía que a la maldición no se la lleva el viento, porque su sustancia es fija, un turbión comprimido que no necesita más espacio que el que ocupa una palabra.

Como si nunca la hubiesen visto, como si no la conocieran, la gente le dejaba sobras que ella consumía cobijada en algún zanjón seco. Eso fue los primeros días pero después todos la ignoraron completamente, recelosos del aspecto que había tomado, amenazante y lleno de malignidad, una imagen de malaventura dispuesta a trastornarlo todo. Las sobras volvieron a los perros.

"Éstas son las pisadas de la desgracia" —insistía Delfina—, y todo lo que hacía era tomar una pala y darlas vuelta, arrevesarlas bien para que la tierra se las tragara.

—Usted tiene que saber quién es.

—Te repito que no.

—Y entonces, ¿de qué le sirve ser espíritu?

—Eso mismo me digo.

—¿Usted qué piensa?

Don Gervasio, antes de contestar, hizo oscilar sus esbozos de relámpagos y volutas.

—Cuando viene la desgracia de esta manera, caminando con sus propios pies, es difícil desviarle el rumbo —dijo.

—Pero yo di vuelta las pisadas con una pala de puntear.

—Sí; eso es lo que se acostumbra. Quizá si me soltases podría hacer algo —aventuró él.

—¡Eso no! Se volvería al otro mundo y yo necesito que esté aquí, ahora más que nunca.

—¿Y quién no te dice que la desgracia viene aquí porque hay un espíritu apresado?

—¡Entonces que venga! —fue el desafío de ella.

Él meneó un vapor desalentado. Sí, había sido un error hacer que ella dependiese tan absolutamente de su presencia amarrada en ese pasillo que a ciertas horas tenía un aire embalsamado de locutorio. "Voy a estar aquí sesenta y cinco años más los meses que llevo porque esta extraviada llegará a centenaria y cada día que pase necesitará más de mis videncias" —se dijo don Gervasio mientras sentía el bálsamo corrompido de las falsas resignaciones—. Y después pensó: "¡Mis videncias! Quizá me convenga negárselas, producir un hecho nuevo. Aunque arda la casa. De todos modos soy incombustible. Además tendría la posibilidad de que se fundiesen los clavos".

Y fue acaso esa probabilidad remota la que lo sacó de su decaimiento, o quién sabe qué otra esperanza todavía sin forma, el hilo de luz que bordea la desesperación. Perdió casi repentinamente su astringencia fusiforme y pareció ensancharse, desbordar un poco y alcanzar un ilusorio espesor como si hubiese leudado. Pudo esponjarse; y tanto por decir algo, dijo:

—Se me ocurre que hace calor.

—Y bastante por ser los últimos días del verano —respondió Delfina.

—Creo que la gente está tranquila y que por mucho tiempo no va a suceder nada —arriesgó con naturalidad.

—¿Nada? Yo presiento lo peor —saltó ella.

—¿Lo dices por eso de las pisadas que llegan hasta tu puerta y no se van?

—Sí. La desgracia que viene de a pie, como usted dijo. Y además se me hace que alguien está envenenando el aire con maldiciones. Debe de ser la misma persona, brujo o bruja, que llega hasta la puerta y no llama y se va después de desearme quién sabe qué daños.

—Pero si es tanta la gente que viene aquí, debe de haber infinidad de pisadas. No sé cómo las reconoces...

—Las de los otros se mezclan y se borran. Esas no. Están separadas. Y sólo verlas da mala espina. Y además el aire se está cargando de maldiciones.

—Bueno, en esto tal vez tengas razón porque hay momentos en que huelo algo así como el olor que tendría la pólvora si fuese verde —admitió don Gervasio.

—¿Qué tiene que ver el color?

—Mucho. ¿Te imaginas una explosión verde cardenillo?

—¡Ah, ya sé! —estalló Delfina—. Es la envidia de la vieja que ya no cura a nadie por más escuerzos que se frote en las manos, y en los ojos porque nadie va a verla. Todo el pueblo viene aquí. Es doña Gaspara. Estoy segura.

—¿Doña Gaspara?

—Sí. El espantajo del rancho junto al estero.

—Es verdad. Pero yo confiaba en que no lo descubrirías.

Ella lo miró perpleja.

—¿Cómo? ¿Usted lo sabía y no me lo dijo?

—No era indispensable. ¿Para qué enfrentarlas? Por otra

parte la vieja tiene razón. Tú la has despojado. Ella se ha valido siempre por sí misma. No contó jamás con el asesoramiento de un fantasma pinchado, ni de un ángel atrapado dentro de una plegaria.

—¿Usted la vio?

—Sí; viene a la madrugada, y el rocío le brilla en los huesos. Porque doña Gaspara, por si no lo sabes, ya anda mostrando medio esqueleto, mostrándolo de verdad.

—¡Dios mío!

Delfina durante todo ese día no abandonó el pasillo.

Le dijeron a la madre de Zulema Balsa:

—La vieja parece una osamenta andante con alguna pelambre de animal. Se arrastra por el pueblo y ya ni siquiera mendiga. Hizo bien en no llevarle más a la muchacha.

—Sí; me di cuenta de que la chica empeoraba y que la vieja sabía que no la podía curar —dijo la madre.

—¿Y por qué no la lleva de una vez a que la vea Delfina Salvador? Mire que hace milagros.

—Sí, ya sé. Pero a esa casa no puedo ir. Y menos con la pobre. No se olvide que fue la novia de él, y que él murió ahí, como usted sabe... Si ella viniera a mi casa...

—No va a ningún lado. Todo lo cura ahí. La vieja sí iba adonde la llamaran; en un tiempo, hace años, tenía carro y yegua, y un día el animal se le quedó muerto en medio de la calle, y la gente asegura y lo jura por Dios, que tumbada y muerta la yegua siguió tirando del carro unas diez cuadras, hasta donde la vieja tenía que ir. Pero Delfina Salvador no va a ningún lado, así tenga parálisis el ojeado o le falten las piernas. Llévele a la chica. ¿Qué espera? Mire, ya le brotó una hojita verde...

—Por eso perdí la esperanza. No creo que nadie pueda volverla a lo que era antes de que el novio se fuera al otro mundo.

—De donde no se vuelve.

—Eso dicen.

—Escuche, si a la chica no se la cura Delfina Salvador, no se la va a curar nadie. Vaya. Haga el último intento.

La madre de Zulema se anudó las manos, sintió que la mirada se le cristalizaba a fuerza de juntar valor, y tomó la decisión sin decir palabra.

Era una tarde de aire pesado, de lluvia contenida a duras penas, con moscas y bichos de tormenta, una tarde tendida a ras de los techos, a ras de las calles, con una luz molesta y rara que alborotaba a los insectos.

Adusta, los ojos puestos empeñosamente en el suelo, la madre de Zulema emprendió la marcha; ella, la muchacha y las dos hermanas mayores.

Llegaron al pueblo.

Zulema iba adelante como si conociese el camino; dos pasos atrás la madre, encorvada, como si llevase un fardo de zarzas a cuestas crecido más allá de todo límite, un peso tan desproporcionado que parecía imposible que pudiese llevarlo ella sola. Y un poco más atrás iban las hermanas con aire funerario y mirada escarbada con las uñas.

Desde las veredas, los portales y las ventanas, la gente miraba el cortejo empavorecida, esa especie de muerte que andaba de a pie.

Hubo un único, alucinante escalofrío que corrió de uno a otro compartido como un pan de condenación.

—¡Dios nos guarde!

—¡Líbrenos Dios!

Y ellas proseguían ese indispensable vía crucis sin ver, sin oír, sin comprender que avanzaban por el medio de la calle.

Pero Zulema veía la felicidad y sonreía con sus labios de corteza rosada mientras su sustancia de horror vertía un hilo de miel silvestre. Arrastraba sus trozos arcillosos, leñosos, sus huecos con musgo y rumoreo de alas minúsculas, de élitros oscuros, como si se tratase de la carne más dulce y liviana. Tenía manchas de greda roja y esa eternidad disciplinada de las hormigas, el ir y venir de la voracidad, miles de pequeñas patas en movimiento, y yemas a punto de convertirse en hojitas frescas, una forma de graciosa piedad. Y lo más inexplicable en ella, lo que nadie comprendía, era que no dejase de sonreír y que avanzara segura del camino a recorrer como si alguien le estuviese haciendo señas o ademanes de bienvenida.

Atravesaron casi todo el pueblo de oeste a este, y ya traían pegada a los pies casi media legua de campo, y tenían los zapatos polvorientos. Zulema caminaba descalza y sus pies no dejaban huellas. Nadie se animó a seguirlas. Durante todo el trayecto la madre no alzó la vista ni para advertir lo poco que faltaba para llegar a esa casa a la que irremediablemente tendría que entrar la pobrecita para ampararse en la otra. "Parece un castigo que no termina —pensaba la mujer— como si hubiésemos cometido quién sabe qué atrocidad y la estuviésemos pagando". No bastaba despedazarse por dentro y pulverizarse las entrañas viéndola a la muchacha; ahora era necesario recurrir a la que había desencadenado la tragedia, a la causante de todo, y agradecerle que se ocupase de Zulema.

Dejaron en todo el camino un reguero tan implacable de conmiseración y pesadumbre que quienes las vieron pasar sintieron esa noche una quemadura en los ojos, que le habían visto las vísceras al horror, y nadie en el compartido desvelo pudo arrancarse esa imagen prendida a sus pupilas con fuerza y que durante mucho tiempo les quedó como el trasfondo de todo lo que veían.

Cuando entraron en el área de percepción de don Gervasio la madre agobiada hasta lo indecible y Zulema sin dejar de sonreír, él comprendió que no era cosa de callar y fingir la pérdida de sus poderes según se había propuesto para que Delfina no lo necesitara tanto. El fragmento de marca casi resplandecida que ocupaba el sitio de su corazón se dilató revuelto y por un instante pareció ahogarlo. El ánima sintió la desgarradura, y mucha más pena por Zulema que por sí misma, aun así como estaba, amenazada de perder su eternidad. Creía que ya no podía exhalar nada, y exhaló una piedad que le confirió los más hermosos azules y la aureoló el tiempo necesario para que Delfina advirtiera que en el pasillo había más luz que la habitual y fuera a ver de dónde provenía.

—¡Don Gervasio! —exclamó maravillada.

—Hija...

Ella se turbó; era la primera vez que la llamaba así. Pero

no, no era a Delfina a quien había nombrado con esa única, dulcísima palabra. Era a Zulema. La veía avanzar y su piedad le seguía vertiendo aguas bautismales. Se le formaron irradiaciones nuevas.

Delfina lo miraba sin comprender.

—¡Don Gervasio! Está encendido igual que una vela —fue lo único que atinó a decir.

Él no salió en seguida de ese estado que se asemejaba a un arrobamiento doloroso y que quizá lo era. Continuaba así, sintiendo el éxtasis de la piedad. Había asumido la imagen de Zulema, sus gredas, sus raicillas zumbantes de insectos, su humus y cortezas rosadas. La había fundido en sí mismo hasta sentir que el sacrificio empezaba a fraguar, y sólo después percibió la presencia de Delfina, atónita más que por el ensimismamiento de él por ese resplandor que paulatinamente se le fue resumiendo en una brasa incorporada a su ser, es decir, a sus nieblas acongojadas.

—Recién parecía un santo —le dijo ella en actitud respetuosa.

—Ahora sí quisiera serlo, y que mis manos manaran las aguas del milagro.

—No entiendo lo que dice.

—Ya lo entenderás —respondió él con una voz que era un hilo devanado por el miedo de no poder hacer nada.

—Si no me lo explica...

—Me va a ser difícil.

—¿Explicármelo?

De su exaltada misericordia él pasó a un trémulo estado de gelatina meditabunda. Y apenas tuvo fuerzas para contestar:

—No. Me va a ser difícil volver el polvo en carne ¿entiendes? Contrariar la ley bíblica. Si lo natural es que la carne se torne en tierra ¿cómo podré yo, pobre ánima sustraída de su hábitat, volver el polvo ya anunciado, el trozo de corteza, el hervidero de hormigas en carne?

Delfina lo escuchaba estupefacta. No entendía.

—¿Comprendes? —prosiguió él ajeno a su perplejidad—.

Ésta es una tarea para espíritus con más ciencia que la mía. No le encuentro solución. Es que el horror se forma caparazones propios, cierra a sus fuerzas toda posible salida para estallar más despiadadamente. No me bastará el destello de la videncia ni el empleo de fórmulas destiladas de la sabiduría, ni los cánticos aprendidos en el deambular cósmico.

Delfina meneaba la cabeza. Sólo pensaba: "Está enloqueciendo. A lo mejor de tanto estar ahí sin poder moverse". Y lo volvía a pensar mientras el respeto se le desleía.

—Escucha —prosiguió él—. Va a ser dificilísimo; no sólo para mí, también para ti, Delfina.

Y de pronto ella tuvo la certeza de que don Gervasio estaba en sus cabales y preguntó ansiosa:

—¿Algo está por pasar?

Él no respondió. Siguió hablando consigo mismo, enfrascado en el misterio del retorno al polvo, viendo la muerte de Juan Ciriaco, en el cuerpo de Zulema, esa muerte ajena y, sin embargo, más urgida y aplicada en sus trabajos de lo que hubiera sido la suya propia; viendo el brillo de carbón de las hormigas y esas angostas y desesperadas franjas humanas que habían conseguido salvarse.

Tomó un color reflexivo, alargó los cartílagos del conocimiento, trató de absorber las esencias volátiles del milagro y después se iluminó como si acabaran de encendérsele dentro todos los soles disfrutados en su vida. Ahora era Delfina la que parecía un ánima.

La voz de él alcanzó en el pasillo una resonancia grave.

—En menos de diez minutos estará aquí esa muchachita, la novia de Juan Ciriaco Fuentes. Es la primera vez que me avengo a decir el nombre de él; pensé que nunca tendría necesidad de pronunciarlo. Pero ya ves, la necesidad nos lleva adonde quiere. Debes estar preparada.

Delfina se alzó desafiante.

—¿Para qué? Yo nunca le tuve celos.

—No es eso.

—No fue su mujer. Su mujer fui yo. Ella para él era como una idea.

—Sí —admitió don Gervasio—. También Juan Ciriaco ahora es una idea.

—Igual que usted.

—No. Se destiló mejor. No lo podrías atrapar: es espíritu puro. A mí la nostalgia carnal me dejó lleno de vestigios poco menos que corpóreos —hizo una pausa y volvió a su misericordia—. Ahora esta muchachita...

—Yo siempre le tuve lástima.

—Más le tendrás ahora.

—¿Y para qué viene?

—La acompañan la madre y las hermanas. Y debes estar preparada, Delfina...

—¿Para qué?

—Para ver la muerte de Juan Ciriaco Fuentes en la cara y el cuerpo de ella.

—¿Está más enlutada que yo? ¿Se puso más crespones?

—No es eso, no. Sólo te digo que te va a causar espanto.

Delfina entrecerró los ojos como tratando de adivinar.

—¿Se está muriendo?

—Peor aún. Se está convirtiendo en el polvo de él.

Era difícil comprenderlo, imaginárselo. Delfina no hizo ningún esfuerzo para figurarse la realidad de ese enunciado que más bien parecía una metáfora.

—¡Juan Ciriaco! —gritó—. Y estalló en un llanto abrupto, en un largo gemido animal y sus lágrimas parecían haber sido ya vertidas al comienzo de la especie.

"Esto es bueno" —pensó don Gervasio—. "Se le está disolviendo la obsesión. Los llantos copiosos son como esas correntadas que arrastran hasta los limos más duros". Pero se equivocaba.

En ese llanto de grandes lágrimas subía la intrincada marca de Delfina, fluían los furores, la noche caldeada y viva todavía, el amante andariego, las invocaciones. Delfina se sintió abatida como al cabo de un inmenso trabajo inútil, y oyó los golpes secos, a la vez humillados y orgullosos dados a la puerta.

—Disimula tu aversión y no sudes espanto —alcanzó a

recomendarle don Gervasio antes de que ella abandonara el pasillo sintiendo que el piso desaparecía.

La mano se le puso rígida cuando abrió la puerta de calle.

Sintió que un aire de fiebre maligna se le pegaba a la cara. La miró tratando de no sudar espanto pero el espectáculo sobrepasaba toda resistencia. Tenía la sensación de que sus ojos impíamente abiertos estaban espiando las labores secretas de la muerte. Y quería mirar las partes todavía humanas y sólo conseguía ver los trozos mineralizados, la triste vegetación despuntada allí y el fermento negro de los bichos. Y después le vio la sonrisa incomprensible y, sin embargo, firme, ya que no se sonríe constantemente porque sí sino por algo que se advierte con claridad aunque los demás no lo vean.

Delfina y la madre de la muchacha cambiaron un "Buenas tardes" apenas pronunciado y el saludo exiguo no encontró otras palabras que lo sucediera. La mujer inspeccionaba la habitación; esperaba hallar alguna pertenencia de Juan Ciriaco para interponerse entre ese probable objeto y la hija. No había nada de él, ni su guitarra, que según decían había desaparecido la misma noche del velorio ante todos y sin que nadie pudiese atestiguar nada; y no era cosa de pensar que la guitarra se había ido en pos del alma del difunto.

Ella fue la primera en hablar; le dijo con aspereza eludiendo mirarla:

—A ver si usted puede hacer algo.

Los ojos de Delfina semejaban dos pantanos voraces; absorbían la imagen horrenda, no se le apartaban.

La mujer prosiguió después de haber esperado una respuesta:

—La vio doña Gaspara. Pero su tratamiento no la mejoró. Está peor cada día.

Delfina veía la tierra por dentro como cuando se la arrevesa para hacer los sembrados o se la cava para hacer un foso; veía las estrechas parcelas de musgo y el movimiento de las hormigas, y descubría los trozos de árbol joven circundados de una carne desesperada por permanecer en su sitio.

La mujer hablaba mirando el suelo.

—Decía la vieja que la muchacha tiene la muerte adentro. Pero no la suya —hizo una pausa; buscaba las palabras, y cuando las encontró se animó a levantar la vista y una involuntaria recriminación, ya que ella no había ido allí para recriminar nada, le nubló la córnea—. Es la muerte del novio —dijo refiriéndose a él con una voz impersonal y monótona como si se tratara de un desconocido cuya existencia o desaparición no interesa a nadie. Y después siguió explicando: —Le prendió fuerte y la tiene que echar por los ojos.

Se calló de golpe. No le quedaban fuerzas para seguir hablando. Además, tampoco le quedaba nada por decir. Bastaba con verla a la muchacha. Se secó con un pañuelo una especie de hiel que le rezumaba la boca y tomó un aspecto de resignación inmemorial. Pero estaba atenta y lúcida. Esperaba escuchar: "Ya es tarde. Si la hubiera traído antes, en cuanto le empezó". O bien: "¿Qué quiere que haga? En el estado en que está, la pobre necesita por lo menos siete milagros". Cualquier cosa por el estilo. Y hasta aguardaba un reproche: "Si se la llevó a la vieja que se la cure la vieja. ¿Ahora me la trae?" Las curanderas tienen su dignidad. Estaba dispuesta a soportar la negativa, el desahucio.

Pero Delfina no abrió la boca. Salió rápidamente de ese cuarto que había tomado una lobreguez de excavación sin decir siquiera: "Espéreme. Y si quiere siéntese".

No supo cómo pudo arrancarse de la vista de ese ser trágico y dulzón, cómo pudo llegar frente al ánima. Sentía que sólo le quedaba la capacidad de obedecer, una suerte de condición servil estimulada por el abatimiento. Estaba repentinamente preparada para cumplir los servicios indispensables.

—Dígame qué debo hacer.

Don Gervasio no respondió a la pregunta.

—Se te llagaron los ojos ¿verdad? Nunca experimenté tanta piedad por nadie. Y, sin embargo, este horror es la forma que ha tomado un amor hermosísimo, un amor que fue un continuo éxtasis.

—Yo también lo quise.

—Pero a ti no se te adentró la muerte de él. Te bastó con

guardar una mancha de su sangre para sentir el misticismo de los grandes sufrimientos.

Delfina temió que él se perdiera en nuevas meditaciones y le repitió:

—Dígame qué le hago porque no la puedo dejar esperando ahí.

—Ya sé. La estoy viendo; y acabo de descubrir cuanta hermosura hay en su horror: hojas vivas, tierra de eternidad. Y también acabo de encontrar el medio para que ese polvo de muerte vuelva a su sitio.

—¿Está por hacer un milagro? —preguntó ella absorta.

—No. El milagro lo terminarán de hacer ellos que son quienes lo han comenzado.

—¿Cómo ellos?

—Sí. Juan Ciriaco y Zulema.

Delfina parecía encogida, agarrada con dificultad a su ser. Preguntó casi sin voz:

—¿Juan Ciriaco?

—Bueno, ya te advertí que esto sería dificilísimo también para ti. Lo que debes hacer es decirle a la muchacha, a ella, no a la madre, que el domingo vendrá Juan Ciriaco Fuentes a casarse con ella.

—¿Él aquí, a esta casa?

—Sí.

—¿Y cómo a casarse con ella? —la voz de Delfina era lejana y lenta.

—Así como lo oyes. Sólo debes anunciarle que el domingo serán las bodas.

—Sí. El domingo...

Estaba dispuesta a todo porque acababa de inmovilizar su orgullo, de echar una tierra triste sobre sus pasiones. Estaba dispuesta a humillarse ya que su servidumbre tendría una recompensa: lo vería a Juan Ciriaco allí, entre esas paredes, a él, quizás una máscara nubosa apenas perceptible o una visión encandecida, una ascua hermosa dentro de la casa.

—¿Se lo puedo decir ahora mismo?

—Sí, con mis palabras.

—No lo va a creer.

—No te creería si le dijeras otra cosa, tan convencida está de que se casará con él.

—No lo va a creer la madre.

—La madre hará lo que se le diga.

Delfina Salvador no se resolvía a volver donde la esperaban las mujeres. Estaba pálida e inerte, sin capacidad de impulsos.

La madre de Zulema no se había sentado; continuaba de pie escudriñándolo todo, las colgaduras atezadas, los mejunjes viscosos esparcidos en la mesa, la atmósfera de estancamiento instalada allí, y los restos, los fragmentos, los testimonios de la turbulencia que debió ordenar los acontecimientos de aquella noche de gritos y sangres. Que no habían sido dos gallos degollados sino dos hombres acuchillados, aunque cada uno con su propio cuchillo. Y mientras tanto pensaba: "Dicen que si ella no me la cura, no me la cura nadie, aunque esto no es enfermedad. ¿Y qué estará haciendo ahora? Habla en voz baja. Alguna oración mientras prepara algo, un caldo con poder. Vaya a saber. Algo hará. Algo parecido a lo que hacía la vieja. Quién sabe. Se pondrá a espantarle el daño como la otra. El daño no, la muerte de él. Y al fin para nada. Si yo no la hubiera llevado al velorio... ¿Pero quién se iba a imaginar? Ella quería ir, quería verlo". Y seguía observando. Y cuando dio por terminada su inspección, penetrante, rigurosa, se dijo: "Después de todo tenía que venir".

Delfina no se movía del pasillo.

—Es mejor que ya vayas —le rogó don Gervasio.

Parecía más clavada que él.

—¿Y quién los va a casar? ¿Usted pensó en eso? ¿Quién va a casar a un aparecido?

—Ya te advertí que sería muy difícil...

—¿Y con una pobre comida por las hormigas?

—Es el único medio de salvarla.

—Pero no entiendo. Usted dice un casamiento...

—No te preocupes. Ya veremos cómo realizar la ceremonia. La palabra "ceremonia" la impresionó a Delfina.

Mucho se sorprendió la madre de Zulema cuando la vio entrar sin un recipiente o un par de pesuñas de animal de monte, sin una vela encendida para que las palabras parecieran sagradas.

Entraba como había salido; sólo que parecía haber envejecido diez o doce años. Ella lo observó bien ya que no era cosa de estar distraída y pasar por alto las señales. En todo hay señales; lo único es que hay que estar atentos para que lo sean realmente. Y sólo entonces percibió el luto de Delfina, esas telas feroces; vio que del escote le asomaban dos gasas negras y comprendió que el luto lo llevaba pegado a la piel. Era en cierto modo un luto ululante. Sin duda alguna Delfina Salvador se consideraba la viuda de Juan Ciriaco Fuentes y llevaba por él los crespones excesivos, los oscuros velos que le volaban en torno, y todo ello terminaba siendo tan escandaloso como su desnudez de aquella noche.

Volvía agotada. Seguramente acababa de salir de un estado de trance. ¿Y si se hubiera comunicado con el espíritu del andariego? Se veía que venía hipnotizada por algo misterioso. Sin embargo, no era precisamente eso. A la mujer no le faltaba sagacidad y lo descubrió en seguida: Delfina traía un aire atosigado de servidumbre. Estaba enmudecida delante de ella como recordando algo que debía decir, más exactamente, que debía repetir. No hacía la alharaca de doña Gaspara, ese pandemonio del que siempre habían salido aturdidas. Daba la impresión de que le costaba mucho dirigirse a ellas. "A lo mejor no tiene buena voluntad" —pensó la madre—. No debía ignorar que ese montón de greda humana había sido la novia de su amante. Quién sabe en qué cosas estaba pensando. Ella, por su parte, dentro de sí había aceptado responder a todas sus preguntas, fuesen las que fuesen.

Pero Delfina no abría la boca y parecía acorralada.

La mujer trató de comprender. Era seguro que no comenzaría sus trabajos hasta no conocer el pago, como la vieja, que empezaba a oficiar sus conjuros sólo cuando veía una arpillera abultada o descubría el movimiento de algo vivo dentro, y con mayor exaltación cuanto mayor era el bulto y si los sacudones de la bolsa correspondían a más de una gallina.

Dio un paso hacia ella y la miró francamente.

—Estoy dispuesta a pagarle lo que sea —le dijo—. Tengo un rancho y una miseria de campito que algo da.

Delfina le respondió con una mirada dura.

La mujer intentó disculparse bajando un poco la cabeza. Después de todo nadie había sido más ofendido que ella, obligada a testimoniar y mostrar la destrucción de su hija. Y hasta tenía el derecho de ofender, de clavar las uñas en algún sitio.

Por fin Delfina Salvador se acercó a la muchacha. Tardó en transmitirle el mensaje. Cuando pudo dijo con voz anodina:

—El domingo va a estar aquí Juan Ciriaco para casarse con vos.

—¿Qué Juan Ciriaco? —inquirió la madre alelada.

—Juan Ciriaco Fuentes.

La mujer profirió un grito, un gañido de perro. No era eso lo que había esperado sino la consumación de un rito, la aplicación de ungüentos milagrosos y una sarta de invocaciones.

—El domingo —repitió Delfina poniendo la mirada en un trozo de corteza de un rosado dulce que recubría el cuello de la muchacha, que quizá lo reemplazaba completamente.

Zulema Balsa asintió con un movimiento de su cabeza llena de transfiguraciones. No parecía sorprendida. Lo sabía desde hacía tiempo, desde el día en que estuvo junto a él contemplándole la muerte. Anegados en arcilla le brillaban los ojos, y de pronto sus franjas humanas parecieron ensancharse. Y se volvió hacia las dos hermanas.

La madre pensó: "No la veremos más. Él se la lleva". Quiso preguntárselo a Delfina pero sólo pudo balbucear:

—No entiendo lo que quiso decir.

—Basta que lo entienda ella —fue la contestación.

Zulema empezó a caminar como si pasease, a dar vueltas alrededor de una silla. Y había una zona de éxtasis entre sus sienes de corteza roja.

La madre se amparó en su humildad y preguntó mansamente:

—¿Qué tengo que hacer?

Delfina estaba agotada. Murmuró:

—Ponerle en la cabeza algo blanco, un lienzo, unas puntillas, lo que tenga. Algo blanco porque se va a casar.

—¿Y a qué hora tenemos que venir?

—Cuando termine la misa —fue la contestación impensada.

—¿Usted habló con él?

Se animó a hacer la pregunta pero no se atrevió a esperar la respuesta. De improviso la mujer sintió que se le desprendía la costra de su fe estancada y le empezó a fluir la confianza como un agua fresca, y le brotaba de los ojos y parecía llanto pero no lo era. Se apoyó en la pared junto a la puerta de calle pensando: "Dios mío, Dios mío". No conseguía formularse otro pensamiento. Esa repentina frescura le hacía bien y esperaba a que terminara de manar. No sabía si sentirse reconfortada, con derecho a alguna felicidad o abandonarse a la idea de que el difunto se llevaría con él a la muchacha.

Por fin pudo decir:

—Vamos.

La miró a Delfina a través de esa agua que todavía le fluía y la vio facetada y disuelta, tan lejos, que le dijo: "gracias" en voz alta. Y salió a la calle. Salieron las cuatro. Y ya habían caminado más de una cuadra y Delfina estaba en la misma actitud, pero más sombría.

Don Gervasio la llamó. Y fue en vano que levantara su voz de médula errante impostada en la ejercitación de sus paseos celestes, y que ensayara su cántico de larva no deteriorado por la cautividad. Ella no lo oía. El cuerpo se le había encogido todavía más y sólo tenía fuerzas para mover la cabeza como los pájaros. Trataba de adivinar en qué lugar de ese cuarto espacioso aparecería Juan Ciriaco. Ya empezaba a esperarlo, y se diría que nada la haría levantarse de la silla donde acababa de caer más desplomada que sentada. Su intención era vaga y compleja. No atinaba a nada, ni a responder a los consecutivos llamados que le hacía don Gervasio, ahora más nítidos y casi estridentes, llenos de impaciencia, como si los vapores se le hubiesen puesto de punta.

—¡Delfina!

Él desistió de seguir llamándola. En realidad no necesitaba nada; y se abandonó placenteramente a una meditación mullida. Era curioso: una ceremonia exaltada e iluminada por la creación de un recinto solemne sería acaso suficiente para extirpar el hormiguero del cuerpo de Zulema Balsa. Flores y cirios con los pabilos incendiados. Y un nimbo, un leve trazo sagrado. Quién sabe. Él no estaba seguro de lo que sucedería. Era sólo una posibilidad. "A la posibilidad hay que amarrarla. Es la lonja de tiempo válido en medio de una eternidad lenta y ociosa", reflexionó.

Cuando se metió en la casa más cantidad de noche que de costumbre, el ánima empezó a preocuparse por Delfina desplomada en la silla. "Tal vez estoy deshaciendo las ataduras de un vendaval fuertemente sujeto" —se dijo sintiendo que se le escocían las zonas circuidas por los clavos.

Por primera vez en su existencia espectral permanentemente en vela sintió intensos deseos de dormir, de asirse de la inconsciencia, pero no pudo por más que entornara sus pellejos palpebrales. Empezó a contar médanos y cipreses sin conseguir siquiera un cabeceo, y llegó a la conclusión de que el sueño es otra de las voluptuosidades carnales, y que el espíritu es sólo lucidez, una arrasante lucidez, un enorme ojo valerosamente abierto con infinita capacidad de traslación, fijo y errante al mismo tiempo. No le quedaba sino la cavilación y sólo podía contraerse y dilatarse levemente en la nostalgia de pasadas somnolencias. Le quedaba el laberinto abierto, cerrado, deslumbrante de la meditación. "Sin la filosofía la eternidad habría sucumbido" —fue su conclusión final ya comenzada la madrugada.

Delfina se levantó tensa, viendo cómo una irradiación blanca se refugiaba en una pared. Esperó, sin respirar, sin vivir, a que tomara un contorno humano; pero no, no era Juan Ciriaco, ni siquiera su anuncio; simplemente un amanecer clarísimo que empezaba en esa pared antes que en el cielo. Posó una mano sobre el resplandor, una mano adolescente y fósil, suplicante hasta reducirse a nada, y después, bruscamente, emprendió la tarea de deshacer la complicación de esa pieza. Sacó de la mesa los recipientes de loza con los bordes roídos que contenían esencias de bosques muertos, y escarbó con las uñas salpicaduras de cera en forma de monedas que habían saltado de tantos velones encendidos allí. Guardó los objetos con poder y el ala de cuervo. Sopló un polvo de despojos y sombras y sin mirar a su huésped atravesó el pasillo en busca de un balde de agua. Cuando regresó le dijo:

—Voy a lavar los vidrios.

Don Gervasio frunció el ceño y fue como si se le hubiese puesto una telaraña entre las cejas, es decir, de lo que había quedado de ellas.

—Escúchame, Delfina. Lo primero que debes lavar no son precisamente los vidrios.

—¿No? ¿Y qué es?

El ánima vaciló. No respondió en seguida. Después dijo sibilinamente:

—La sangre.

Ella lo miró asustada.

—Ya te advertí que esto sería dificilísimo —se lamentó él y añadió con aire displicente—: Sucede siempre lo mismo: a toda idea hermosa se le hincan en seguida las espinas de las complicaciones.

—¿Qué sangre? —estalló Delfina.

—La mía no, que bien la lavaste hasta sacarte la piel de las manos.

—¿Y por qué no la puedo dejar donde está?

—Porque ningún espíritu vuelve al lugar donde la sangre de su cuerpo permanece derramada.

—No creo que se vaya a impresionar.

—No es eso. Es una especie de pacto espontáneo entre lo de aquí y lo de allá. Los espíritus rehusan ver los testimonios de la violencia que los obligó a descarnarse. ¿Entiendes? No sé si lo entiendes bien, pero te lo repito: Juan Ciriaco se resistirá a venir si no lavas esos grumos, esa mancha a la que se le ha pegado el polvo de todo este tiempo y que no conserva nada de su aspecto original. Porque no me vas a negar que cuando brotó era otra cosa, roja y caliente como la vida. Que yo ahora desde mis azules te puedo asegurar que la vida es roja.

Delfina le respondió con una mirada irracional, una mirada de pronto punitiva y que después se ahuecó hasta no fijarse en nada.

—¿Y si lavo la sangre y él no se aparece?

—No temas que eso ocurra. Si quieres verlo ármate de coraje y de un buen esparto. Te costará arrancarla del piso. Nada se pega tanto como la sangre, más si es la de otro.

Delfina levantó el balde con agua que había dejado en el suelo pero no se dirigió al dormitorio sino a esa pieza donde se olía el sahumerio de la superstición, y se puso a lavar el piso y a refrescar las paredes con frenéticas garúas de sus manos, y después abrió la puerta de calle para que la luz terminara de limpiarlo todo.

Tomó la decisión pero no la ejecutó en seguida, es decir, en ese momento. Se estuvo mirando el rectángulo de mañana instalado en la abertura de la puerta. Era una mañana amarilla con un cielo de cáscara de limón. "Y después de todo —pensaba— ¿qué importan los colores del cielo, qué tienen que ver con nosotros?" No sabía lo que se decía. Pasan muchas cosas y a veces no pasa nada, y ella en ese momento no sabía dónde tenía los pies, si en la banda activa, removida por los aconteceres, o en la otra, en la que nada sucede ya. Y, no obstante, aguardaba un hecho invasor, una suerte de inacabable remoción, la visión amada perceptible por única vez. "Será la última vez que lo vea" —se dijo preguntándose oscuramente , sin formulárselo, qué tiempo empezaría después de esa "última vez", qué cambio, qué parte de desierto.

Se encaminó al dormitorio, pasó ante don Gervasio sin verlo, como si de él no hubiesen quedado ni los agujeros de los clavos, y por fin se plantó frente a la sangre sintiendo los estratos de la claudicación. Si la dejaba allí el alma de Juan Ciriaco rondaría sin entrar. La esperanza de verlo le había metido entre las sienes un sol fijo. Pero eran necesarios el reniego, la destrucción del pequeño dios que vive en toda reliquia.

Y empezó a desarmar el cerco de ramas espinosas que la protegieran de sus propias pisadas torpes o distraídas o eventualmente sonámbulas. Y después se hincó en un acto de final idolatría mientras su mano derecha, ajena a ella, autónoma, comenzaba a frotar los grumos sucios animada por una apostasía apremiante. Y no decía nada.

Rasqueteó y lavó la rama borra de vino, la rama de su muerto.

Toda destrucción está imantada, y ella no podía salirse de allí, y proseguía descuajando las astillas del piso cuando ya no quedaba siquiera un hollejo de esa especie de uvas minúsculas, más bien moras. La mano iba y venía, sola, contrariando la voluntad de ella, más encarnizada cuanto más limpios aparecían los tablones. Pero nunca nada queda limpio del todo. Delfina vio un último coágulo negruzco y la mano se le llenó de piedad, y después dejó de verlo y advirtió que se le habían hinchado los dedos; se quitó algunas astillas y continuó fregando hasta arrancarle hilos a la madera.

"Esta desatinada va a hacerle un agujero al piso" —pensó don Gervasio, y la llamó con una voz enroscada quizás a causa de su nerviosidad, que la tenía, ya que el manojo de nervios que le había correspondido en vida seguía estando en él aunque difuso. "Esta exagerada es capaz de fregar hasta la noche". Y no se equivocaba. La otra parecía resuelta a llevar a cabo una extirpación heroica y llegar hasta los cimientos. "Pensará que la sangre ha criado bulbos" —se dijo él—. Y se refugió en lo más concentrado de su unidad, en el núcleo de su condición unicelular, ya que se sentía una especie de ameba pensante agigantada por la humedad y el deseo de ser más visible. Sería una noche larga, una noche que se había manifestado ya con la primera luz del día. Y lo peor, el rumor desacompasado de esa desquiciada que se tomaba las cosas tan a la tremenda, y que seguía restregando con una tozudez animal. "Esta mula obstinada" —balbuceó él—. Y era seguro que después se arrepentiría y le inculparía la desaparición de la mancha sagrada. Quién sabe qué pasaría. Don Gervasio experimentaba la sensación de que se le estaba consumiendo la videncia. Sí; no atinaba a precisar qué ocurriría después del casamiento de Juan Ciriaco y Zulema si es que llegaría a cumplirse la ceremonia.

"Mejor que siga frotando y no que llene la casa de gritos y lamentos, que para lamentos me bastan los míos, engullidos a sorbos para no espantar a nadie" —reflexionó.

Y se puso a pensar en Paula.

Sintió que lo espolvoreaba la nostalgia, una nevada dulce y triste. Y rememoró sus dos encuentros en el jardín, cuando él se le acercó con el propósito de invitarla a compartir una eternidad acaso divertida y tierna, llena de descubrimientos —porque uno solo no ve nada y dos lo ven todo—, un paseo, una continuidad de saltos de estrella en estrella, unidas las manos, mejor dicho, el recuerdo de ellas. Y se volvió a decir: "No hay eternidad para los espíritus solitarios sino un desgaste que los va reduciendo a nada. La eternidad debe estar reservada a los vapores fantasmales no simples sino compuestos. La soledad es lo único que contraría las leyes cósmicas donde todo es conjunción".

Hizo una pausa y después trató de explicarse las consecuencias de la falta de simultaneidad en la muerte de dos que se aman. "Es claro —se dijo—, la espera está concedida y, a ella corresponde el período de los lamentos, el deambular sin objetivo visible. ¿Y después? —se sacudió un gajo de aire que se le había posado en la frente y exclamó—: Está clarísimo; sobreviene la elección; o se pierde la eternidad en una soledad elegida a conciencia, la última posibilidad de suicidio, o se integra una nebulosa destinada a ser radiante, a sembrar vida en el cosmos. Pero sin amor no hay conjunción posible, sin amor la eternidad está perdida". Volvió a hacer otra pausa que consumió en el análisis de su propia situación. Abarcó su vida con una mirada extensa, poco menos que oceánica ya que una vida es siempre una cantidad inmensa de algo, y llegó a la conclusión de que él contenía moléculas de eternidad sólo porque había amado. Sí; a Paula la había amado de verdad con una ternura regocijada. Y ahora pensaba que la malhadada noche aquella, el entrevero funesto, podían comprometer su eternidad. Si Paula moría sin perdonarlo tomaría el camino de la soledad hasta disgregarse. "Lo peor es la disgregación. Ella está ofuscada y si muere no me buscará. Se irá sola".

Don Gervasio ignoraba aún que con sus cavilaciones había dado comienzo a una obsesión más punzante que los clavos que padecía.

"Y lo peor es que Delfina no me va a sacar de aquí" —se repitió con un sacudimiento de espanto.

Era viernes. Y él se dio cuenta de que era viernes.

Delfina había estado toda la noche contemplando la ausencia de la sangre de Juan Ciriaco y tenía la mano derecha más hinchada aún y llena de magullones. Había dado por terminado el trabajo cumplido como una punición. Pero no, la tarea no había concluido; se le ocurrió que los grumos, aun deshechos, estaban en los estropajos, y allí mismo les prendió fuego.

Una humareda pegajosa y que olía a hueso quemado más que a retorcidos espartos húmedos, lo irritó a don Gervasio.

—Te dije que lavaras la sangre. No tenías necesidad de esta quemazón —clamó pensando que Delfina se había atribulado más de la cuenta.

Fue un viernes lleno de humo, de un humo pardo que parecía salir de un velón monstruoso. Las paredes del dormitorio quedaron repentinamente pringosas y los trapos terminaron de carbonizarse a medianoche.

El sábado Delfina se levantó como si la mitad de su ser hubiera salido de una pesadilla y la otra mitad de un bello sueño. Un súbito y extraño envejecimiento se le había mezclado a los fragmentos de adolescencia expectante surgidos de improviso en su fisonomía.

Se aproximó a don Gervasio y dijo:

—Voy a preparar un altar.

—Has hecho bien en pensarlo —aprobó él.

—Y a buscar flores y un crucifijo. Y también unas velas para encender junto a las flores.

—Y trae un anillo dorado, liso; no importa que no sea de oro.

—¿Un solo anillo?

—Sí; uno será suficiente. La eternidad también es un solo anillo —y ya estaba a punto de sumergirse en nuevas disquisiciones y metáforas, pero se contuvo y añadió concisamente—. Si las flores son blancas, mejor.

—Pero ahora no hay muchas. La semana que viene empieza el otoño...

—En mi jardín las había. El otoño no trae sólo ocres y rojos de cobre; trae blancos extasiados. Yo los he visto. Muchas de las flores del otoño, por no decir casi todas, son blancas. Las encontrarás.

—¿Y qué más hará falta? —inquirió Delfina.

—Ninguna otra cosa. Si es posible, que las flores sean muchas. Y que sepas asistirme durante la ceremonia.

—¿Cómo asistirlo?

—Quedándote callada o pronunciando las palabras que yo elija.

—¿Quiere decir que usted los casará?

—En cierta forma sí. Pero en realidad a ellos los unirá el misterio que cada uno traerá consigo.

La vio irse inesperadamente animada y diáfana. Parecía ella la novia. Y esto le preocupó más que si la hubiese visto tempestuosa. Estaba desconcertado. ¿De dónde había conseguido ella extraer esa serenidad consolada? Se diría que en un instante se había tamizado el rostro y arrancado la máscara de desquiciada que se había puesto la noche en que él junto al otro no habían tenido más remedio que remontar lo desconocido.

Delfina regresó metida en un cobertor de flores blancas. La cubría un fardo de jazmines del país, abelias, heliotropos albos y las flores solitarias del hibiscus. Se le apareció a don Gervasio —porque ahora semejaba ella la visión— sepultada en un jardín y, sin decirle nada, dispuso los ramos tras haber trajinado en busca de tachos que envolvió en lienzos y adornó con puntillas exhumadas de un arcón heredado a lo largo de cuatro generaciones. De la mesa endemoniada por la influencia de las barajas, el aire exhausto de las supersticiones y las mixturas secretas —que de nada le habían valido porque allí la verdadera pócima era don Gervasio— hizo un altar. Un viejo mantel anegado durante décadas en el arcón le bastó para crear un rectángulo de solemnidad. En menos de una hora había logrado dar un tinte de capilla a ese cuarto de agorerías, y también imprimirle un temblor de luz que no se atreve a entrar del todo, como en las iglesias.

Y después trajo un cajón de cirios gruesos —un cargamento de estearina— y un crucifijo grande obtenido en préstamo.

Y además un anillo de plomo dorado con una piedra verde que despegó sin esfuerzo alguno.

Se limpió la cara con ceniza para no tener miedo, y después encendió las cuatro docenas de velas para cerciorarse de que los pabilos estaban en buenas condiciones y no chisporrotearían demasiado.

Y cuando don Gervasio la tuvo otra vez frente a él, le vio hendida una cicatriz de servidumbre, y le vio un fondo de vejez arrumbada y también la lozanía gozosa que la cubrió de golpe, una mezcla de edades dispares, de estados antagónicos que se desplazaban de continuo.

El olor de las flores llenaba el pasillo, rozaba la pared donde él se penitenciaba de la curiosidad de verla a Delfina Salvador una vez más antes de regresar a sus hectáreas, a sus anchuras del más allá, aquella noche que erró por el pueblo después del repetido menosprecio de Paula. Y tuvo la sensación de que esas fragancias hurtadas a su vivo medio lo dormían. Y cuando abrió los desleídos ojos empezaba, inquietante y quizá temible, el domingo de las bodas.

Otra vez un humo no cotidiano se extendió por la casa. Era el humo de los lutos incendiados de Delfina. Había hecho en el dormitorio, sobre una chapa de zinc, una fogata con sus crespones, velos desgarrados por el viento y ropas reteñidas. Cocinó su viudez a fuego lento. Y se puso un lienzo blanco a modo de manto, más bien de hábito monacal. Todavía la humareda intoxicaba la luz del pasillo cuando ella se presentó ante don Gervasio sin que sus pasos la anunciaran.

—¡Te has vestido de ánima! —exclamó él al tiempo que le veía la palidez conturbada; y juzgó más sensato darle algunas instrucciones para la ceremonia que indagar acerca de su nuevo aspecto y del porqué de esa pequeña hoguera donde los lutos se acendraron aún más en carbones y hollines lúgubres—. Escucha: deja el anillo sobre la mesa, mejor dicho, sobre el altar. Y que la puerta quede entreabierta, sólo un poco, para que mi voz pueda oírse claramente. Te conviene encender las velas para que las bendiciones empiecen a esparcirse.

Delfina no respondió una palabra. Obedeció en una valerosa sumisión de martirio, y cuando hubo contado cuarenta y ocho llamas iguales y disciplinadas, abrió la puerta de calle. Y se encontró con el espantajo carbonizado y viviente de doña Gaspara que tenía algunos de sus huesos completamente pelados, y en la boca una haba verdinegra de palabras de la malaventura. Era el demonio del hambre, en tanta escualidez que lo que decía le salía como un soplo.

Delfina Salvador aceptó la desgracia.

La vieja se metió en el zanjón y vista a cierta distancia parecía un cardo monstruoso.

Cuando Delfina entró todas las velas estaban apagadas. "No fue el viento" —pensó—. Y volvió a encenderlas. La puerta se abrió y se cerró dos o tres veces como azotada por un vendaval. A la vieja en el zanjón se le seguían pelando los huesos. Y ella estaba ante el altar y los ramos de flores pensando: "Las velas me dicen que voy a morir esta noche. Ésa es la desgracia. Pero yo la quiero. Si muero será porque Juan Ciriaco se va a casar conmigo".

Oyó la voz de don Gervasio:

—La muchacha, la madre y las hermanas ya están cerca. En cuanto a él, confío en que no haya ido a parar a otro mundo parecido a éste. Los cielos son una gran confusión.

Intentó seguir hablando pero optó por callar. Estaba intranquilo; se le habían desordenado los bordes y era inútil que lanzara pseudopodios sensibles para aprehender los hechos de ese día. "Hoy no veo bien —se dijo—. Es como si estuviese metido en una nube oscura o enredado entre raíces. No consigo ver qué sucederá con Delfina".

La madre de Zulema pasó frente al esqueleto con algo de pellejo y todavía andante de doña Gaspara y desvió la vista, como si hubiese caído en falta, en la doble falta del reniego y del atestiguar los agujeros del hambre ajena. Zulema Balsa llevaba un tul blanco en la cabeza y una corona de jazmines del país que parecían no haber sido puestos en su frente sino haberle brotado. Sus ojos desprendían hormigas y centellas de felicidad. Las hermanas se habían puesto mantillas azules. De las manos de la madre colgaba un rosario.

Cuando llegaron a la casa no tuvieron que golpear; la puerta estaba entreabierta. La madre y las hermanas se persignaron como si acabaran de entrar en la iglesia. El aspecto de Delfina las impresionó tanto que no tuvieron el valor de decirle "buenos días". Tampoco ella abrió la boca. La miró a Zulema con una vehemencia extraña, un desafío trágico, y en las yemas de los dedos le despuntó el deseo brutal de pulverizarle las gredas, de socavarle todavía más el hormiguero caliente, hasta que de ella no quedara nada, ni el nombre.

El anillo ardía sobre el mantel, un plomo subterráneo que había recibido el baño de la gracia y era ahora una sortija nupcial.

Al cabo de unos minutos transcurridos forzadamente la mujer se separó de las hijas, dio un paso hacia el centro de la habitación como si acabara de entrar y murmuró un "buenos días" intimidado. Delfina no respondió. La mujer pensaba: "No sé qué va a pasar. Un casamiento así es imposible". Pero después se bloqueó ella misma la desconfianza y dejó que le manara la fe porque podía ocurrir que sus dudas entorpecieran el milagro, ya que ése debía ser un milagro o Zulema debería volver arrastrando sus tierras negras y rojizas, su revoltijo de lepras inhumanas. Que algo insólito ocurriría allí no cabía duda; bastaba verle la cara a Delfina, más que cara un enorme ojo desorbitado a punto de reventar. Y además ese olor agobiante que no salía sólo de las flores, un olor de bosque machacado en un mortero, un olor dulzón de velorios y veranos corrompidos. Y allí estaba la que haría el milagro. Ni pensar que había sido la querida de él, la manceba del otro; semejaba una estampa, con un aspecto de eremita calcinado por la luz que suelta la soledad de ciertos seres. Y era evidente que también ella aguardaba algo extraordinario y con mayor ansiedad que la manifestada por Zulema.

Delfina Salvador sentía en la espalda la sensación de cuarenta y ocho agujeros provocados por las llamitas de los cirios, y la miraba a la otra, a la devorada viva, verdosa, bermeja, mescolanza de sangre despavorida y lodo, mientras pensaba: "Yo soy la novia. A ella no la va a mirar siquiera, mugre de muerto. Me va a ver a mí, blanca como él. Se va a casar conmigo". Y de pronto juntó las manos, se entrelazó los dedos repentinamente agarrotados porque la muerte se le acababa de instalar en la nuca como un capullo mórbido y pegajoso, una miel negra que empezaba a crecer.

La madre y las hermanas de Zulema la contemplaban sobrecogidas por un lento terror mientras Zulema sonreía entre sus cortezas.

La puerta de calle estaba bien cerrada y la que comunicaba con el pasillo había quedado apenas entreabierta, como debía estar.

A don Gervasio también le fluyó el humor viscoso del miedo; se había puesto amoratado y ceroso y sólo percibía con nitidez esa montaña de aire indolente y balsámico que desde el día anterior ocupaba toda la casa. "Lo importante es que la muchachita se salve. Y después que ocurra cualquier cosa. Esta casa es un horno al rojo y yo terminaré siendo su última humareda o vaya a saber qué. Ya no siento el castigo porque atestiguar la salvación de otro le lava los ojos al condenado" —se dijo a la espera de que su código celeste hubiera sido bien interpretado.

La madre de Zulema se bebía el sudor de la cara. Sentía las plantas de los pies abiertas en dos de tanto haber caminado entre toda esa gente salida a la calle para ver eso que parecía una pieza de alfarería monstruosa y animada, y también de tanto permanecer de pie. Quizá no había sido mucho tiempo, unos quince o veinte minutos. Bien hubiera podido decirle la otra: "Siéntese". Había varias sillas. Qué le hubiera costado acercarle una. Se sentía caer pero no quería molestar. Se animó a abrir la boca que sentía salada y aventuró una pregunta:

—¿Falta mucho?

Delfina la miró con hostilidad.

—¿Para qué?

—¡Cómo! —exclamó la mujer desconcertada—. Usted dijo que hoy... —No se atrevió a agregar: "...se casarían Zulema y Juan Ciriaco". Se quedó callada aguardando una explicación y para no desplomarse se apoyó en la pared y se sintió revivir en la frescura de los ladrillos encalados.

La vio a Delfina alzarse de hombros y le oyó murmurar algo ininteligible. No le quedaba otra cosa que seguir esperando, fuera lo que fuese. De todos modos ya estaba allí, podía decirse que lo peor había pasado: entrar en esa casa con la pobrecita. Fue ella la primera en notar que la luz se desintegraba en una polvareda fina; sólo se le ocurrió pensar: "No resisto más, me voy al suelo". Sin embargo se quedó de pie escuchando la quejumbre dulce de una guitarra y viéndolo a él en la pared de enfrente. Sí; era su mismo rostro hermoso ligeramente inclinado hacia el hombro izquierdo; se había venido con su guitarra; sin duda sería la misma, desaparecida tan inexplicablemente, sólo que sin espesor, y seguía sonando como cuando él contaba historias por esos caminos que los andariegos abren al costado de la soledad. Intentó santiguarse pero estaba dura, imposibilitada de mover siquiera una mano.

Juan Ciriaco Fuentes aparecido en espíritu radiante sonreía. Y la miraba a Zulema como deslumbrado por un sol pequeño y hermosísimo, el sol de uno, el sol que uno mismo se ha buscado en la tierra.

Las hermanas sintieron que los párpados se les desprendían, pero no, debía de ser sólo una sensación, y se quedaron con las uñas clavadas en las palmas de las manos, sin creer y creyendo.

Zulema dio un paso hacia su novio y se oyó el rumor casi imperceptible, árido, antiguo, más bien un zumbido de médano provocado por el desprendimiento de un hilo de polvillo seguido por otros, un incipiente, ínfimo desmoronamiento que dejó a los pies de la muchachita un puñado de tierra hosca. La primera en percibirlo fue la madre. Y después el rumor seco de un trozo de corteza al caer al suelo. Delfina no se había dado cuenta; absorbía la presencia del ánima en un acto de extrema, torturada comunión, comprendiendo que no se resignaría a una segunda separación, e inconscientemente agrandaba el capullo de muerte que se le había metido en la nuca y que se le había vuelto más negro y viscoso. Pero él no la miraba, no la veía.

Y mientras tanto la madre y las hermanas de Zulema lloraban en silencio para que la imagen del recién llegado no les abrasase los ojos.

Juan Ciriaco y Zulema se fueron acercando cada vez más.

—¡Juan Ciriaco! —imploró Delfina.

Pero él no sólo no la veía; tampoco le oía el rezo compuesto con su nombre. Estaba atento a la leche oscura del lodazal que vertía el cuerpo de la muchachita y a los montones de hormigas que caían al suelo en forma de bolas crepitantes.

"Dios mío. Está salvada" —pensó la madre sintiendo que el cansancio se le licuaba mientras miraba atónita, no al aparecido, que eso no era para ella tan pasmoso como ver los rápidos regueros de musgo, los terrones gredosos que desprendía el cuerpo de la pobrecita, invadido ahora por una urgida carne de un color limpio como si se la hubiese lavado el mar.

—¡Juan Ciriaco! —clamó Delfina decidida a marcharse con él, a enredársele en su eternidad, no importaba que se casara con la otra. Lo que ella esperaba para exhalarse, quizá por los pies como debe suceder con todos los espíritus, era la mirada de él, la prueba de que él no la expulsaba tan absolutamente. Pero la mirada del aparecido estaba fija en Zulema y hubo un momento en que pareció salir de los ojos de la muchacha, y quizá sí salía, porque los ojos de los enamorados vierten, por momentos, cada uno la mirada del otro. Cuando Delfina vio que el andariego se aproximaba a la novia y en cierta forma la envolvía como un resplandor acariciante, sin volver hacia ella el rostro, esa bella transfiguración de todas las esencias humanas que le habían correspondido, sintió que empezaba a caer en un vacío interior, a precipitarse dentro de sí misma, sin deseo de encomendarse a nadie, en el centro de la visión fantástica que da la fatalidad cuando junta a todos sus demonios.

Don Gervasio pensó que debía dar comienzo a la ceremonia de las bodas. La voz le salió desmadejada pese a la energía que trató de comunicarle.

—Zulema, ¿quieres por esposo a Juan Ciriaco?

El crucifijo parecía haber aumentado de tamaño. El Cristo había asumido las cortezas, los remolinos de hormigas, el barro verdoso, el lodo escarlata de ella.

—Sí —contestó la muchachita mientras un último humus rojizo le corría por el vientre.

Delfina sentía que las cuarenta y ocho velas se habían convertido en hachones y oía la voz de don Gervasio en otro lugar y en un tiempo desconocido.

—Juan Ciriaco, ¿tomas por esposa a Zulema?

—Sí —respondió el aparecido.

El oficiante agitaba sus vapores lo poco que podía. La veía a Delfina enloquecer en la luz triste de los cirios, con grandes agujeros en el fondo de los ojos y las manos acalambradas sobre el manto blanco que la cubría de la cabeza a los pies. "La muchachita se ha salvado pero Delfina se pierde sin remedio" —pensó mientras trataba de conferir a su voz una autoridad remota, más sobrenatural de lo que él era.

—¡El anillo!

Delfina no obedeció.

En otra circunstancia él habría protestado: "Esta mula embalsamada". Sí; quizás el olor de los jazmines era excesivo y ella estaba anestesiada. O tal vez algún borde candente de la visión del aparecido la quemaba viva. De todos modos era inútil pretender contar con ella. Menos mal que había preparado el lugar para la ceremonia y que no se desmandaba aún más. Menos mal que permanecía callada. Don Gervasio juzgó que el anillo era importante, la prueba con que luego contaría la muchacha aunque el plomo perdiera el baño de oro; la sortija perduraría con la fuerza remota, ciega del plomo.

—El anillo que está sobre la mesa debe ser colocado en la mano de la novia —ordenó con gravedad ritual.

La madre la miró a la otra, empecinada en su rigidez. Aguardó unos minutos, tuvo terror, pensó que si la ceremonia quedaba sin concluir Zulema volvería a ser atacada por la tierra; y se atrevió a tomar la sortija. Después de todo, tenía ese derecho. Se acercó lo que pudo a ese haz de luminosidades blandas y carne nueva, sin miedo, sintiendo que el corazón se le calentaba, y buscó la mano de la muchacha y se la colocó en un dedo de carne, no de tierra, en una mano que temblaba, tan clara y reciente como el resto de su ser porque Zulema ya se había limpiado de sus vertientes de hormigas, de su polvo prematuro, en una afluencia de carne naciente que primero le llenó el hueco del pecho y en seguida se extendió hasta cubrir un armonioso lugar humano.

Una vez colocado el anillo la madre se apartó cuidando de no pisar los montículos en desorden desmoronados sobre el piso.

Sin duda, Juan Ciriaco y Zulema dialogaban. Se oía un dulcísimo lenguaje de mariposas aunque era imposible percibir las palabras, pero era fácil comprender que los dos se intercambiaban las esencias intemporales del amor. El aparecido acababa de hacer su pacto de eternidad con Zulema y se volvía a su más allá a esperarla el tiempo que fuese necesario.

Se descuajó de ella y remontó vuelo, la trasparente guitarra bajo el brazo trasparente.

Zulema, la madre y las hermanas contemplaron el cielo raso que él traspasó dejando por algunos instantes un trazo lechoso. Y después salieron a contemplarlo en el cielo de verdad, infinitamente dominical y vasto.

Nadie oyó el grito de Delfina.

Doña Gaspara desde el zanjón miraba a Zulema con incredulidad. La muerte de otro metida en uno no se escupe por los ojos como un agua retinta —ella lo sabía bien—. Lo que no comprendía era cómo Delfina Salvador se la había sacado. Esa maldita que le había pelado los huesos, esa garduña. Estaba casi ciega pero veía; le bastaban los párpados para ver. ¿Y cómo aquella intrusa en su oficio, en sus poderes, había conseguido hacerle expulsar la muerte del novio a la chica, que la tenía prendida con fuerza según ella misma pudo comprobar a sabiendas de que sería imposible arrancársela porque tenía raíz y bocas de sanguijuela? Y la sabiduría no es cosa que se anuncie de golpe. La vieja no se perdió en conjeturas y respondió al hecho con una sarta de improperios lóbregos. Y después levantó los brazos, que era lo peor que podía hacer ya que los tenía descarnados del todo.

La madre de Zulema dejó de mirar el cielo —en donde no lo habían visto irse, quizá sólo Zulema— y entró resueltamente en la casa. Acababa de acordarse de Delfina.

Delfina permanecía en su improvisada capilla con un aire de inacabable castigo, en el mismo sitio que había ocupado durante la ceremonia. Los ojos se le habían puesto de sardónice y tenía los labios grises. Para poder llegar a ella la mujer tuvo que bordear un montículo de polvo de un rosado más bien salmón, y un fermento de hormigas, una masa eléctrica y empavorecida por la desorientación. Pensó que su obligación era hacer un bulto, liar todo eso y llevarlo consigo, pero tuvo miedo —no fuera cosa de que empezara otra vez la desgracia.

Avanzó hacia la mesa tratando de no pisar ninguna partícula de las que estaban diseminadas ya que todo se había desprendido casi de golpe y algunos terrones se habían pulverizado lejos, y se aproximó, no mucho, a Delfina.

—Usted me la salvó —le dijo.

Y en seguida se dio cuenta de que la otra no la oía.

—Ni que fuera un milagro —murmuró—. No se atrevió a decir: "Es un milagro" por respeto al Cristo de la cruz que había tomado el aspecto de Zulema antes de su desposorio con el aparecido, sus mismas gredas rojas, sus cráteres, su limo. A lo mejor era sólo una impresión de ella que se sentía fulminada por la felicidad; a lo mejor era cierto.

Delfina no la miraba siquiera, fijas las pupilas en el sitio entenebrecido por la ausencia del ánima de Juan Ciriaco Fuentes.

La mujer no sabía qué hacer. Dejó de mirar al Cristo. Sólo quería irse, pero no así, sin que Delfina se diera por enterada de cuánto era su agradecimiento. Se arrodilló mientras pensaba que quería irse, atravesar el pueblo con la hija renacida en su carne y volver a vivir y aceptar la sencillez de sus días como los demás, como toda la gente. Se santiguó ante el Cristo y ante la santa, y se levantó. Seguramente Delfina estaba comunicándose con los espíritus y no debía distraerse en la pequeñez de las palabras que ella, pobre mujer, le podía decir.

—Volveré esta semana para agradecérselo mejor. Aunque no sé cómo pagarle —se mordió los labios acaso porque acababa de comprender que ningún milagro ha sido pagado jamás.

No se atrevió a más, no agregó una palabra. Se marchó mirando el piso, ese paisaje de infierno ahora descuajado, y antes de salir volvió a persignarse.

A Delfina Salvador le había bastado con sentarse en una silla para morir y quedar embalsamada en el acto.

Se embalsamó con el aroma tenaz de los jazmines, se maceró en sus pócimas, se curtió en los ácidos y fuegos de la superstición. Estaba muerta, no cabía duda, y solemnemente sentada en su silla de caoba.

El ánima desprevenida de don Gervasio sintió removerse en una especie de corriente submarina que quizá tenía el valor de un signo premonitorio; se le desordenaron los vapores y sintió que le pesaban tremendamente las rebabas carnales. "Debe de ser el hervor de la atmósfera sobre esta casa" —pensó él—. Pero en cuanto vio se quedó espeluznado y atónito. Si los espíritus tuviesen la facultad de emitir voces animales don Gervasio habría aullado como un lobo despanzurrado vivo. Voluntad ni necesidad le faltaban pero fue tal su estupefacta desesperación que no le salió ni un grito pequeño, ni una de esas interjecciones brevísimas aunque ocultamente rabiosas.

—Delfina —consiguió gemir en la esperanza de que le hubiese quedado a ella un remanente de vida, lo indispensable para poder incorporarse, dar unos pasos, cinco o seis, y quitarle los clavos. Pero no; ella continuaba en la inmovilidad de una muerte terca, de una muerte agarrada a una idea fija, una muerte que seguramente ella misma se había provocado con una violencia interior segregada en la inmutabilidad, sin importarle la situación en que lo dejaba, sin despedirse de él siquiera con una última palabra rencorosa. Y ahora estaba allí, abrumada por esa selva de jazmines y sus vertientes de olor dulce y exasperante.

—No me dejes en esta crucifixión —le rogó en un balbuceo y aunque no estaba para disquisiciones pensó—: Las crucifixiones han valido siempre para ganar la eternidad, todas, menos la mía.

Comprendía que ella estaba absolutamente muerta, le bastaba con dilatar sus cuencas sensibles para advertirlo pero se resistía a admitir el hecho.

—Haz un esfuerzo antes de que se te enfríe la sangre. Desclávame y muérete después si es eso lo que te has propuesto.

Y ella parecía una imagen escapada del santoral y sentada en una silla para estar más cómoda.

—Fue desleal de tu parte. Debiste habérmelo dicho. Yo estaba mirando a la pobrecita, y el que pone los ojos en el espectáculo de la salvación deja de comprender los anuncios de las destrucciones.

Había tenido puesta la mirada en Zulema con su carne rescatada, su anillo de plomo y su pacto con la felicidad eterna. Pero ahora veía todo, no sólo ese sector de transfiguraciones luminosas, también el otro, el sector oscuro de helechos enterrados donde Delfina aguardaba otra transfiguración en un más allá aventado por las maldiciones de la vieja cabra, un más allá de soledad cercada hasta la disolución de una segunda muerte.

—Si querías morir era cosa tuya, porque no hay duda de que quisiste morir, pero antes debiste desclavarme —sollozó imposibilitado aún de experimentar piedad o pena por ella porque se veía perdido y también a causa de la eclosión de esa defraudación que lo hacía sentirse de tal manera víctima.

Todo cabía esperar de Delfina en tanto se tratara de desolados extremos; esta vez —y quién sabe si sería la última— había preferido a los alaridos un silencio místico. Y el alma de ella ya andaría desfondando los silencios sobrenaturales. Él no la vio salírsele de los pies ni remontar el primer vuelo. “Se ha ido detrás de Juan Ciriaco —conjeturó—. Pero no lo alcanzará. Las ánimas novatas son un poco pesadas”.

Y era seguro que ella se había armado y ajustado su condición de difunta tal vez desde el momento en que se puso el largo manto blanco que lo parecía aun más en contraposición con aquellos lutos que guardaban mayor proporción con un cementerio entero que con un solo finado. Había sido un acto premeditado y prolijo en cada una de las pequeñas hecatombes preparatorias. El ánima sintió el vinagre de los infortunios que se forman en una zona de imprevisión y de estupidez, porque, ¿qué le hubiera costado a ella sacarle los clavos con la misma destreza con que se los había puesto, y después irse al otro mundo en pos del amante que se acababa de casar con otra en válidas nupcias metafísicas? Era evidente que sólo pensó en perseguirlo a Juan Ciriaco, darle alcance en una rápida exhalación, sin perder un instante, ni siquiera el tiempo indispensable para hundirse un par de tijeras bajo el seno izquierdo.

Don Gervasio se dejó caer, figuradamente, se desplomó en sí mismo y se amparó en lo único que le quedaba allí, esa parte de pared que por momentos tenía para con él la conmiseración de un lienzo fresco.

Cuando en el pueblo la vieron a Zulema Balsa despojada de su corteza de horror, corrieron todos a la casa de Delfina, aunque no fue un correr sino una procesión. La puerta estaba abierta y se veía la aglomeración de las flores y las velas en doble fila. Entraron sin pedir permiso ni golpear las manos, como se entra en una iglesia. Fue una irrupción férvida y callada y los que no pudieron entrar permanecieron en la calle en actitud reverente, unos y otros convencidos de la santidad de Delfina Salvador.

Nadie se dio cuenta de que estaba muerta.

Ni los que estuvieron a un palmo de su cara absorta, de la mascarilla de esencias estancadas con que comenzó a embalsamarse.

Al verla como la vieron pensaron en un éxtasis de santa y para no interrumpirlo la alzaron en la silla donde había quedado sentada tan dignamente, las manos recogidas y los ojos deshechos en la imagen del aparecido. Y la alzaron sin saber que levantaban una pesada cáscara, una forma humana todavía coherente pero con sus entrañas ya paralizadas, incapaz de un último sentido, transferida su energía a lo que había sido su espíritu, un espíritu que entró en el cielo con el pie izquierdo, olvidado de las supersticiones que lo habían tenido en vilo, y que después de su primera fricción con el otro mundo empezó a moverse torpemente —no parecía siquiera que volara— y a dar vueltas en busca del ánima que lo había precedido, una búsqueda que cubriría un tiempo en estado de tiniebla lleno de ecos de imprecaciones, hasta merodear un vacío luciente como un desierto o hallar un paraíso arrevesado, allí donde la eternidad empieza a desorientarse.

Pero ¿quién de ellos podía verlo y saberlo? Sólo el que estaba bajo sus siete clavos, apenas marginado por la luz débil que entraba de la calle y que daban los cirios.

El olor lúbrico que durante años se había acumulado en aquella casa estaba cubierto ahora por la emanación expiatoria aunque no menos ardiente, espumosa, lasciva, de una muerte secreta. La cortina negra parecía una marca y la habitación se había vuelto abstrusa.

Salieron con más circunspección que cuando entraron y la llevaron a Delfina en procesión por todo el pueblo —a un lado de ella Zulema, la prueba irrefutable, la recién casada con un espíritu, y al otro lado la madre que lloraba en silencio desde el momento en que salió de aquella casa a sabiendas de que su llanto duraría sin una pausa de sequedad, semanas o meses y quién sabe si no años. Y atrás casi todo el pueblo en un orden que nadie había tenido necesidad de dirigir.

Cuando entró tanta gente en esa primera fatídica habitación don Gervasio dio voces en demanda de auxilio, cuantas pudo y con toda la estridencia de que fue capaz. Pero el silencio monolítico que se había instalado en torno de Delfina consumió los gritos, mondó los clamores y nadie oyó nada. Tampoco hubo una persona que se atreviera a entrar más allá de esa capilla que nadie percibió que en realidad era ardiente.

La difunta insospechada fue paseada por todas las calles del pueblo, sin olvidar ninguna, ni aquellas intransitables por los pozos y la hurañía de su tierra; la procesión lo abarcó todo para que se difundiera la bendición que ella seguramente impartía desde su prolongado éxtasis.

La única persona que le olió la muerte fue doña Gaspara. Se la husmeó desde el zanjón seco donde solía cobijarse después de mendigar todo el día y no recoger nada. No la engañó el compacto olor de jazmines que los demás atribuían a la santidad, ya que según algunos, los más impresionados, los santos sueltan un olor de jazmines exprimidos en el sitio donde hicieron el milagro, exprimidos en su alma. Y éste era un milagro, y además ostensible, que se podía ver y palpar, no como otros que son más bien una aspersión de luz. Las pruebas podían ser tocadas con las manos aunque nadie se atrevió a hacerlo; eran esa tierra, los restos vegetales y las manchas crujientes que todos habían tenido buen cuidado en no pisar cuando entraron en la casa de ella, la que había vuelto el polvo en carne.

Fue para don Gervasio un domingo caótico, sin término posible, el trazado de su desembocadura en la nada.

Volvieron las gentes de la procesión a poner a la santa y su silla de caoba en su sitio, felices de no haber interrumpido su arrobamiento, ni siquiera cuando la hicieron avanzar a los tumbos por terminales calles fragosas llenas de perros que se pusieron a aullar lúgubremente en cuanto ella apareció alzada en su templete de esterilla y madera negra sostenido por cuatro hombres fuertes que no sólo debían preservar el equilibrio sino espantar las moscas que amenazaban con envilecer la santidad.

Zulema, la madre y las hermanas miraron el cielo todavía dominical que debió atravesar Juan Ciriaco para irse a residir donde debía, sin sospechar que quizá por el mismo agujero abierto en la atmósfera se había marchado también Delfina, una pulpa fantasmal más indicada para habitar un hueco subterráneo que para remontar vuelo sin sentir los tirones de la gravitación.

Esa primera habitación terrible con sus cuarenta y ocho velas encendidas, su maraña de flores y la embalsamada cuya muerte había sido tomada por arrobo —y quién sabe si la muerte no es un éxtasis profundo—, ese cuarto extraño en donde hacía pocas horas se habían encontrado para casarse una muchacha de polvo y un espíritu, estaba atestado de gente que sabía poner los pies donde debía ya que nadie había pisado una molécula de ese montón oscuro, rojizo, un arrancado cuerpecillo vivo a su manera, que era la parte abismal del milagro. Pero el reverente hacinamiento no desbordó al pasillo, y don Gervasio volvió a emitir ayes, voces ferruginosas, gritos bien despuntados. Sin embargo, nadie oyó nada. Y cuando todos se fueron después de persignarse y de haberse cerciorado de que la santa continuaba en la posición en que la habían encontrado, él se desgañitó en clamores que, de haber mediado otras circunstancias, se habrían oído a dos leguas a la redonda. Sin duda, Delfina en su último acto de muerte y embalsamiento conjuntos, había creado en la casa una mole de silencio que él no conseguía traspasar.

¿Qué le quedaba ahora sino seguir mirando el mundo, el sector para él perceptible? ¿Qué le quedaba ahora sino iluminar su soledad? Sí, porque el mundo visto desde profundizados clavos es una llaga feérica, ya que en todo ser humano hay resplandores y una cierta herida calcinada que parece brillar, y también la huella de algo que fue hermoso y ardió hasta consumirse. Se recogió en sí mismo en una delgadez de telaraña pensando que en los mundos vivos puede pasar de todo, hasta eso que le sucedía a él. Su conflicto con lo sobrenatural se le había agravado y, por si esto fuera poco, tenía que convivir con una difunta —eso pensaba él, consciente de que la idea de convivir era una exageración de su nostalgia—. Por otra parte, dada su condición de destilado, nada le causaba más aversión que un muerto.

"Se ha empacado y nadie la sacará de aquí —se dijo, y añadió tratando de comprender lo que le aguardaría—. Se ha embalsamado sola y a la perfección, y nadie descubrirá que está muerta ni aun cuando tenga el pellejo pardusco de una momia. Todos creerán que su santidad habrá tomado esa actitud, ya que la santidad puede tomar cualquier apariencia".

Pero no era esto lo que sucedería.

Doña Gaspara seguía olisqueándole la muerte y mofándose de su santidad. Acechaba la puerta entreabierta con su filtrado relumbrón de cirios que al parecer no se consumirían nunca, mientras se decía: "La muchacha curó porque la muerte del otro se le salió del cuerpo. Sola y por su voluntad. No habrá escupido por los ojos un agua negra pero habrá sudado orines de buitre. Y la otra ¡qué va a ser santa! Es finada, y en buena hora".

La vieja esperó a que llegara la noche de ese domingo, una noche oscura, y se metió en la casa.

—¡Doña Gaspara! —llamó el ánima de don Gervasio.

Ella no oyó.

—¡Gaspara Verde! —así la habían llamado de muchacha, con ese apelativo del que andando el tiempo no quedó nada, pero que ella debería guardar como una intocada posesión—. ¡Gaspara Verde!

Pero la vieja no oía sino el rumor de la disgregación que provenía de Delfina.

Echó sobre la cara de la embalsamada una mirada sagaz, aunque era imposible precisar dónde esa mirada se le había formado, si en el ojo seco o en el párpado o en qué otro sitio. Nadie la engañaría a ella. "Para ser santa hay que estar con los huesos pelados, como estoy yo" —rezongó para sus adentros—. Y se aproximó aún más para seguir explorando esa inmovilidad adusta que había encontrado la posición de una equívoca rigidez, la paralización semejante a la que provoca un arrobamiento intenso. "Los santos se quedan duros, igual que los difuntos, pero ésta tiene adentro la sangre negra del que ha finado. Y pensar que la han llevado en procesión, como si lo mereciera. Porque todo lo que hizo no fueron milagros: fueron casualidades —reflexionó la curandera que había perdido las tres cuartas partes de su envoltura carnal pero no el discernimiento.

La sacudió un poco, dos o tres veces, y antes de tomar su decisión —que para algo había entrado— apagó siete cirios para conjurar posibles males o las represalias que la otra, su yo evadido, se pudiese tomar. Y después la bajó de la silla hincándole las manos exageradamente abiertas, sin escrúpulos, ya que pensaba que ella era la causante de la peladura de sus huesos —que menos mal que las ropas cubrían en gran parte, que de no ser así hubiese espantado al pueblo hasta provocar su éxodo total.

La arrastró como pudo. Parecía una avispa, enteca pero hábil, llevándose una gruesa araña.

—¡Doña Gaspara! —don Gervasio continuaba llamándola, con la esperanza de que, si lo oía, pudiese desclavarlo.

Pero ella sólo estaba atenta al zumbido de panal que salía de la nuca de Delfina.

La dejó unos instantes en el suelo; resopló con fuerza y apagó algunos cirios más —por si acaso—. No le importó pisar esa tierra diseminada que ella sabía bien de dónde era, que había examinado desde el principio de su formación y que había visto extenderse y dar verdes y nidales de bichos, esa tierra que para su mala suerte había caído allí en vez de desprenderse en su rancho de modo que el milagro se le adjudicara a ella, el milagro y la santidad, que había estado durante treinta años queriendo agarrarlos de alguna punta. Y siguió arrastrándola a la otra, y cuando puso los pies en la calle mientras don Gervasio efervescía en sus últimos inútiles clamores, continuó llevándola como en una parihuela con el ánima por único testigo. Sacando fuerzas de sus imprecaciones, de la crueldad súbita que le dio aliento, caminó así tres cuadras de soledad, y cumplida esa primera estación vindicatoria, se adentró en el pajonal con que lindaba ese extremo del pueblo.

La chistaron las aves del mal agüero y el viento la hizo trastabillar más de una vez. Y por fin encontró una especie de cueva, un agujero que seguramente la naturaleza le había preparado para esa circunstancia, y allí fue a parar Delfina Salvador con sus tormentosos pechos de estearina, sacudida a empellones por la cabra ciega que no sentía ningún respeto por la muerte, y que después le echó encima algunos puñados de pastos duros, sin dedicarle siquiera una oración, como si se tratara de un animal. “Se terminó la santa —se dijo la vieja, y añadió maliciosamente—. No la descubrirán porque los caranchos la verán primero". Y todavía tuvo fuerzas para irse a su rancho a esperar su hora, reconociendo en la oscuridad el camino gracias a los soplos de aire que ella había envenenado.

Ésos fueron los funerales de Delfina Salvador.

Sólo cuando don Gervasio la vio entrar a doña Gaspara para llevarse a Delfina a la rastra seguida por una nube de moscas que la noche no había conseguido ahuyentar, sintió una gran piedad por ella que, pese a todo, no le había dado mala compañía.

nueve

El último día de aquel verano quemó los pastos, volcó su fuego en el pajonal y convirtió el cuerpo todavía incorrupto de Delfina en una humareda espesa que a lo largo de los días no dio ninguna señal de querer apaciguarse, y que duró mientras alguien pudo testimoniarla, porque ocurrieron hechos que borraron toda atestiguación, y cuyo comienzo fue precisamente ese acabarse del verano, sus últimas veinticuatro horas abrasantes que no sólo provocaron la humareda sino un cambio repentino en las gentes, una remoción vigorosa de los sedimentos de cada uno. Ese día empezó con demasiada fuerza. El suyo fue un sol de temer que instaló en el pueblo un aire férvido de naturaleza precipitada, de especies transfiguradas a saltos, como si ese tiempo hubiese llegado por error, se hubiese repetido después de haber transcurrido en otra edad, primitiva y aviesamente salvaje.

La columna de humo poseía una verticalidad amenazante como toda verticalidad; en cualquier momento aplastaría a todos con sus hollines macabros. Pero finalmente dejaron de mirarla; la gente del pueblo prefirió poner la vista en ese sol fantástico que había salido de la parte de horizonte que le correspondía pero que parecía falso, de metal recién fundido y echado a girar para asumir su redondez.

Hubo, sin duda, en el pueblo un trastorno de la naturaleza, que quizá se manifestó ese último día estival que no señaló su comienzo, presumiblemente, porque el desorden que alcanzó a todos y a todo de alguna manera pudo haber empezado antes, la noche en que el ánima de don Gervasio Urquiaga fue retenida en la tierra contrariando leyes tradicionales, o quién sabe en qué otro momento.

Lo cierto es que despuntó un brote sodomítico, vaya a saber de dónde, del fuego que la consumió a Delfina Salvador, de las maldiciones lanzadas por la vieja del estero o por el hecho de que hubiese un espíritu aferrado con siete clavos en una de las paredes del pueblo. Un brote sodomítico con el germen del castigo en una incubación lenta e imprevisible ya que hubo, de repente, una recreación de instintos tan dominante que las meditaciones quedaron afuera, a la intemperie. El aire pesado por la superposición de tragedias, solemnidades y milagros, ese aire de mole, había abierto espontáneos boquetes para asomarse a un paisaje antagónico. Fue como una inconsciente necesidad de salir de todo eso, del milagro, que es una luz cegadora, de la opresión de las profecías; la necesidad de oponerse irracionalmente a la santidad de Delfina Salvador para no ser ganados por otro orden de vida, bajo la descarga de una justicia que tomaría formas cada vez más diversas. La voluntad de Delfina —su desaparición aún no había sido descubierta— crecería como una enorme, una monstruosa higuera creando un círculo de aridez en torno después de absorber las pequeñas voluntades de cada uno, después de inmovilizarlos a todos en el aire estático de trampa gélida con que la predicción envuelve y, en cierto modo, aísla a sus criaturas.

El pueblo entero volvió de aquella procesión de la embalsamada con un cansancio definitivo. Se arrancó el agobiante olor a jazmines, que era el olor del milagro, y se descargó de la actitud reverencial. En seguida se sintió el rumor de una respiración honda y unánime.

Nadie volvió la cabeza hacia aquella casa y simultáneamente todos miraron el calor, y lo vieron.

El bochorno era tan absoluto que Eulogio Espoleta sintió que se le caldeaba su medio cuerpo enfriado en el pozo y la empezó a perseguir a la hijastra. El garañón la acechaba alborozado por el rescate de sus bríos, desmemoriado al punto del remojo en que habían estado sus preciadas vitalidades y de la visita de José de los Aparecidos, ya que el golpe de sangre que le restituyó el deseo fue lo suficientemente imperioso para hacerle olvidar el aljibe en que el otro lo había penitenciado.

Los instintos de algunos señalaron la actitud insurgente y lo demás lo hizo ese calor pegajoso, fuera de la plenitud de la estación, un aire de jalea o miel de caña, tácitamente sorbido por todos como en un acto de ritos rescatados. Porque ése era un calor redivivo arrastrado hasta allí como un inconmensurable fardo, no el calor de un día sino la porción ardiente que corresponde a cada vida y que permanece intacta con frecuencia. Pero el calor no consumido no desaparece; sólo espera el momento de manifestarse.

El aire laminado que había dejado en el cielo el regreso del espíritu de Juan Ciriaco Fuentes fue enturbiado por los carbones en continuo chisporroteo que permanecieron porfiadamente en la atmósfera y que, no obstante su negrura, no oscurecieron ese sol de idolatría, bruñido, verdoso, rojo, antes bien, parecieron incrustársele para volver a incendiarse en él.

Ese mediodía de chicharras y moscas desprendidas de la humareda del pajonal, Eulogio Espoleta comía mientras sus piernas recobradas de la salmuera en que habían estado, rozaban las de la chica, que no apartaba las suyas para no irritar al hombre en su requerimiento todavía contenido pero que filtraba una mórbida violencia animal y un celo cuantioso como si fuera el de toda una manada. La mujer dejó su comida en el plato; había advertido el vaho del deseo de él, otra vez ese aire torturante en la casa después de un tiempo de sosiego, pero no se había dado cuenta de que la chica estaba expectante sintiendo que los pechos incipientes le crecían a tirones casi dolorosos. Pensó: "Otra vez este puerco". Le vio el rostro inflamado, y no era sólo cuestión de ver sino de sentir el resoplido que él se callaba; no importa tener ojos de acuario —lo mismo se ve—. No importa ser una fibra humana mal hilada, una pobre hechura de algo sin voluntad y con miedo para comprender lo que sucede en torno. Al hombre le hervían los ojos mientras la miraba a la hijastra, y ella no levantaba la vista del plato, atenta a los tirones anunciadores y a las piernas brutales que habían aherrojado las suyas.

La mujer pensó que no tendría más remedio que volver a aquella casa, verla a Delfina Salvador para que le renovase la medicina, que resultados había dado aunque no definitivos. Por lo menos le quedaba una esperanza ya que no era cosa de seguir viviendo así porque cualquier distracción de ella bastaría para ser aprovechada por la lascivia de él, y tampoco era cosa de abandonar la casa e ir con la chica a instalarse debajo de un sauce.

Eran las tres de la tarde cuando llegó a la casa de Delfina; dejó a la chica junto al mismo arbusto de la vez anterior y dio algunos golpes a la puerta, los golpes sin vibraciones de su vergüenza y su miedo. La puerta estaba cerrada, no por mano alguna, menos todavía por la mano de don Gervasio, sino por el viento. Ella insistió. No quería volverse así como había venido. Y por fin se atrevió a abrirla, no mucho, lo necesario para asomar media cabeza con discreción —no fuera cosa de interrumpir una consulta—. Y pese a que sus ojos estaban hechos para percibir sólo la pequeñez, vio un caos solemne, y esos montones de polvo macabro con su embarullado hormiguero, y las velas caídas entre sus propias segregaciones de cera vertida como manchas en el mantel y en el piso, y todas esas flores podridas, quizá los restos del milagro —porque todo milagro deja un desecho.

Después que se hubo repuesto de la impresión atinó a llamar. Gritó:

—¡Delfina!

Se corrigió en seguida. Después del milagro había que tener otro respeto.

—¡Doña Delfina!

Y repitió el llamado sabiendo que ella no estaba, ya que era imposible que estuviera a juzgar por el abandono del lugar, un abandono al parecer precipitado, a punto de expandirse porque seguramente cada una de las cosas que lo componían seguirían creciendo hasta rebasar como si el desorden mortuorio y la descomposición de las flores acabaran de ser sembrados en un medio fértil.

La mujer no sabía qué hacer.

Don Gervasio estiró sus telillas membranosas y trató de salir penosamente de la inmersión en la nada en que se sentía. Atisbó una figura borrosa cuya mayor fuerza era el miedo, e intentó dar voces, alguna voz al menos, pero lo único que consiguió emitir fue un hilo de algodón volátil sin movimiento vibratorio que pudiese impresionar el oído. Su soledad había sido apenas rasguñada después de días en que había dejado de percibir el mundo de cinco o seis cuadras a la redonda que se había convertido en su permanente espectáculo con Delfina en su centro; y por ese rasguño empezó a verter una especie de médula de saúco, que era su manera de continuar resumiéndose.

La mujer pensó que debía revisar la casa —tal vez la santa se había quedado inválida en el transcurso bastante probable de una sucesión de éxtasis—. Y se armó de coraje, ella que era naturalmente medrosa. Entró y atravesó la floresta amustiada cuidando de no pisar las hormigas ni las gredas polvorientas, por respeto al milagro, que nadie podía negar, y llegó hasta la puerta entreabierta que daba a la precaria residencia del ánima de don Gervasio. Y fue como si se le hubiera puesto delante un repentino muro, todos los espesores posibles; sintió que empezaba a respirar un aire desconocido, un aire que ella no aprendería a respirar nunca, y sólo atinó a retroceder, sin oír el lamento, la demanda de auxilio, la voz fantasmal que don Gervasio creyó emitir, ya que todos sus sones fueron interiores como cuando en verdad se desea llamar a al[illegible]mo cuando se necesita ser salvado.

Asustada, sin precisar por qué, la mujer [illegible] la chica y se volvió a la casa. Rehuía t[illegible] pretendiera significar una explicació[illegible] ella había interrogado —unas poc[illegible] del pueblo había escasa vecindad— le habían dicho lo mismo: "Nadie fue a verla. Estará reponiéndose del milagro. Será mejor no molestarla, al menos por un tiempo". Había vivido meses enclaustrada y guay de quien perturbara su aislamiento, esa levadura para la videncia. Ya saldría ella a la calle. Necesitaría días de reposo, quién sabe cuánto tiempo. Un milagro debe demandarle a uno un esfuerzo de multitudes. Y acaso más todavía. Por otra parte, son los santos quienes tienen que venir hacia uno; nadie tiene el derecho de ir hacia ellos, aunque todos vamos. "Hay que dejarla reposar".

Del pajonal llegaba una acritud violenta.

Sin soltarle la mano a la chica la mujer entró en la casa. Eulogio Espoleta bebía un vino grueso a tragos largos. Reparó con salvaje complacencia en la hijastra; a su mujer no la vio —ya para él estaba seca, esa estúpida que se había consumido demasiado pronto—. Y a ella lo que se le ocurrió pensar fue: "Algo va a pasar. Y esta misma noche". Porque él no se limitaría a seguir bebiendo; le había empezado un bufido que quién sabe en qué terminaría. Era como si la casa se hubiese llenado de uvas bien maduras, un colchón de mosto preparado para un festín.

La noche llegó en menos tiempo que el necesario. El bravucón lujurioso continuaba bebiendo pausadamente y el gusto del vino en la lengua le anticipaba el que tendría la hijastra tumbada en los pastos, en cualquier sitio, porque ella ya había consentido dejándose sofocar las piernas ese mediodía —eso creía él— y sólo había que esperar la ocasión, o no esperarla y obligar a la madre a aceptar las cosas.

Comenzó una noche más caldeada que el día, con una luna extraña en forma de umbela, casi un hongo rojizo, una luna báquica que parecía gobernar los deleites. Y había aparecido solamente allí, en el área de cielo correspondiente a ese pueblo sacudido por el ramalazo de un más allá que había dejado filtrar a uno de sus seres como un vapor mal condensado.

La mujer acudió a las recomendaciones que le hiciera Del-[illegible]a la última vez. Mandó a la chica a que se acostara y aguar-[illegible]medianoche. Cuando calculó que la noche había avanzado lo indispensable para afirmar: "Ya deben de ser las doce", lo zamarreó a su marido y en cuanto le disipó la duermevela, le dijo con seguridad:

—Alguien golpea afuera.

Aquella vez había dado resultado, un resultado asombroso. Era posible que se repitiera el entumecimiento, que el perdido fuera a parar al pozo a aguarse los malos bríos.

—Golpean afuera —repitió la mujer con toda la convicción de que fue capaz.

Eulogio Espoleta salió de su entresueño sudando vino. Una turbiedad morada le impedía asociar esas palabras con la cara del mensú, el río tropical crecido hasta su aljibe, el miedo de muerte y el frío padecidos en aquella ocasión. Su subconciencia se debatía por levantar ante sus ojos la imagen de José de los Aparecidos llegado hasta allí en el silencio que precedió esas mismas pocas palabras dichas por su mujer una medianoche aún no distante. Pero una niebla vinosa se extendió sobre su instinto de conservación, sobre su memoria, y en vez de ponerle una tranca a la puerta, tomó su carabina cargada que siempre dejaba a mano contra una pared del dormitorio con el caño hacia arriba, y que una noche disparó sola y abrió un agujero en el techo. Jadeaba, no por valentón sino porque le estaba fermentando un viñedo entero bajo la piel, y sin decir palabra abrió la puerta y salió a la noche que se había puesto retinta como si a la luna se la hubiesen tragado los sapos. Le salía de los poros el zumo de una alegría caliente y en vez de hollar pastizales se metió en la galería tanteando la puerta de la hijastra.

Permaneció un rato rozando aturdidamente los vidrios sin dar con el picaporte, engulléndose las voces del celo para que aquello no fuera un pandemonio. Abrió la boca para pedirle a la hijastra que le abriese la puerta, pero antes de hablar dio un paso atrás. Lo mejor era tomar impulso y forzar esas hojas de madera vieja que cederían en seguida, claro que cederían. Y de pronto fue como si alguien le engrillase la sangre. Se acababa de acordar del aparecido con su cara verdosa y de la cisterna de donde lo habían sacado vuelto un mansejón, una especie acuática sin más carnalidad que la necesaria para tapiarse los huesos. Y no entró porque temió encontrarlo allí, mirándolo desde los vidrios. Pero esta vez no lo sorprendería. Arrojó el arma y tomó la dirección opuesta al pozo en un apresuramiento de despeñado, y la señal de que se había ido fueron los chasquidos de la maleza aplastada como si la hubiese hozado un jabalí, y una especie de bufido que hizo retemblar la oscuridad. Y se anduvo media legua levantando una polvareda tremenda, con la decisión de no volver nunca, y por momentos la polvareda se le adelantaba, la polvareda de los pasos que aún debía dar, en un trastorno de causa y efecto, y él debía avanzar a tientas, abriéndose paso con los brazos extendidos, aterrado ante la posibilidad de que el ahogado apareciera en el polvo que por momentos le bloqueaba el paso. De vez en vez caía una centella, y él, en un atascadero de vida o muerte, apuraba la carrera gritando: "¡Cruz diablo!" con la intención de un conjuro y volviendo a cada instante más frenética la huida. Veía luces malas por todas partes y eran sólo las centellas de una tormenta que pareció abigarrarse sobre él hasta terminar en una nube violeta suspendida en un cielo que mostraba poca semejanza con los cielos de todos los días.

A medida que se acercaba al pueblo sentía que le fluía el vino en un baño benéfico y que la rescatada vitalidad le latía. Estaba otra vez metido en el cuero nada lavado, nada frío del bravucón engallado a quien nadie había hecho deponer el porte más que el ánima de aquel mensú, un demonio hecho de agua que se había venido a cobrarle la mala muerte y que, inexplicablemente para él, se había marchado sin recibir el pago, pero que lo había dejado peor que muerto, hasta esa mañana que se trajo un sol de estallidos y brotes ofuscantes, y él volvió a ser quien era y a sentir en su cuerpo algo así como una dehiscencia animal y cada calor en su sitio.

Llegó al pueblo envuelto en una nube eléctrica de polvo, vino y deseo y un miedo que parecía encenderlo todo, acuciarlo a defender su condición de macho cabrío resurgido de las aguas y, por si fuera poco, defenderla a costa de su propio pellejo y contra el aparecido verdoso o contra todos porque esta vez estaba dispuesto a que nadie le amarrara la sangre, que no en vano se sentía con las fuerzas de un sismo. Que su mujer y su hijastra se cocinaran en aquella soledad, que se las arreglaran ellas con José de los Aparecidos si es que volvía. Agarrándose de la oscuridad se abrió paso como pudo, por baldíos y calles arboladas buscando un sitio donde poder tenderse, y estuvo un rato palpando troncos de higueras hasta que se dejó caer en un suelo que le pareció esponjoso. Se había metido en los fondos de la casa del degollado don Tobías Abud.

La casa había quedado tal como él la había dejado, intacta, con sus pertenencias, las cuatro muchachitas y una que otra brasa de paraíso quemado, sin cambios visibles quizá por razones notariales y respeto al asesinado, más por tratarse de un extranjero, y en previsión de que cualquier día aparecieran herederos con el cansancio de un largo viaje a pie por el desierto y ávidos de cobijarse en su frescura.

Y fue quizás ésa la siembra de impulsos sicalípticos que convirtió al pueblo en una pequeña Sodoma provinciana, un embrionario laberinto erótico que no llegó a desarrollar su fantasía ni su burla al orden natural sino circunstancialmente, sólo cuando la confusión era propicia al encuentro, no de las disparidades sino de las semejanzas. Ése fue seguramente el comienzo. Porque Eulogio Espoleta, convencido de haberlo esquivado al otro, y de haber salvado sus arrestos naturales más consustanciados con la especie, delató su presencia con un bramido victorioso, convocó todas las fuerzas de su basta hombría, las más enraizadas, en una respiración tan turbulenta que algo así como un oleaje untuoso empezó a extenderse y a filtrarse por las ventanas de la casa. Sí; ése debió de ser el principio.

Mientras tanto su mujer, con curiosidad de ver cómo el descarriado iba a parar al pozo, se aventuró por las sombras coposas y ramificadas, tratando de descubrir el bulto familiar con su carabina en posición. Avanzó aplastando el desorden vegetal que el verano había desparramado, un basural blando de higos podridos, y cuando llegó al aljibe y se agarró del brocal y consiguió asomarse, oyó un rumor de río crecido, respiró una espesura de quebrachal y tierras rojas y por fin, cuando sus pupilas terminaron de ensancharse, vio la cara de un ahogado mecida por el vaivén del agua, que no estaba quieta, que no parecía de pozo, sin poder comprender —¿cómo saberlo?— que se trataba de José de los Aparecidos, no de su ánima sino de su cuerpo llegado hasta allí después de cumplir un paciente y largo itinerario de aguaceros feroces, vertientes y aguas bajo tierra que le demandó veinte años o quizá más; un viaje a través de las napas profundas escalonadas bajo la selva para llegar hasta allí sin disgregarse y ver primero un cielo perfectamente redondo y después los ojos de acuario de una mujer que gritaba porque se había dado cuenta, pese a la oscuridad, que no era su marido el que estaba metido en el pozo, y eso que ella ignoraba que el hombre no había caído al aljibe sino que había venido de la napa, al cabo de un subterráneo recorrido de años y años para llegar precisamente a ese lugar; y se le notaban la muerte y el cansancio. La mujer dejó de gritar porque no le quedó más voz, ni un hilo para llamar a su marido ni para comunicar el hallazgo a su hija ni a nadie.

Y él tampoco hubiese podido oírla, lejos como estaba, en el que había sido huerto del paraíso de don Tobías.

Eulogio Espoleta sentía una sábana caliente sobre la piel mientras disfrutaba de la noche y de la recuperación de sus potencias, con la convicción de que éstas se habían multiplicado. Estaba seguro de que en el pueblo ninguna mujer se libraría del calor de su sangre ensanchada que había resurgido inevitable como un temblor de tierra. Sentía que su deseo sería la vigorosa ley natural que él implantaría en el pueblo. Necesitaba desquitarse del entumecimiento, de esa pausa padecida por su carne, y siguió resoplando mientras trataba de descubrir qué lugar era ése con tantos árboles y un aire de bienestar que no se respiraba en otros sitios.

De pronto tuvo la sensación de un soplo tórrido y su sensualidad volvió a bullir más de lo que había bullido ese mediodía mientras estuvo sentado a la mesa de su casa. Algo había sucedido allí, a pocos metros de él.

Las muchachitas percibieron una proximidad turbadora y salieron a ver si algún hombre rondaba la casa. Él oyó el cuchicheo y las vio aproximarse a las higueras metidas en sus camisones leves, las cabezas estiradas husmeando la escondida lubricidad, y se les abalanzó como una manada, y fue tal la exaltación erótica que el degüello que regía la casa cobró la palidez de un hecho insignificante frente a ese tremedal que las atrapó a las cuatro, habituadas desde los tiempos de don Tobías a compartir un mismo hombre.

El día siguiente trajo también un mal sol, el mismo o tal vez otro.

Eulogio Espoleta se instaló en la casa del vicio fundando un orden pecaminoso que pronto sería la actitud, la labor de ese pueblo rodeado de ondulaciones agrestes y signado por la presencia limítrofe de un pajonal y un estero y las esencias y símbolos contenidos en una columna de humo rabioso, en un espectro atrapado y una tapera habitada por un esqueleto sentado en una silla, todavía con vida. El hombre sentía el regodeo de haber salido ganancioso, de haber cambiado a la hijastra, que era una, por cuatro mujercitas avispadas que no se le resistieron y que desde el primer momento se le mostraron complacientes sin hacer más escándalo que el que realmente corresponde a la salacidad. Le llovieron en la cara cinco o seis gotas de sangre, hecho que se repetía comúnmente, sobre todo en el dormitorio del viejo después de que su cabeza se convirtiera en un enorme higo rojo, pero Eulogio Espoleta las tomó por gotas de vino, una ligera llovizna báquica caída sobre su magnífica extenuación.

Como si hubiera existido un tácito acuerdo nadie volvió a la casa de Delfina. Ese sol de otros mundos, ajeno al cielo conocido, y que parecía exprimir una luz venenosa, les debilitaba la voluntad. Las mujeres se sintieron de pronto ociosas y se sorprendieron a sí mismas imaginando adulterios. Debía de ser una mala irradiación, algo que no dependía de ellas pero que las juntaba en un haz de malos deseos, en la ansiedad porque la noche se les derrumbara encima porque seguramente las cosas sucederían de otro modo. Y lo supieron cuando la luna salió con forma de hongo sólo para mostrarse un momento y desaparecer en una boca de oscuridad profunda.

Esa misma noche el pueblo se convirtió en un lupanar, y empezó a ser por dentro, en la extensión de la piel de sus habitantes, un rastrojal ardiendo. Fue un cambio repentino y feroz que no se asoció a calamidad alguna.

¿Qué necesidad tenía nadie de consultarla a Delfina Salvador cuya desaparición se ignoraba y sólo había sido sospechada vagamente por la mujer de Eulogio Espoleta? ¿Qué necesidad de pedir la luz de otro milagro, esa luz que no se puede mirar de frente sin quedar crucificado en ella, esa luz no terrenal que invadiría las noches, y desbarataría sus superpuestas, acosantes espesuras? ¿Para qué afrontar una vez más la amenaza de las profecías? Porque aun los buenos vaticinios traen una carga, un aire lejano y una estática felicidad formada afuera, no elaborada dentro, en los trozos más vivos del propio ser. Todos prefirieron tácitamente que las cosas quedaran así, no se sabía hasta cuándo; además nadie se había puesto a indagar las razones —si es que en realidad las había— de ese vuelco; todos se dejaron arrastrar por eso que indudablemente era una correntada, una manera de desbordar de ciertas fuerzas, sintiendo cada uno que era imposible permanecer en la orilla, a menos que ya se estuviese enclavado en ella hecho un leño o algo por el estilo. Sí; aquello debía de ser un sortilegio quizá relacionado con esa luna de pesadilla, ese hongo que se había puesto a flotar en un cielo húmedo, o tal vez con la humareda que daba muestras de no querer terminar nunca —y además nadie había ido a ver de dónde salía, qué era lo que se estaba quemando allí tan enconadamente—. Todos experimentaban la sensación de una cosecha copiosa, algo semejante a una abundancia cuyo mayor valor residía en que se compartía sin medida alguna.

La lujuria de Eulogio Espoleta imantó la casa del degollado.

Él se exhibía faunesco, mientras sentía que el mundo es algo fácil de tomar si se ha sabido hacerle trampa a la fatalidad como hiciera él cuando echó a correr en dirección opuesta a la del pozo y no se amilanó, antes bien, multiplicó por cuatro las razones que lo habían condenado a vivir durante tantos días en un aljibe. Y por cierto se resarcía con creces de aquel entumecimiento que le había emparchado los muslos con piel de buey, hasta que apareció un sol de alucinación seguido por una luna en forma de umbela.

La casa de don Tobías cobró un sentido de celebración fálica. El vaho vinoso se desprendía de todas partes, y como allí el amor se expandía imprevisiblemente las muchachitas abrieron dos cuartos que durante años habían permanecido cerrados y en los cuales don Tobías guardaba piezas de paño y tafetán, buenas para alfombrar esos dos recintos que perdieron en seguida su aire estancado de depósito para impregnarse de especias sahumadas por el deseo. Para ayudar se ofreció doña Aquilina, una vieja de talones escurridizos, labio leporino y apicarada manera de mirar. Las viejas juegan un importante papel en la vida —son carbones encendidos por la añoranza, y nada es más quemante que la nostalgia, una quemazón en las vísceras. Empezaron a pulular las celestinas, las principales y auxiliares menores en ese oficio de pronto fácil de ejercer, pero doña Aquilina fue la más rápida de todas. Tenía una sonrisa de burlesca malignidad y así como lo convenció al garañón múltiple de la necesidad de sus servicios las convencía a las vacilantes de las dotes nunca vistas que poseía esa especie de semidiós sudoroso. Desde su intervención el aspecto farragoso de la casa disminuyó un poco, ya que allí era imposible pensar en que el orden pudiera cuidar de las cosas, por más que la vieja se afanara por enderezar el desquicio de almohadas, jarras y alfombras de paño de tienda hechas una agitación. No había necesidad de llamar. Lo indispensable era trasponer la entrada de la casa; lo demás lo hacía el aire atosigado, el increíble olor de azahares que persistía con más vehemencia que aquel de jazmines elegido por Delfina Salvador para permanecer incorrupta varios días después de su muerte, y que de no haber sido por el incendio del pajonal la habría mantenido en limpia integridad quién sabe cuánto tiempo aún. Al anochecer la celestina iba a buscar a las rezagadas cuyo pudor había conseguido desmenuzar, y las acompañaba hasta el que había sido el paraíso del degollado. La vieja se avenía a la mediación feliz de experimentar la complacencia de una complicidad licenciosa e introducía a las turbadas mujeres al infierno mórbido donde reinaba Espoleta, vencedor del aparecido cuyo cuerpo flotaba en el pozo de su casa y cuya ánima no había vuelto a posarse en la tierra.

El pueblo parecía ceñirse en torno de esa casa, absorberla, ver a través de sus paredes lo que sucedía allí y quedar magnetizado en la contemplación de escenas cada vez más cargadas de voluptuosidad.

Lo que nadie veía era la espuma sobrenatural del viejo que a veces llegaba por las tardes, a la hora de la siesta, con su cabeza seccionada volándole a varios centímetros de la garganta que no había perdido su condición rebosante, y se paseaba al ras de una pared contemplando ese bosque humano que le había crecido en la casa. El fantasma vigoroso e intemporalmente barbado de don Tobías Abud, quizás oloroso a azafrán, a resinas, a higos asiáticos, a uvas, se complacía en la proximidad de esos abrazos múltiples que vivificaban lo que había sido suyo, todas sus posesiones. Se sentía parte de ese manantial espeso, y probablemente era viernes cuando llegaba, huyéndoles a las quejumbres y decidido a rescatar de alguna manera la imagen de una vitalidad que le habían cortado en dos precisamente en el sitio que suelda la unidad biológica con la fuerza de un pacto trascendente. A don Tobías el nuevo estado no le había interrumpido la tolerancia patriarcal y en ningún momento llegó a escandalizarse. Se quedaba hasta el atardecer —nunca hasta la noche por consideración a su edad—, daba una que otra vuelta alrededor y dentro de los limoneros, y después se iba. Nunca lo vio nadie. Quizá sus antiguas esencias raciales hubieran sido perceptibles de no mediar esas otras, despóticas, del deseo.

El orden instaurado por Eulogio Espoleta se extendió y concentró a la vez.

Todo se tomó con una naturalidad pasmosa como si esa forma de vida hubiese imperado siempre, desde los tiempos de la fundación del pueblo de la que no había noticias claras, y que según algunos se hizo en torno de un montículo de cuernos vacunos. El hecho es que la turbulencia erótica corrió como una lava que cubrió todas las voluntades; nadie hizo nada para que las costumbres volvieran a su sitio como un agua creciente que se retira. Antes bien, todos de alguna manera contribuyeron a apuntalar las extremas libertades, la atmósfera de complicidad y, sobre todo, la certeza de una probada impunidad. Hasta en las pocas mujeres severas, despavoridas ante los acontecimientos, pudo más la curiosidad por ver hasta dónde llegaba esa especie de peste historiada que se pavoneaba como si su turbiedad diese relumbrones, que la decisión de arrojar cabos de salvación. Nadie hacía una pregunta ni un reproche. En general había un estado de amodorrada convivencia, algo así como una anestesia llameante.

A las vírgenes cuarentonas los ojos se les pusieron de grosella; al principio se limitaban a escuchar, a extraer las imágenes que de alguna manera desprendía esa masa de perturbación formada allí, y después se dejaron empujar por doña Aquilina, meter dentro del patio exuberante de verdor y sombras propicias; se dejaron llevar por la vieja hasta los brazos inagotables del huésped que lo había trastornado todo, con una misteriosa curiosidad, sin más resistencia que los pasos cortos, conscientes en su atolondramiento de que se atarían a un huracán. Él las trataba con una brutalidad un tanto despectiva irrigada de cortesía, y ellas se iban sin poder determinar después cómo habían salido de allí.

Y a la hora en que Eulogio Espoleta se sentía mejor asistido por todos los demonios y hacía retemblar la casa, su mujer se acercaba tímidamente al aljibe. Y siempre sucedía lo mismo: el ahogado estaba allí y ella comprendía sin saber por qué la inutilidad de ir en busca de auxilio; sabía —sin explicárselo— que si alguien lo sacaba, el cuerpo se desuniría antes de llegar al brocal y sin que nadie pudiera asir siquiera una partícula, y que el ahogado volvería a formarse en el pozo. Miraba durante algunos instantes, se volvía a la casa, se encerraba con la chica y le ponía trancas a las puertas, no por miedo al del pozo que no la molestaba siquiera con un gemido lúgubre sino por temor a que regresara su marido.

Las parras, las higueras, los citrus, las magnolias de la finca de don Tobías cobraron un vigor inusitado como si las estaciones estuvieran falseadas y aquél y en este sitio, no hubiese sido un otoño naturalmente esperado sino una primavera cósmica. A veces, uno que otro viernes, don Tobías colgaba de una rama su cabeza para orearla de tanta embebida infinitud.

Habían transcurrido exactamente dos meses de la muerte de Delfina Salvador.

Don Gervasio estaba hecho una plasta, y en algunas de sus partes parecía como si alguien lo hubiese espumado. No conseguía recobrarse del abandono en que estaba ni de la proximidad de esa primera habitación en una contigüidad sin excepciones, con sus flores, algunas secas y otras licuadas, sus cirios derrumbados y aquella tierra de desmoronamiento y resurrección; ese aire funesto que estaba obligado a padecer y el arrepentimiento de su migración, le habían hecho sentir que ésa era quizá la primera etapa de su condenación eterna. Comprendió que debía esforzarse por no sucumbir del todo en su aterrada pesadumbre de ciertas horas en que se crispaba convencido de que él era el único responsable de lo que le sucedía o, más exactamente, de lo que no le sucedía. Y para no concluir quién sabe en qué goterón mísero, trató de recobrar la curiosidad por el mundo, volver a percibir esa área de cinco o seis cuadras a la redonda y respirar los aires ajenos como el que está en un mirador, o más bien incorporarse a los aconteceres de los demás. Lo importante era que alguien perceptible habitara su tiempo hasta el desenlace propicio o aciago que necesariamente debería tener su situación.

Se quitó a fuerza de parpadear una legaña que le entorpecía la visión y tras una agitación intermitente se sacudió los pólenes de horror de esas flores cadavéricas y el humo que habían dejado los incinerados lutos de Delfina, esa fogata premonitoria. Se compuso como si alguien lo hubiese lavado y ordenado los vapores o, mejor dicho, la mica de que ahora parecía hecho porque estaba duro tal vez a consecuencia de la soledad. Cuando se sintió casi recobrado y de mejor humor miró en torno.

Y entonces vio.

Vio un friso, un bajorrelieve expresivo, viviente; vio la lava, el manto de ardor que cubría al pueblo, la fiebre erótica que los había contagiado a todos. No conseguía creer ni entender. Pensó que un vendaval lo había trasladado a otro país, a otra época, clavado a esa pared. Era imposible que su pueblo se hubiera transfigurado de esa manera, que sus gentes se avinieran a conformar esa dilatada superficie de pecado, a habitarla. Debía de ser cosa de la legaña, pero no, se la había sacado. Veía con claridad y, no obstante, dudaba de la veracidad de las imágenes. Pensó en una alucinación. Los fantasmas también se alucinan ante la visión del mundo vivo con sus sangres ordenadas y sus sangres caóticas y aceptó lo que él creyó la baraúnda en que había ido a parar su percepción objetiva. Y se puso a mirar el firmamento.

En su reclusión, en el lecho vertical donde yacía mostrando un borde de castigo y la suma de todas las soledades, el ánima de don Gervasio por poco se desclava. Hacía días que sólo miraba el firmamento ya que no podía ver a Paula, embelesado por la trasparencia del espacio y no porque fuese un ánima mojigata, pero esa noche la vastedad etérea le hizo sentir que la soledad de un ser puede ser también cósmica, y se aferró al mundo y miró en torno y acabó poniendo los blandos ojos en aquella casa. La impudicia sobrepasaba toda percepción y era difícil aislar sus imágenes como si se pretendiera fijar el agua en movimiento de un río, un sector de esa agua. Volvió a pensar en una deformación de la realidad y después dudó de las buenas condiciones de su vista: una lámina de humedad basta para provocar cambios fundamentales en la visión, pero comprobó que sus ojos estaban secos y que todo se le mostraba con nitidez. Llegó a la conclusión de que los hechos que presenciaba eran reales ya que pudo verificar, sometiéndola a diferentes pruebas, la consistencia de su lucidez, una consistencia enhiesta y una ubicación sin cambios. Y reconoció a unos y otros, y vio el solar de don Tobías con el blasón que deja un degüello bien ejecutado. Continuó mirando y vio y oyó, y aspiró el soplo vinoso y la indecencia que salían de aquella casa. Y en medio de la precipitación de las imágenes, los fuegos múltiples, los malos fuegos, los recintos vegetales con su simbolismo de pólenes activos, descubrió un sector central, el detalle protagónico de esa especie de tapiz viviente, y fue tal la estupefacción que los tirones dados por su incredulidad estuvieron a punto de liberarlo ya que los clavos se movieron ligeramente. Aprovechando la insinuada flojedad de los clavos intentó otro movimiento pero no consiguió nada porque los sacudimientos espontáneos son los únicos que valen para ponerlo a uno en libertad cuando la libertad no depende más que de uno mismo. Y la vio a la mujer de don Rufino Lucero áulicamente enlazada al garañón. En el friso la escena se destacaba, excedía su contorno.

Estaba anonadado, más por la condición insospechada de lo que ocurría que por el hecho en sí.

Poder disfrutar de una derrota de su contrincante de toda la vida aunque no fuese en las urnas electorales sino en el terreno de la más susceptible intimidad, le pareció a don Gervasio una compensación; sintió como si alguien le hubiese sacado los clavos para ponérselos a don Rufino en el sitio donde había sido derrotado con el cuidado con que se estaquea el cuero de un animalejo. Respiró hondo el aire que había allí y el que se había traído del otro mundo. Aguzó aún más la mirada y lo vio a don Rufino en su casa durmiendo como una mosca, no porque se hubiera posado en el cielo raso sino porque semejaba una manchita negra en las sábanas.

"Ese cabrón" —se dijo regocijado, con una sensación de desquite supremo. La inexpugnable fidelidad de Paula otorgó nuevas dimensiones a su victoria, que de alguna manera lo era pese a la diferencia de consistencias corpóreas. Y se encogió y dilató y semejaba una valva irisada por un relumbrón de sutil malicia. Su vindicación no había esperado tanto. Además el episodio de la casa incendiada —segundo pregón profético de Delfina Salvador— le había bastado. Trató de estirar los dedos de una mano y se dijo avivando aún más las luces maliciosas que lo irisaban: "Nadie tenía más razones que yo para desearle a don Rufino la derrota en su diversidad humana, la derrota, que nunca es un hecho aislado, con límites visibles, sino una descarga continua como si el hecho se desmenuzara después de producirse y siguiera sucediendo en cada una de sus partes. Nadie como yo ha sido víctima de su mala fe; sin embargo, no le hubiera deseado esto".

Debilitado su impulso compasivo, don Gervasio sintió que se le extendía una complicada sonrisa en la que despuntaban la diversión, la burla, y las formas de un resarcimiento superior al necesario.

Su estado anímico —que en él era lo único y el todo— cobró la actividad de la vivificación. También él necesitaba salir de alguna manera, aun quedándose ahí, de la atmósfera creada por Delfina, una atmósfera con peso mineral, estancada sobre su cabeza. Se le había desvanecido del todo aquella sensación de sus primeros tiempos de ánima en que se había sentido una esfumada madreperla; ahora pensaba en otras materias —mica, agua de cola, verdín, sales ferrosas—. Sí; precisaba evadirse por los intersticios de tantos hechos abrumadores y prestar atención a algún renuevo vital, cualquiera fuese su índole.

El espectáculo que se le ofrecía en torno era abigarrado, difícil de recoger en sus detalles; al principio le costó reconocer esos cuerpos sucumbidos los unos en los otros y después, a fuerza de afinar la parte malévola de la curiosidad, se encontró en condiciones de asignar nombre y caracteres individuales a cada exponente del inflamado cuadro. Más de una vez tuvo que padecer la parálisis de la incredulidad, como en el episodio de la mujer de don Rufino Lucero. Lo cierto es que un viento subjetivo se llevaba los colgajos de la virtud repudiada y esos colgajos se le agitaban en torno y lo mantenían en vilo; y no sólo eso, le aventaban los hollines y las cenizas de tanta tragedia y la austeridad a que se había condenado.

Puede afirmarse que los primeros días don Gervasio se divirtió. Llegó a recrearse constreñido por su necesidad de salir de esa bruma nefasta, y se aferró a una observación perspicaz y nada trascendente, cuidando que la cavilación no lo rociase con sus buenos y malos caldos. No se daba respiro, no le alcanzaba la dilatada visión tan impregnada de espacio para reparar en todo. Los aposentos se le trasparentaban, no sólo los de la finca de don Tobías sino también los de buena parte del pueblo que cabía en poco más que esas cinco o seis cuadras a la redonda. Había algunos islotes de castidad o de fidelidad pero eran reducidos, ya que pocos habían resistido la oleada infernal levantada de golpe. En las afueras del pueblo —su percepción hasta allí todavía no llegaba —Paula seguía en su fornido claustro integrado ahora por todo el jardín, y Zulema Balsa era la esposa extasiada de un espíritu. Pero fuera de esos islotes había tantas inesperadas y urgidas ligazones carnales que era imposible llevar el hilo, el más simple de los hilos que requiere una crónica sucinta. El tiempo a don Gervasio no le alcanzaba. "Y pensar que mi muerte fue un escándalo" —se decía insistentemente sintiendo que la inteligencia de nuevo le fosforescía. Su estado sobrenatural no le bastaba para descubrir el origen y las razones de esa lascivia en continua eclosión, tan súbita y que ordenaba sabiamente sus movimientos sin dar lugar a una agresión que no le fuese inherente y menos aún al arrepentimiento. "Debe de ser un fenómeno telúrico" —concluyó, y en seguida se dijo inmovilizado por una estupefacción que por momentos aumentaba su carga: "Aquí las mujeres se santiguaban después de ver los pechos cubiertos de Delfina como si hubiesen entrevisto un par de demonios, y ahora descubren los suyos disputándose a los hombres con una ferocidad que vaya a saber de dónde les ha brotado".

Para él todo debió de haber empezado cuando estuvo hecho una plasta después de la desaparición de Delfina. Querer desentrañar las causas de semejante conmoción sin haber asistido a su comienzo era inútil. Renunció a la complejidad del enigma y se dispuso a aceptar sus evidencias.

Empezó una noche más turbulenta que las otras. Doña Aquilina iba de un lado para otro dividiéndose y multiplicándose. El patio de la casa de don Tobías era un estanque de vino agitado por enlazamientos que parecían vindicar un ancestro humillado. Las higueras exudaban especies pecaminosas. La sangre del degollado goteaba de vez en cuando y por momentos caía en forma de una garúa caliente que se incorporaba a los arrebatos, a los derrumbamientos de la saciedad. Eulogio Espoleta se sentía reinar en una omnipotencia que abarcaba cada pulgada de su carne, y resoplaba cada vez con más fuerza, y su resuello resonaba en todo el pueblo y en sus afueras y a don Gervasio le traía el recuerdo de uno de esos ronquidos cósmicos que algunas veces lo habían sobresaltado en su ambular por cielos en formación. Parecía una convocación remotamente animal, una columna de formas humanas surgiendo de un yacimiento, de un pozo de frío inmovilizado para bullir, para integrar los fuegos barrosos de una sensualidad sin piedad para consigo misma.

Don Gervasio miraba asomado a sus clavos, por momentos hipnotizado, sin terminar de convencerse de que las cosas sucedían tal como las estaba viendo. Y tuvo que aceptar sin dubitaciones los hechos mientras conjeturaba que los infiernos se extienden rápidamente, mucho más que los paraísos; éstos son siempre ámbitos herméticos, una reserva sellada; los infiernos, en cambio, tienen el movimiento centrífugo de la dispersión.

Su diversión no le duró mucho; días más tarde empezó a sentir que ese clima lo asfixiaba. La curiosidad se le retrajo y se asió a la firmeza de la meditación y a su amor por Paula, lo único que poseía, su realidad quizá más honda y compleja que sus propios vapores. El pueblo le giraba en torno y pequeñas nubes vinosas se le instalaron en el pasillo. Se hacía reflexiones sobre esa luna que carecía de crecientes y menguantes y mostraba una forma que no correspondía a la tradición astronómica, al testimonio de la humanidad desde la primera noche del mundo, si es que esa noche hubo luna, y que debió de ser, más que una noche, una cifra, el múltiplo de un misterio. "Esto va a terminar mal —se dijo—. El pueblo parece una gigantesca fundición y todos saldrán con rebabas trágicas. Porque la lujuria debe tener a la par que su abismo su cielo propio. Cerrar un círculo a través de hundimientos y ascensiones. Cuando se haya consumido el fuego todos se mirarán como desconocidos, cada uno mirará al otro como a un desconocido que estuvo cobijado en su carne y permaneció en ella aislado y lejano. Y no recordarán más que esa lejanía compartida. Porque ninguno de ellos ha sido capaz de un hermoso erotismo, de un erotismo que es también comunión, un erotismo extasiado, creador, no cerrado al alma. Seguramente la bastedad lúbrica del bravucón lo ha impregnado todo. Y hay que reconocerle una vitalidad de jabalí ya que un sismo como éste no se provoca sin una avasallante animalidad, sin la suma de tantos resurgimientos atávicos. Pero esto va a terminar mal. Y no sé de qué manera ni cuando porque siento que la videncia se me ha aguado bastante".

Don Gervasio dio por terminada su meditación al menos por el momento. Puso en su lugar algunos vapores salidos de sitio y trató de aderezarse a fuerza de voluntad, con pequeñas volutas y una cierta irradiación que le quitó el aspecto de abandono como si acabara de rasurarse y ponerse ropa limpia, es decir, como si hubiera vuelto a ser el fantasma pulcro, casi atildado de sus dos encuentros con Paula. No obstante sus disquisiciones y su repudio, después de que se le consumiera la malicia de los primeros días, por momentos se lamentaba de no haber sido testigo corporal de todo lo que sucedía y, ocasionalmente partícipe, sin dejarse atosigar por tantos demonios sueltos; él hubiera merodeado esa baraúnda sin internarse mucho, una que otra incursión más festiva que erótica en el laberinto que prometían las calles de tierra con árboles bisbiseantes y portales vivamente historiados de procacidad. Casi de golpe volvió a su abatimiento de pobre espíritu colgado de una pared. Para que no se le escaldaran los ojos en la contemplación vergonzante los solía fijar en la humareda en la que Delfina Salvador se desintegraba lanzando minúsculas mariposas oscuras, agitando sábanas enturbiadas y un montón de símbolos embarullados, y pensaba que de haber estado ella con vida no sólo se habría metido en ese horno al rojo sino que habría dirigido el escándalo con el mismo espíritu de fatalidad con que animara las videncias de que se había apropiado.

Y trató de cubrir esas imágenes del celo que cae sobre sí mismo buscando su propio inexistente fondo, con las calcomanías de los árboles y arbustos del jardín que había hecho junto con Paula. "Un jardín creado entre dos que se aman sigue fluyendo y creciendo para siempre, de alguna manera", se dijo. Y las hortensias excesivas, el jacarandá, los eucaliptus azules, el jazmín del Paraguay, fueron fragmentos preciosos colocados pacientemente sobre el bajorrelieve sicalíptico, hasta la fusión de tallos y brazos, rostros y hojas —el aspecto que debió de tener el primer paraíso, anterior a toda referencia, todavía sumergido en la memoria de la especie.

Eulogio Espoleta seguía tomando el mal sol que desde hacía tiempo se licuaba sobre ese pueblo que había conformado sus propias leyes naturales, y pensaba en esa etapa de su destino, tan inesperada, y que no se hubiera atrevido a imaginar siquiera vagamente cuando estuvo tantos días y tantas noches con medio cuerpo frío metido en el aljibe de su casa, precisamente ese medio cuerpo que ahora le hervía como si en aquel entumecimiento le hubiera estado madurando una monstruosa semilla de deseo. Una sola vez tuvo un recuerdo para su hijastra y terminó pensando que era mejor que se la llevara otro; el miedo de volver a aguarse la sangre en el pozo lo privó de un segundo recuerdo. ¿Qué podía importarle la chica, tan estúpida como la madre, vista desde su farragosa poligamia? Por otra parte había conquistado fama y dominio. Se sentía colmado, con la sensación de una ubicuidad constante, como si al mismo tiempo estuviese en la casa de don Tobías que había hecho suya ya que los herederos del desierto no habían llegado, y en todas las casas del pueblo, continuamente desdoblado y vuelto a su unidad. Estaba casi saciado y miraba ese sol que le goteaba dentro, el mal sol que continuaba mostrándose al igual que esa luna jamás vista, el hongo rojo que por momentos parecía abrirse en los cuerpos enlazados. El anuncio de su posible saciedad —fugaz y mínimo como el anuncio de los cataclismos— lo hizo sentirse otra vez en el pozo, pero en seguida le dio un golpe a su miedo para no dejarlo crecer.

Hubo algún intento, aunque vago, de ahuyentar a los enraizados demonios invasores o, por lo menos, debilitar las encandecidas fuerzas que nadie sabía por qué ni cómo se habían desatado provocando en quienes las aceptaban una exaltación ritual, y en quienes las rechazaban círculos de anestesia en el habla, de los que algunos lograron salir para desear la restauración de las virtudes estragadas. Nadie pensó en que el milagro lo podía realizar Delfina Salvador cuya presencia no era visible y cuya muerte nadie hubiera podido probar, salvo doña Gaspara, a quien le quedaba todavía un andrajo de piel y, por consiguiente, algo de vida, puesto que ella moriría sólo cuando el esqueleto se le pelara del todo. Nadie se acordó de la casa de la santa, ni los que confiaban en devolver su autoridad a la virtud defenestrada ni los pecadores, ocupados éstos en descubrir siempre algo más y perderse en las formas de sus descubrimientos, ya que toda voluptuosidad es laberíntica.

La imagen de Delfina Salvador también se había carbonizado.

Al amanecer blancuzco de un viernes —don Gervasio estaba acoquinado en esa parcialidad semanal que le avivaba la nostalgia— hubo como un arrebato sombrío y angustioso, y el laberinto se complicó todavía más.

"Esto va tomando las proporciones de una descomunal amenaza" —se dijo el ánima. Y esa noche la luna apareció verde y más extrañamente fungiforme.

Eulogio Espoleta se dejó mojar mansamente por una nueva llovizna de sangre de don Tobías, preocupado ante la perspectiva de su saciedad. No quería volver a tener parches de piel de buey en los muslos y pensaba que para amarrar su lujuria debía atreverse a más, a una mancilla impiadosa. Y al día siguiente se estuvo sentado bajo las higueras, recogiendo de boca de las mujeres las variadas historias de unos y otros, sobre todo esas tan disímiles que unen con más fuerza que si sus trazos se hubiesen asemejado. Y en ese fluir de acaeceres, de anécdotas, en el centro mismo de la urdimbre biográfica que se fue tejiendo, apareció el nombre de Zulema Balsa. Apareció como una de esas lunas de alucinación.

—Es virgen. Y casada con un espíritu —dijo una de las mujeres.

Él había oído algunas repeticiones incoherentes de la historia.

—Es como si fuera una resucitada —explicó otra.

—Nadie se atrevería a tocarla.

Él rió. Se había envalentonado hasta el punto de estrangular su instinto de conservación. Embotado, cocinado en su lujuria, para él los espíritus habían dejado de existir, ése, el casado con la muchacha y el otro, el de José de los Aparecidos. Las palabras: "Nadie se atrevería a tocarla", se le clavaron en la carne y contuvieron su saciedad.

—¿Nadie del pueblo?

—Ni que estuvieran locos.

Las mujeres tenían los perfiles petrificados.

—Yo me atrevo —se jactó él.

Y la jactancia expresada así, brevemente, guardaba una orden que en otras circunstancias, de haber sido otro su objeto, no hubiera necesitado convertirse en una expresión explícita para provocar una instantánea obediencia. Pero esta vez las mujeres no se movieron, ni siquiera para mirarse entre sí. Seguían inmovilizadas por una suerte de miedo gigantesco que se cernía sobre sus cabezas y que quizá tenía relación con la amenaza descomunal que don Gervasio ya había intuido, o, por lo menos admitido como hecho probable.

—Quiero que me la traigan —mandó el bravucón.

La única que pudo incorporarse, encontrar fuerzas para salir de la paralización, fue doña Aquilina.

—¡Ésa no!

"Ésa no". Parecía un coro ya que las demás mujeres lo pensaron con la misma vehemencia que la vieja confirió a su grito. Un coro trágico, pausado, con esa monotonía grave de los aterrados, que golpean un mismo término y después, deshecha la palabra elegida, siguen golpeando sus restos.

Se produjo de pronto una especie de fisura profunda y hubo un sol de tinieblas, de tiniebla dorada, un sol de oro falso que se ha puesto negro.

Eulogio Espoleta se incorporó y echó a andar pesadamente. Traspuso ese aire que a la hora de la siesta daba la impresión de haberse solidificado hasta el punto de ser tangible y ofrecer resistencia; ese aire de aromas cansados, extenuados, y cuando salió de allí atravesó buena parte del pueblo hasta llegar a una calle de tierra, muy ancha, orientado por su instinto.

Las mujeres permanecieron en una inmovilidad que no admitió ningún cambio, con esas mismas palabras pronunciadas en su entendimiento y que ya no eran una advertencia sino una oración antigua, extraída de miedos remotos. Y ni siquiera se miraban, atentas a la contemplación de ese algo que no se había manifestado aún pero que se manifestaría quién sabe cómo, con qué formas, con qué manera de ser.

A don Gervasio lo despabiló una lágrima.

"La pureza siempre ha de ser atacada, puesta a prueba despiadadamente", se dijo sintiendo que esa lágrima era quizá la única que lo había acompañado, escapada de su lagrimal de muerto. No la había llorado por él ni por Paula. La última lágrima no se llora por uno mismo ni por otro; se llora por la impiedad.

Su percepción, de repente, fue más allá de aquel círculo de cinco o seis cuadras a la redonda que durante tanto tiempo tuvo la terquedad de un perímetro amurallado; cobró una longitud que le permitió divisar las proximidades del jardín de Paula, no el jardín, no la figura que ahora amaba desde su soledad cósmica, sino una cercanía llena de señales y rastros. Y lo vio a Eulogio Espoleta andando por una calle de tierra arenosa removida por el viento, por un viento que no le permitía avanzar sino esforzadamente; la calle que llevaba a la casa de Zulema Balsa.

diez

La polvareda lo azotaba. "No llego, no puedo llegar" —se dijo él sintiendo que se traicionaba a sí mismo. La calle era ésa y se veía la casa de la muchacha, pero era difícil avanzar un paso más. Al hombre las piernas le pesaban, entumecidas como cuando estuvo en el pozo con el agua hasta el vientre, aunque no era exactamente lo mismo; sin embargo sentía que estaba por ahogarse como cuando el agua le había llegado hasta la boca, un poco más arriba, pero esta vez se ahogaba en el polvo, en una sequedad esfumada que se le metía por los poros. "¡Sáquenme de aquí!", aulló. No conseguía dar un solo paso adelante ni retroceder. Levantó la cabeza como cuando estaba en el aljibe y vio tres, cuatro soles de un amarillo quemado, al mismo tiempo radiantes y tenebrosos, semejantes a ídolos escapados de los círculos que forma la superstición, malignos y duros, y quizás esa polvareda ahora estática provenía de ellos, de ese cielo de castigo que seguramente cubría al pueblo sin tener nada que ver con el cielo común a los demás, común a todos.

A Eulogio Espoleta el miedo le formó una túnica atenazante con la epidermis y los colores de una vitalidad echada a perder. "Sáquenme de aquí", seguía clamando pero ni siquiera alcanzaba a escucharse a sí mismo, no porque su voz careciera de energía sino porque el violento silencio circundante no se dejaba penetrar. La ropa se le puso como ropa de ahogado y se le cayó en trozos podridos y su desnudez de pronto agobiada tomó un verde amoratado y se le desprendió la piel también en trozos, pedazos que guardaban formas humanas y que echaron a volar en torno de él como un remolino de hojas secas, de humanas hojas secas, hasta enloquecerlo y proporcionarle la fuerza necesaria para salir de allí y echar a correr, no hacia la casa de la casada con un espíritu sino hacia el pueblo, con la esperanza de que aquello fuese una alucinación, algo que sólo se había dado en ese sitio. Y su piel a pedazos, verdosa, corrompida, su piel de ahogado que volaba, lo seguía, le giraba alrededor, se le adhería fragmentariamente y en seguida se le volvía a desprender.

Los soles, tres, cuatro, ahora cinco, le ardían en la carne roja.

El lujurioso desollado entró en el pueblo como un demonio, y no vio a nadie porque no había nadie en las calles; dentro de las casas todos estaban en una especie de letargo también verdoso como el de los ofidios. No acertaba con el camino de la casa de don Tobías porque la polvareda también estaba allí, a la altura de sus ojos y le impedía reconocer las calles, y sólo por momentos se abrían agujeros en el aire y podía ver y rectificar la dirección de sus pasos en carne viva; pero volvía a perderse y en realidad estaba en un dédalo pidiendo auxilio con una voz ya inexistente que le retumbaba dentro y lo dejaba lleno de ecos que más bien eran golpes de percusión.

El ánima de don Gervasio no advirtió en seguida, en cuanto se produjo ni a lo largo de la hora siguiente, esa especie de hibridación de lo sobrenatural con lo terreno, la forma extraña que había asumido el castigo, ni vio la pluralidad solar ni la carrera desesperada y continuamente corregida del desollado. Al divisarlo en la calle de Zulema Balsa, en camino hacia ella, se había retraído, aferrado a su última piedad, y después, para no querer ver, había entrado tanto en sí mismo que las cavilaciones lo cubrieron desordenadamente como formadas de afuera hacia adentro, y en el momento de empezar eso que debía de ser el fin o el comienzo de todo, se encontraba pensando en su biografía fantasmal, breve aún pero sobrecargada de historias; y sintió por primera vez que le molestaba su escaso tiempo de muerto —sólo meses— y experimentó también por primera vez el daño que le hacía la proximidad de su carne esquilmada —hubiese preferido ser el espíritu de un fósil oculto en un yacimiento—. Había llegado a hacer someramente un examen de sus probabilidades de liberación, y como las conclusiones fueran negativas se había sentido tan abatido que la mirada se le dirigió hacia adentro, hasta que recobró la calma natural de toda desolación y volvió a mirar en torno, pero no reparó en el espectáculo fantástico sino que trató de extender su visión hasta el jardín de Paula; y fue entonces cuando advirtió esa multiplicación de soles oscuramente bruñidos que por un instante le hizo creer que estaba otra vez en pleno cosmos, desclavado y volátil, y que su adherencia a la corteza terrenal había sido una forma de la nostalgia que tiene todo espíritu fresco. Pero en cuanto lo vio a Eulogio Espoleta en carne viva, recorriendo intrincadamente el pueblo, seguido y azotado por los pedazos de su piel volada, y descubrió el letargo que los había paralizado a todos, algo así como la extenuación de la especie, comprendió que sus clavos eran siete verdades. Que él continuaba allí, entrampado en el pasillo. Su forzado encierro era lo único que no había cambiado. Y para mayor comprobación de los visos de realidad de todo lo que sin duda estaba sucediendo, puso la mirada en la finca de don Tobías, el punto de referencia que podía demostrarle algo, y vio que la vertiente erótica se había secado del todo.

Meneó sus vapores más inocentes e hizo un movimiento como si respirara.

La vida humana vista desde afuera como él la había visto, puede parecer una actividad incomprensible. Cuando él se acercó al suelo terrenal después de haberlo abandonado, advirtió algo así como una pedrería infinitesimal. Entonces se había dicho: “Cada hombre es una luz encendida en un precipicio, en el que corresponde a su ser, en el que lleva consigo”.

Ahora veía los precipicios apagados pese a esa cantidad rebelde de soles. La inmovilidad de todos crecía en relación con la oscuridad que le daba sostén. El único aún dotado de movimiento era el desollado quizás a causa de las ráfagas provocadas por su piel en vuelo. Sí; ahora no quedaban sino esos precipicios humanos, oscuros como los espacios inútiles del cosmos. Y ese cielo, ese injerto de más allá con sus soles inmóviles de solsticio, y ese paisaje enajenante en el que todo aparecía como símbolos de la sequedad, la atmósfera, la gente, el tiempo contenido en ellas.

En la casa de don Tobías había olor a bodega exhausta, y la galería era semejante a un pasadizo cavado en la arena, derrumbado y vuelto a cavar, y se oía el rumor del fino desprendimiento de una arena que sin duda caía de esos soles de maleficio. De los techos empezaron a levantarse imágenes de lubricidad que en seguida se deformaban. Era como la evaporación de tanta cosa allí vertida.

Las muchachitas estaban dormidas con los ojos abiertos sobre el piso alfombrado de paño y sobre sus cuellos largos y finos caía una que otra gota de sangre, quizá la última garúa de lo que de alguna manera había quedado allí del degollado. Y bajo las higueras estaban doña Aquilina y las demás mujeres que la habían secundado, calcáreas, pulimentadas por el viento, por esa lija arenosa que lo descascaraba todo. Eulogio Espoleta proseguía su búsqueda en las calles que se habían enredado, acompañado por los andrajos de su piel verdosa que por momentos lo cubría parcialmente, y cuando pasaba frente a la casa de don Tobías la fachada se le mostraba diferente y no veía las magnolias, los citrus, las higueras, sólo un tapial falso. La carne viva se le había puesto de un rojo oscuro, la misma tonalidad triste de la mancha de sangre de Juan Ciriaco Fuentes. Sin embargo él estaba vivo, no era todavía un enorme grumo fácil de lavar con agua. Todavía no. Y andaba de un lado para el otro soltando de vez en cuando un bufido de bestia agónica, y hubo un momento en que la piel se le quedó enganchada en un árbol, y cuando volvió a pasar por ahí los pedazos traslúcidos tornaron a cubrirlo, pero desordenadamente; la piel de las manos le tapaba la cara, la de los pies los hombros, y él sentía que se cegaba y que alguien se le había plantado encima, y corría como llevando el peso de otro hombre, a duras penas, deteniéndose para tomar aliento y sin atreverse a mirar quién se le había puesto sobre los hombros, no a horcajadas sino de pie.

La noche lo encontró al despellejado andando todavía, y la piel, ahora entera, le volaba encima y alrededor como un mal espíritu. No hubo una sino tres, cuatro, cinco lunas en forma de hongo, lunas de desierto empavorecido de su soledad, cada una en el sitio donde habían estado los soles fijos.

Fue esa misma noche cuando a doña Gaspara se le desprendió el último pedazo de carne, lo que determinó que la vieja muriera con una pasividad vegetal, mientras el misterio que había creado en su tapera encendía su ojo de gallo sacrificado y se pulverizaba en los cacharros donde la superstición guardara sus materias preciosas.

Los hollines levantados desde el pajonal cayeron sobre sí mismos y cesó la columna de fuego.

"La desaparición de una señal inquietante que ha persistido puede ser más alarmante aún que su aparición", se temió el ánima de don Gervasio. Comprendía que se estaban fundiendo el fin y el principio de algo. Como si tácitamente lo hubiese aguardado no se anonadó ante el caos fantástico que presenciaba. Veía algo así como el substractum de la especie con su remota animalidad abatida, veía el tiempo primigenio, selvático, que cada uno trae consigo, el tiempo que uno no ha creado y que se niega a desaparecer. Y en seguida descubrió el signo dominante de las fuerzas que habían trastornado cielo y tierra en el pueblo. "Hay una sequedad apocalíptica —se dijo—, una sequedad que aumenta a cada instante. Todo terminará resumiéndose hasta la última aridez. Si esto continúa así no habrá jugo que pueda ser salvado. Las gentes parecen costras y quizá lo sean. Se ha desencadenado una condenación que quién sabe adónde va a llegar. A pulverizar cuerpos y rostros. Vaya a saber".

No había una tregua, un bálsamo. La sensación de que

todo se estaba calcinando perduraba. Don Gervasio mantenía esa especie de humedad que hacía posible su apariencia gelatinosa, señal de que hasta él no llegaba ese pequeño apocalipsis. Pero fuera de la imagen de agua de su inmaterialidad, es decir, fuera de sus vapores, no quedaba una gota. El paisaje vulcanizado mostraba su agresividad ya que la noche era clara y alargaba una luz suspendida a escasa altura del suelo, una luz falsa como las lunas y los soles y que probablemente no era luz sino un fundente dispuesto a caer sobre todos y provocar la fusión de ese cielo ilegítimo con los seres aletargados y el desollado en el fin y comienzo de su laberinto y que no se atrevía a tenderse en el suelo ni a sentarse en un umbral por miedo a que la tierra se lo tragara, como casi se lo traga aquella cisterna, cuando la sangre se le puso blanca. Pero entonces su piel lo resguardaba, y ahora era como si se hubiese salido de sí mismo, volcado en un desbordamiento bermejo.

Don Gervasio extendió su mirada a través de esa inmovilidad cuya excepción era el condenado sin piel que no acertaba con su puerta, y descubrió dos círculos de frescura: uno correspondía a la casa de Zulema Balsa y el otro al jardín de Paula, es decir, al jardín que había sido también suyo y que no dejaría de serlo porque lo que se ha amado es lo único que queda en uno, lo único con capacidad de incorporarse al propio ser no como una añadidura sino como algo inmanente. Sólo entonces advirtió que su mirada había penetrado ese recinto de gracia, de salvación, que las malas lunas mostraban con nitidez, no deformado bajo la luz falsa; pero aún no alcanzaba a distinguir la casa, la casa donde ella estaría en la clausura que se había impuesto como una manera de continuar siendo ella misma, ajena al enrevesamiento delirante del pueblo, ajena a él que había padecido más de lo que había hecho padecer, que en eso consiste toda expiación. Y no es que él se hubiera arrepentido. La expiación no es un ordenamiento ni un reniego, es otra manera de fluir. Por un instante pensó que la casa se había borrado en un lento y paciente desvanecimiento de cada una de sus líneas como si se tratara de un dibujo. Y también era posible que nunca hubiera existido fuera de él. Tuvo un temblor como si hubiese asumido de pronto la parte de vida que no llegó a cumplir.

El fantasma de don Tobías, recién llegado ese viernes de sequedad, optó por volverse, cuidando de que la imagen del cuerpo no tomara una dirección distinta a la de la cabeza, ya que es en los cielos donde se debe ser una unidad más que en la tierra donde es bueno tomar simultáneamente opuestas direcciones, y dividirse en dos o en más partes. El viejo patriarca en estado de espuma se despidió de las higueras.

A doña Aquilina en el estatismo la cara se le había vuelto mitológica, y cuando sintió que el tronco de la higuera bajo la que había quedado le golpeaba la espalda, la obligaba a moverse, se incorporó escudriñando la mistificación del cielo; y su movimiento fue la orden dada a los demás para salir del letargo.

La primera sensación experimentada por todos fue el roce de ese polvillo de desierto aventado que ahora componía la atmósfera del pueblo, y la primera necesidad, una sed trágica, de sobrevivientes en un mundo quemado. Una infinita necesidad de agua, de aguas profundas, bautismales. Las caras estaban erosionadas y no se miraban entre sí; cada uno contemplaba la irrealidad de las lunas proliferadas en forma de umbelas rojas, verdosas, con la esperanza de que el nuevo día trajera un solo sol, o quizá ninguno para que la sequedad no aumentara.

"Todo ser tiene dentro un desierto embrionario que a veces se confunde con una necesidad física de frescura", reflexionó don Gervasio mientras observaba a unos y otros en la búsqueda de un agua que no había, moviéndose como sonámbulos en ese aire de aridez que el único sol del nuevo día volvió más fuerte.

La piel de Eulogio Espoleta todavía volaba, pero él estaba tumbado en la calle de tierra que se perdía en el pajonal.

once

Los habitantes del pueblo parecían figuras de cerámica asomadas a los aljibes y deambulando de un pozo a otro para comprobar, sin excepción, que todos estaban secos. El único que no se hubiera atrevido a agarrarse a un brocal y meter la cabeza para ver, era Eulogio Espoleta, tumbado todavía en la calle y definitivamente desollado, ya que su piel había remontado un vuelo alto, como un hombre vacío después de desgravitarse.

"Sin embargo —meditó don Gervasio—, esta aridez ha alcanzado las condiciones extremas de una explosión. La sequedad va a estallar y vamos a ver qué es lo que guarda dentro. Quizá su correspondiente antagónico. No sería difícil que un agua tremenda estableciera la compensación. Debe de haber un diluvio maduro a punto de caer".

Pero se equivocaba, no en lo del agua sino en la fuente que la derramaría, porque no fue del cielo que fluyó, copiosa, inacabable, sino de las napas. El anuncio se hizo en los pies de todos, casi repentinamente. Primero fue una película húmeda extendida en el pueblo y en las afueras, y después un agua decidida que empezó a brotar con fuerza y a lavar las pisadas y las historias lascivas contenidas en cada rastro. La gente la bebió y se la echó encima, la absorbió con la avidez de frescura del barro cocido. Y las mujeres con aspecto de vasijas resquebrajadas se refrescaban la piel dando voces, chillidos de aves de estero, mientras los hombres observaban el fenómeno hidrológico no sin temor. El nivel líquido subía y tomaba la apariencia de una inundación, como si hubiese desbordado un río tremendo o caído un diluvio. Era la primera vez que presenciaban una inundación surgente y el hecho les pareció tan amenazante como la anterior calcinación. Las mujeres compusieron un alborozo pueril y quizá jugaban a la purificación, sin darse cuenta de que lo hacían.

Había un signo tranquilizador y era ese sol único, el mismo sol contemplado por los primeros ojos que se formaron en el mundo; sin embargo no bastaba para asegurar la confianza. El pueblo se había convertido en pocas horas en una inmensa vertiente, y en la calle donde había caído, Eulogio Espoleta pugnaba por incorporarse ya que el agua casi lo cubría, pero no podía, no encontraba asidero, y se revolvía en esa exudación de la tierra, en la capa de agua con olor rocoso que le dejaba al descubierto sólo parte de la cara, de su cara salvajemente roja.

"Esto sigue. Quién sabe hasta dónde" —pronosticó don Gervasio viendo cómo el pasillo se llenaba de agua y cómo en la primera habitación flotaban los restos podridos del milagro, la goma hinchada de burbujas en que se habían convertido algunas de las flores. No era la gotera temida, la que podía resucitarle el reuma; era algo peor. Estaba preocupado pensando en que los espíritus son entes aéreos y no acuáticos; se imaginaba más en el centro de una hoguera que sumergido en un baño. "Por otra parte —pensó—, esto será bueno para los que tuvieron el cuerpo tan impúdicamente caldeado, pero no para mí, descarnado como una idea. Además, todas las ideas, por el hecho de serlo, ya están lavadas. Pero hay un hecho. Y es que el agua ha llegado hasta aquí y no tendré más remedio que aceptarla, sentir que el mundo me lava todavía. Quizá deje de subir de un momento a otro".

Pero no. La crecida, que tenía la limpidez que otorga la proximidad de la roca, aumentaba sin pausa. Y parecía un agua impenetrable y dura, una lámina de luz solidificada, misteriosamente geológica. Poseía el brillo temible de un tesoro desenterrado y se advertía que su invasión era dominante más allá de toda expectación. Era un manso pero implacable diluvio arrevesado que en vez de caer subía como si alguien lo hubiese cambiado de posición. Las napas, las lluvias sepultas y ascendidas desde un lecho rocoso a través de terrones compactos o enrarecidos, salidas a la superficie como para respirar, lo impresionaron a don Gervasio más que los azules oscurísimos del espacio y que no pocas veces le habían dado la impresión de ser mares echados a volar.

El agua ya había entrado en todas las casas y por las calles formaba correntadas.

Eulogio Espoleta veía en torno de él a José de los Aparecidos flotar como una lámina dispersa. Cuando ese día su mujer se asomó al pozo, cosa que no había dejado de hacer desde la desaparición de su marido, el ahogado no estaba. Ahora se había instalado junto al otro sin pellejo y a punto de ser él también un ahogado. El cuerpo del mensú semejaba un camalote movedizo; sin duda, aguardaba algo. En cuanto Eulogio Espoleta dejó de respirar se lo llevó consigo en la correntada, guiándolo hasta quién sabe qué disolución. Quizá fue necesario ese espectáculo, un cortejo de dos, el uno verdoso y el otro de un rojo casi morado, para que la gente comprendiera, en la renovación de sus terrores, que no era cosa de permanecer allí. Ahora que el cielo estaba en paz el suelo se tornaba violento. Además la inundación hacía imposible el guarecerse en las casas, en cuyos interiores el agua había llegado a medio metro de altura.

Así como de alguna manera la gente había aceptado los cinco soles y las lunas falsas y los otros hechos que se sucedieron con la fuerza de la naturalidad sin dejar de ser incomprensibles, todos estuvieron de acuerdo en que esa afluencia líquida tenía algo o mucho de sobrenatural y que no era cosa de esperar a que las aguas invertidas terminaran por ahogarlos a todos, como ya acababa de suceder con uno porque al otro se le notaba que se había ahogado hacía años.

La condición tórrida del aire, ese verano inmiscuido avasalladoramente en el otoño que lo sucedió, había desaparecido desde la mañana para dar lugar al orden que instauran los primeros fríos, a la inactividad de los fermentos y a esa restricción de colores que se produce cuando el calor acaba de sucumbir.

Las mujeres se quejaron del frío y los hombres tomaron la decisión.

Empezó el éxodo inaugurado por Eulogio Espoleta que se iba bermejo y manso calles abajo, llevado por la correntada y por la mano podrida de José de los Aparecidos.

La creciente proseguía su ascensión como si el pueblo se hubiese hundido, vuelto un enorme pozo, o como si fuera posible que toda esa cantidad de agua pudiera estar a un metro, quién sabe cuánto aún, sobre el nivel del mar y no extenderse por la vasta llanura, más allá del pueblo. Es decir, continuaban las excepciones a las leyes naturales, raramente comprobadas por la humanidad y que cuando se muestran lo hacen siempre relacionadas con hechos mágicos con episodios de la naturaleza quizá tomados de las épocas que el hombre aún no testimoniaba.

El éxodo fue crispado. Era incomprensible observar cómo la gente se había quedado quieta, en una actitud expectante, con el agua más arriba de la cintura; quizá fue ése el nivel que necesitó la desesperación para manifestarse y actuar; se diría que, atentos a lo inexplicable de esa vertiente, del lago que no provenía del desbordamiento de un río ni de las lluvias sino de las napas, ninguno de ellos había medido el peligro en su dimensión probable. Y cuando lo hicieron en el ramalazo de una revelación tardía, se agarraron unos a otros como a maderos flotantes y emprendieron una huida dramática, sintiendo en los pies descalzos las bocas recién formadas de un lodazal hambriento.

Don Gervasio los miraba irse, ensayar pasos de batracio, despegar forzadamente los pies de ese lecho gomoso. A él el agua también le había llegado a la cintura, pero no lo había advertido, fija la mirada espectral en todas esas gentes que parecían los sobrevivientes de un naufragio, aunque no salvados aún. Era un hacinamiento ululante comparable al remolino lúbrico que habían conformado casi todos por la manera de oprimirse y enlazarse, aunque un remolino antagónico a aquel que despertara la furia de las aguas. Poco a poco la mancha humana se alejaba hacia distintas direcciones. "La salvación —se dijo don Gervasio— es imaginativa, no un punto de concentración sino una fuerza dispersiva como la que rige el estallido sideral. De adentro hacia afuera; de un centro de desesperación e imposibilidad de seguir siendo hacia zonas aptas, hacia el encuentro de una nueva soledad que hay que vencer. Cada uno elige una parte de ese contorno hasta donde no llegan las aguas". Miró con detenimiento el límite de la inundación; era un límite preciso contenido por elevaciones del terreno, y comprobó que su capacidad de percepción era mayor, que sobrepasaba el jardín de Paula con la casa en el centro y que hasta allí había llegado también la furia de las napas.

El pueblo había quedado desierto; no había una imagen humana que pudiera interponerse entre él y la visión de Paula, sólo la rama de huesos de doña Gaspara que flotaba plácidamente, pero eso no podía suscitar siquiera la rememoración de un ser humano; parecía más bien una blanca rama vegetal, de un blanco dulce, mecida con delicadeza por la corriente. "Es quizá su primer bienestar", se compadeció el ánima. Y dejó de mirar a esa nueva y antiquísima doña Gaspara traslúcida que ya no parecía una cabra arcaica sino una criatura espumosa, para buscarla a Paula, si es que aún estaba en el mundo. Don Gervasio ya tenía el agua a la altura de los hombros puesto que al anochecer el nivel había subido de golpe, y lo único que avizoró fue la penumbra líquida en que estaba sumergida la casa, una penumbra que no parecía hecha de destejida oscuridad sino de adioses y pesadumbres.

"Paula", dijo. Y se dejó hundir en sus nieblas como si él de golpe se hubiese convertido en una ciénaga y pudiese ser absorbido por una parte ignota y voraz de sí mismo. Si lo hubiera socorrido aún un resto de lucidez habría pensado que en todo ser hay una zona capaz de destruirlo y que en un momento dado hace posible la necesaria destrucción para dejar de soportar un mal quizá mayor que el propio aniquilamiento. Su súbita voluntad de no ser lo había vuelto más laminado aún, algo así como el espíritu de un espíritu. Había entrado en un enrarecimiento de sí mismo y la imagen de su casa sumergida quizá con Paula flotando por las habitaciones, con una Paula ida sola al más allá en un desencuentro infinitamente repetido, era lo único consciente en él, lo único que se le había adherido a las córneas implorantes. No veía nada más; no se había dado cuenta de que el agua le había llegado a los hombros lavando su casi crucifixión. Ni siquiera oyó el rumor de la frescura ni reparó en la desolación patética del pueblo abandonado por todos menos por él. Si hubiese podido pensar en algo se habría dicho: "Cuando un castigo excede su medida se convierte en un éxtasis, provoca las llamas de la inmolación". Pero él no tenía la fuerza de un soplo flamígero ni la que se necesita para la fosforescencia de las ánimas en pena.

El pasillo se había convertido en una cisterna y los vapores sobrenaturales de don Gervasio se entumecían como el medio cuerpo de Eulogio Espoleta cuando fue condenado al aljibe.

Era ya medianoche y la inundación había fijado su nivel; no subió pero tampoco descendió un milímetro. Todo ese volumen de frescura subterránea permaneció en un estancamiento monolítico. La inmersión le daba al pueblo un aspecto fantástico. Sólo había una cabeza fija en el lugar que le habían asignado: la del prócer de la plaza. La eternidad no la rescataba, no la hacía ascender hasta su ámbito —el picadillo de la gloria histórica queda en la tierra—. Y allí esa gloria se remojaba y quizás ablandaba su solemnidad. De la casa de don Tobías Abud salía un vapor como cuando se echa agua en una plancha de metal al rojo, y no caía allí una sola gota de sangre. El agua, seguramente, le había enjuagado para siempre la garganta a la imagen del degollado. Y más allá estaba la casa de Zulema Balsa, también deshabitada, sumergida en un sector de vertiente propia, como en un inmenso diamante líquido porque allí la inundación resplandecía pese a la oscuridad sin luna de esa noche.

El lago absolutamente inmóvil instalado en el pueblo no daba señales de decrecer. Poseía una tirante fijeza y el silencio era también tirante y nítido como el silencio que cubre los sacrificios y las devastaciones. Las aves, aun aquellas que festejan el agua, se habían sumado a la huida. Se puede decir que no había un solo ser vivo, ya que a don Gervasio no se lo podía considerar como tal.

Pero no. Estaba Paula.

Paula viva y vigilante, los ojos puestos en las copas de sus árboles. Paula, que se había negado a salir de allí porque estaba esperando al ánima de su marido. Esperándolo a él con una irradiante obstinación de adolescente. No flotaba en las aguas de las habitaciones, no tenía miedo. Al principio, en cuanto sintió brotar ese mar frío, buscó refugio en los muebles del comedor y después en la escalera y finalmente se guareció en el desván desde donde veía el jardín, sus sitios más amados y significativos totalmente inmersos, y veía cómo por momentos se trasparentaban las hortensias. No temió la noche en esa tabla de ahogado, un revoltijo de cosas en un espacio ínfimo complicado por las vigas del techo ni temió los días siguientes.

Si él hubiese podido abrir los ojos cegados por la imposibilidad del llanto, la habría visto, acurrucada entre maderos y enseres, más pequeña quizá, palpitante, un pájaro escapado de una tormenta. La habría visto a ella y todo lo demás, las huellas flotantes de los que se habían ido, las pisadas que navegaban como hojas llevadas por una corriente superpuesta. O era probable que no la descubriera a Paula en esa absurda buhardilla y que sólo viera el abandono y la ausencia. En ese caso, asistido por la propensión a las cavilaciones que tiene lo sobrenatural, se habría dicho: "Una ausencia que no se ha formado de manera progresiva, que se muestra de golpe como si en el lugar que de improviso ocupa se acabara de hacer un vacío físico, se parece en mucho a un suicidio. Sí; toda ausencia de alguna manera es el suicidio de alguien, de algo". Y habría continuado gravemente: "Cuando bajen las aguas, si es que bajan, las pisadas volverán al lugar de donde se desprendieron, y todo esto tomará el aspecto de la rememoración, el aspecto de inmensa soledad que tienen las excavaciones historiadas por rastros humanos. Será como si en este pueblo la vida hubiera cesado hace milenios. Todo éxodo deja una atmósfera de milenios tras de sí. No importa que un pueblo haya sido abandonado recientemente; en seguida, ni bien se pierde la imagen de los últimos en dejarlo, se recubre de una desolación antigua, mineralizada".

Tal vez habrían sido éstas sus meditaciones. Pero él no veía nada, asido con rigor a sí mismo, agarrado a su desesperanza como si hubiese estado obligado a aferrarse a lo más fuerte, a lo más duro, para no dejarse llevar por la disolución.

Ahora era un calamar; poseía los violáceos plateados de los moluscos. Algunos de sus vapores flotaban y sólo emergía su cabeza, una espectral testa abatida, caída sobre el hombro izquierdo. Por momentos, cuando su postración alcanzaba una totalidad sin resquicios para algún alivio, daba la impresión de ser un manojo de algas estrujadas por el vaivén oceánico, aunque allí el agua no se movía ni para dar señales de un retiro incipiente. Un calamar malherido con su bolsa de tinta agujereada, creándose su propia envolvente tiniebla, una tinta violeta que le ocultaba toda visión; y como si fuera poca esa tinta algo le había pinchado los ojos para que fluyera aún más el violeta espeso que de tal manera lo aislaba. No le quedaba otro remedio que mirar hacia adentro, y era allí donde veía la frustración de su eternidad, su regreso, si es que regresaba, a un cosmos inconmensurablemente grande para uno solo.

También podía suceder que terminara resumiéndose en ese pasillo donde se habían estrellado las ráfagas de infinitud que traía, y que concluyera en un ser unicelular, que mucho no le faltaba.

Cinco días después de que se produjera la descomunal afluencia de las napas con todo lo que ello significó también simbólicamente, llegaron los tres hijos varones de Paula —de Paula y el difunto, volatilizado, capturado y sumergido don Gervasio Urquiaga—. Tuvieron que escalar las aguas, sus paredones limítrofes arrollados por cascadas contiguas, y una vez escalado el metro y medio de altura de esa meseta líquida que había excedido el anillo de contención terrestre y que al parecer no lo necesitaba, tuvieron que descender a tierra firme para proveerse de una precaria embarcación, una balsa sucinta con la que emprendieron un nuevo escalamiento contra la corriente, es decir, a través de esas cascadas que de ninguna manera hacían bajar el nivel de la monstruosa inundación que los dejó alelados un largo tiempo en la parálisis de un justificado pavor que no impidió, sin embargo, que ellos se aventuraran. Ninguno de los tres hizo un solo comentario por instintiva precaución, temerosos de que las palabras que necesariamente pronunciarían, si hablaban del extraño fenómeno, terminarían por sellar su terror y perderlos, ahí, en ese alucinante lago sobre nivel o en un regreso precipitado.

Se habían propuesto rescatar a Paula.

Se cosieron los labios y avanzaron serenamente sobre la superficie luciente, ayudados de un palo, un improvisado remo que se hundía sin mover el agua. El mayor pensaba: "Esto parece cosa del demonio"; el menor se decía sin despegar los labios: "Quién sabe si de aquí salimos con vida" y el otro se repetía en el enmudecimiento que los tres habían convenido tácitamente: "De todos modos teníamos que venir. Aunque en vez de agua esto hubiese sido fuego". Y simultáneamente a sus reflexiones los tres se decían: "Ojalá esté viva. Quiera Dios que la encontremos. Debe de estar porque nadie la vio. Dicen que hubo un solo ahogado, aunque algunos vieron dos, como si uno se lo llevara al otro a favor de la corriente. Uno. Dos. Es lo mismo porque se trataba de dos hombres. Uno rojo y otro verde, dicen. Los habrán visto así a causa del espanto. Nadie vio a una mujer llevada por las aguas. Mamá debe de estar en el dormitorio, refugiada en su casa esperándonos. Sin alimentos durante estos días. No lo supimos en seguida. Nadie quería creer lo que decía la gente. Además se dijo que se salvaron todos menos uno o dos hombres. Nadie se acordó de ella. Permitía la entrada de las criadas sólo de vez en cuando. Prefería estar sola. Se negó a vivir con nosotros. Y la inundación la debió de encontrar sin la compañía de nadie. Ella debió acceder a nuestro ruego y dejar esa soledad. Pero no. Tuvo una testarudez incomprensible. ¿Qué esperaba encontrar todavía allí, en esa casa? Parecía una planta ambulando de un lado a otro. Debimos obligarla a dejar todo, forzarla a tomar una decisión —otra, no la que tomó ella—. Aquel mismo día debimos arrancarla de aquí. Después de la muerte de papá sólo le quedábamos nosotros". "¡No!"—habría protestado don Gervasio si hubiese estado en condiciones de prestar atención; y habría replicado: "Yo represento su compañía trascendente, su única posible consustanciación". Pero él seguía envuelto en la tiniebla que se había creado, seguro como estaba de que su encuentro con Paula ya pertenecía sólo a una casualidad cósmica.

La balsa entró en los riachos formados en la arboleda; hubo que tener no poca pericia en el manejo del remo para no quedar atrapados en las cuevas acuosas, en el verdor flotante, que se habían vuelto tan complicados. Las grandes ramas los obligaban a retroceder, a dar largos rodeos, y por momentos, una vez circundada una copa profusa, la casa se les aparecía como una visión. La casa emergía como una deidad lacustre, blanca e irreal. Lo único real era el laberinto líquido con esos verdores enmarañados y esa impenetrabilidad que surgía de todos lados. Y seguramente había trampas, horquetas expectantes. Por fin pudieron aproximarse y entrar por la boca del pórtico. No tuvieron necesidad de abrir las puertas —el agua ya las había forzado— y la balsa se deslizó por el comedor, sobre la mesa que los había reunido a todos, los tiempos anteriores a la dispersión —la mesa, ese recinto de ceremonias, de comuniones, un rectángulo oscuro que se trasparentaba sin los almidones de los manteles calados, sin los objetos del rito—. Nada flotaba; allí todo había quedado enraizado con fuerza. Siguieron por el resto de la planta baja llamándola a gritos.

Ella se sintió temblar pero en sueños. Estaba acurrucada y dormida en la posición de los que tienen frío y se duermen en los umbrales.

—¡Mamá, mamá!

Siempre dentro de su sueño, sin salir un instante siquiera

para verificar la realidad, los vio saltar de la balsa y agarrarse a los peldaños de la escalera. Los tres treparon, zancudos como eran, en menos tiempo que el que les demandó el más ansioso de sus gritos. Porque ella debía de estar allí, en el dormitorio, quizás extenuada, sin fuerzas para responder. Traspusieron la puerta con coraje. No estaba. Sin embargo no era posible que no estuviera. ¿En qué otro sitio de la casa? Sí; la debieron llevar aquel día, obligarla a vivir con ellos.

Paula los miraba. Era un hermoso sueño el suyo y era también, exactamente, lo que estaba sucediendo cerca de ella y en ese momento. Tenía deseos de gritar: "Aquí estoy" pero permaneció acurrucada, con una rara vivacidad interior, viendo con los ojos de una felicidad hostigante, de una felicidad abierta en dos para mostrarse por dentro, cómo ellos la buscaban, cómo exploraban la inundación para rescatarla. Pero ella estaba bien ahí y no quería irse. Se sentía, en ese escondite, cumpliendo la parte dramática de un juego. "¡Aquí estoy!", decía, pero la voz se le quedaba encerrada en su sueño como dentro de un globo blanco y no conseguía hacerlo reventar porque era pequeña, más que una voz una manera de despedirse.

De pronto Leandro, el mayor, se encaramó a eso que podía llamarse desván, de tan sofocada arquitectura, y Paula en su sueño recordó que Leandro a los doce años, en ese mismo sitio, había tenido una mala caída.

—¡No subas, no subas!

Se lo gritaba dentro del globo blanco en el que estaba metida y ella era la única que podía oírse; y en el sueño el muchacho volvía a tener doce años.

—¡No subas!

Él trastabilló y se agarró de una alfajía.

Echó un vistazo descreído; era ilógico pensar que ella hubiese podido llegar hasta allí, preferir ese recoveco saturado de cales viejas al dormitorio; y era también desatinado suponer que habían bastado una columna de madera dura y un trasto para ocultarla. De un salto dejó la buhardilla y volvió al dormitorio donde sus hermanos miraban las ropas de ella y la cama arreglada como si nadie se hubiese acostado nunca, una cama solemne con demasiadas almohadas frías, ninguna de las cuales mostraba la señal que deja una cabeza dormida ni el hueco sin fondo que deja una cabeza insomne. Sin embargo, todo lo que se podía reconocer allí, más aún, recoger, era el insomnio de Paula.

Bajaron hasta el escalón a cuya altura habían amarrado la precaria balsa y volvieron a navegar las habitaciones de abajo en las que se había formado una espuma apacible y doméstica. Sus clamores habían alcanzado una intensidad dolorosa. Paula sonreía. Y se decía, siempre metida en ese globo de párpados blancos: "Han venido a visitarme. Me han traído un río de regalo. ¿Pero cómo nos sentaremos a la mesa con este río adentro de la casa?"

Volvieron al jardín, al laberinto angustioso, y ya se les empezaba a formar en los ojos una horrible imagen verdosa creada por el miedo de encontrarla flotando. Giraban patéticamente alrededor de los mismos árboles creyendo que eran otros, se deslizaban escudriñando todos los asideros, las vigorosas horquetas, las copas propicias. Cuevas y túneles improvisados en el verdor fueron revisados, y cuando ya estaban en un extremo del jardín creyeron verla flotar pavorosamente pero eran sólo hojas amarillentas que habían compuesto una figura humana.

Al anochecer abandonaron la búsqueda que había sido por momentos un itinerario delirante y atravesaron la meseta acuosa hasta trasponer ese aro de inclemencia sobrenatural que contenía las aguas.

Paula despertó con las córneas totalmente azules como cuando se ha tenido un sueño hermoso simultáneo a una realidad que lo refracta, como si un hecho pudiera desdoblarse y acaecer dentro y fuera de uno con las mismas circunstancias y al mismo tiempo. Comprendió que ese aire había sido respirado por sus hijos. Lo comprendió, y los azules de las córneas se le volvieron interiores.

Al día siguiente las aguas empezaron a descender. Al mediodía a don Gervasio le llegaban hasta la mitad del pecho y se mantuvieron en su nuevo nivel dos días más. Fue tal vez ese cambio el que lo sacó de su abatimiento que no se diferenciaba de un estado de inconsciencia, muy difícil de ser experimentado por un espíritu, aunque no imposible. Despegó los párpados y se vio reflejado en el agua, sólo la cabeza y hasta parte del pecho donde presumiblemente debieron estar los dos primeros pares de costillas, esas irrecuperables costillas bien construidas que no le sirvieron para nada la noche del entrevero. "He aquí la trampa: los espacios intercostales", se habría dicho en el caso de ponerse a pensar en eso, y habría agregado a modo de conclusión: "El corazón debería ser una tortuga con un buen caparazón y contorno retráctil". Pero estaba absorto contemplándose como si se viera por primera vez. Y en realidad era la primera vez ya que en estado de espíritu no se había visto nunca. Se miró con curiosidad. Sí; eso era él, ese trasfondo de algo que había sido y que se reflejaba con la actitud azorada de la levedad, produciendo la imagen borrosa de lo que es intrínsecamente complejo. Un fantasma no es un soplo simple, es una ecuación, una síntesis, un número aún no determinado de esencias con posibilidades de eternidad, la perduración de un yo nostálgico que ha salvado una unidad heroica, el vapor de un hondo llanto humano no vertido. En otras circunstancias don Gervasio se habría hallado infinidad de definiciones pero no estaba para emprendérselas con un lenguaje metafísico que lo llevaría lejos sin sacarlo de allí. Claro que se reconoció en seguida pero con la sensación de que estaba hueco, aunque era precisamente lo contrario puesto que lo que había quedado de él era el contenido. Lo que sucede es que un contenido suelto, sin envolturas, se parece a la oquedad. Observó con preocupación lo demacrado que estaba, desnutrido del único alimento de que podía disponer: la voluntad de seguir siendo. Tenía un algo de inminente suicida pero él ya sabía que los espíritus carecen de la facultad de provocarse un suicidio fulmíneo, inmediato; sólo les queda aguardar su turno en la disgregación de un yo consumido como un pabilo si es que han elegido la soledad o la soledad los ha elegido a ellos. De todos modos era él, continuaba siéndolo, sólo que tan difuso. Se vio incoloro, mejor dicho demasiado lavado, apagadas las fosforescencias y desteñidas las levísimas tonalidades que había traído y que quizá no eran otras que las que habían correspondido a su aura antes de descarnarse.

En cuanto volvió a observarse le empezaron a efervescer las ideas. "Las ánimas no poseemos nada de espeluznante —se dijo—. Es incomprensible. ¿Cómo puede espantar una niebla con algún nimbo lechoso y quizá con mirada argentada? Después de todo no carecemos de cierta belleza. Es que las esencias asustan siempre. El ojo humano está habituado a las cortezas, a los envoltorios, y en cuanto ve un contenido en libre desnudez cree que se ha asomado a un precipicio. Y tiembla. La desnudez lo ha hecho temblar siempre". No cesaba de contemplarse; y después se dijo concediéndose un pequeño regodeo: "Pese a mi decaimiento conservo mi gallardía. Lástima que no se me haya corregido el vigor de la nariz. Sin duda, las correcciones que se producen en el semblante fantasmal no son visibles hasta el último momento —pertenecen a las labores de la eternidad o a los ácidos de la nada—. De todos modos me he visto y es como si hubiera dejado de estar solo en este páramo de agua. Y pensar que antes le temía a la gotera. Es que en el fondo deseaba la reaparición de mi reuma para sentirme vivo aunque sólo fuera en una molestia de la carne". Intentó sacudir la parte de pecho emergido con un movimiento de ave lacustre y se quedó tan rígido como había estado en todo ese tiempo de esclavitud. Después miró en torno. Las napas fluidas a un metro y medio de la superficie en un terco nivel que había cedido sólo veinte centímetros de la altura, parecían poseer un resplandor de ascua. Y él de pronto sintió la frescura como si en todo ese tiempo hubiese estado sobre cenizas calientes. "Esta agua lustral —se dijo, y añadió con una mezcla de melancolía y condenación—. En esta agua se ha sumergido un tizón como en toda agua lustral pero no tomado de la hoguera del sacrificio sino de la hoguera carnal que, de haber durado, me habría consumido también a mí, de alguna manera. La lujuria ha tenido su baño purificador, pero lo tremendo es comprobar que todos los baños purificadores dejan un desierto. Cuando se lava demasiado se socava hasta las raíces. Del bajorrelieve no ha quedado ni un trozo de piel inocente, que los habrá habido, ni el ojo apagado de don Rufino. Toda purificación que pretenda ser absoluta implica una catástrofe. El hervor erótico hubiera terminado por consumirlos a todos, es verdad, pero algo hubiera quedado; esto, en cambio, es un desierto, una inmensidad hacia lo hondo cuya perduración no puede preverse. Cuando el castigo se instala lo hace siempre con holgura. Y no es difícil que hasta las casas terminen por disolverse. Sin embargo, hay una luminosidad que quizá debieron de tener las primeras aguas en aparecer a los ojos del hombre. Hay una incertidumbre de creación que aún no ha encontrado su forma. Quién sabe. Es como si estuviera otra vez en el más allá, próximo a la formación de una partícula viva hecha a imagen y semejanza de todas las formas vivas. Es como si pudiera respirar algo que está por nacer".

Se quedó extasiado sintiendo que el remojamiento empezaba a serle beneficioso. Y además tenía la impresión de que había dejado de ser plano y había cobrado una cierta convexidad quizá debida al encogimiento de sus bordes, o bien la sensación era inversa y experimentaba el resguardo de la concavidad, y parecía una valva. Su último grumo colérico terminó por disolverse así como los grises plomizos de su depresión acabaron por esfumarse en las cuatro paredes del pasillo. Se sintió remozado en su estanque y no por adaptación. "Éstas son buenas aguas" —se dijo finalmente quizá porque adivinaba la existencia de alguna señal alentadora o porque estaba convencido de que cuando se está en una trampa sin salida posible es mejor contemplar el brillo sobado de sus metales y aspirar el olor de sus maderos que desesperarse. Se negó, pues, a ser una infusión, a incorporarse a ese silencio de estepa en que se había convertido el pueblo, y todo cuanto pensó lo dijo en voz alta. Se consideraba aún un espíritu fértil, lleno de buena voluntad para seguir siendo activo, con fuerzas para enfrentar el drama cósmico y participar de sus eclosiones radiantes y de sus temporarias lobregueces hacia la concentración de una unidad humana, de un yo perfectamente recortado y encarnado, de un yo que no parte de uno sino de dos.

Cuando se estremecía le salían como tentáculos de burbujas, pero lo importante era que no se había disuelto. Dos días después el agua le llegaba a la cintura. Sólo oía un rumor de roedor dulce, el ruidito de la esperanza, oía la herrumbre avanzar en sus clavos. "Quizá terminen por deshacerse —se dijo—. La herrumbre también puede ser causa y símbolo de liberación, una suma de óxidos propicios".

Y de pronto se sintió como de ámbar, hecho de la resina fósil buena contra los estragos del agua, contra todos menos ése, el de la herrumbre redentora cuyo progresivo rumor escuchaba, el rumor de un saqueo dichoso en siete partes de su ser. Pero la liberación sin Paula sería un temporario deambular hasta el punto de fricción que habría de desintegrarlo. "Pobres mis meteoritos estériles, pobre mi unidad desperdigada. Que en eso voy a acabar si Paula no se me cruza por éste o por los otros mundos". Y en cuanto hubo pensado que su liberación no dependía sólo de esos siete focos de óxido extendió su mirada hasta aquel jardín que había tomado el aspecto de un color remoto y lo miró sin esperanza, convencido de que era imposible que ella estuviese allí después de la crecida de las aguas, sola en ese caos silencioso. Y vio emerger la casa como una isla límpida, un trozo de incandescencia colocado en el centro de algo que se estaba formando y que él no alcanzaba a precisar. La mirada se le quedó en las paredes exteriores tratando de hendirse y entrar, y cuando por fin pudo hacerlo, don Gervasio sintió el roce de una huyente divinidad en las pupilas.

No tuvo necesidad de escudriñar, de recorrer unas y otras habitaciones, de salir por una puerta y entrar por otra. La mirada de él se dirigió sola, conducida, sin erráticas vacilaciones, a esa especie de buharda en donde ella se había guarecido y desde donde miraba los humosos eucaliptus cinerea. La vio acurrucada, los ojos obsesivos y las manos titilantes de yesos desprendidos y centellas de cales escapadas de las viejas paredes. "Dios mío", susurró y se dejó invadir por el anverso de la felicidad que no es lo contrario sino su parte no revelada, su parte oscura, incierta. Ni siquiera tuvo fuerzas para intentar desclavarse. Paula estaba allí. Ella y él eran los únicos habitantes de ese desierto acuoso. Estaba rígido, sintiendo que la felicidad puede ser una carga dolorosa.

Las aguas ahora le llegaban a las rodillas.

Por fin consiguió temblar, señal de que recuperaba sus facultades. Hizo la tentativa de un movimiento brusco pero no se salió de sus clavos. Sólo temía que ella se dejase morir en ese recoveco antes de que él pudiese estar a su lado. "Tal vez no sabe que se ha quedado sola en el pueblo. Si llegara a sospecharlo quién sabe qué miedo la paralizaría" —suponía él porque no se atrevía a pensar que Paula sí lo sabía, que las criadas, cuando fueron a buscarla, no pudieron sacarla del comedor donde se había refugiado al principio, hasta que encontró su escondite, y que se había negado a salir de allí porque esperaba verlo retornar entre sus árboles, un viernes o un día no innominado. No se atrevía a imaginar el perdón de ella. Aún le transcurrían dentro los dos viernes de las recriminaciones y aquellos otros de un encierro no menos incriminatorio.

Hay una parte intransferible del yo donde se elabora la nostalgia, donde el desencanto cobra la forma de un ángel que ha sido desmenuzado. Allí se llevan a cabo trémulas hecatombes. Quizá se trate de un sitio que ni siquiera puede ser señalado, la última concentración posible del ser. Y don Gervasio se sentía resumido en esa zona mínima, y desde allí, desde ese punto rezumante que no puede ser mostrado a nadie sin que una nubosidad protectora lo aísle, él se tendía hacia Paula.

Cuatro días después las aguas le llegaban a los tobillos. Se puede decir que el estanque donde estaba se había vaciado. Quedaba una capa fulgente y las cosas empezaron a respirar, a ventilarse con avidez. La meseta líquida había cedido, y de las napas afloradas, de las innumerables lluvias tragadas por la tierra y devueltas a la luz, sólo perduraba una planicie clarísima de veinte centímetros de espesor. Por esa agua se hubiera podido andar sin esfuerzo, pero nadie lo hacía. La gente, del otro lado del límite circular de la inundación, veía cómo regresaban al subsuelo, cómo la permeabilidad tomaba la apariencia de un milagro; sin embargo nadie se atrevió a trasponer ese aro divisorio, nadie se atrevió a invertir los términos del éxodo y tomar posesión de lo que le pertenecía. Todos temieron que la reversión de leyes naturales volviera a manifestarse de una u otra manera. Había que esperar a que el tiempo ajustara un orden sin sobresaltos, sin fenómenos inauditos, esperar a que los días aventaran tanto los maleficios como los milagros. La frescura había borrado todos los recuerdos sicalípticos y era muy improbable que alguien pudiera reconstruir un solo hecho de los que habían animado aquel friso rojo; nadie recordaba nada, ni siquiera las muchachitas de don Tobías y menos aún el engallado y desollado Eulogio Espoleta del que no quedaba ni una lámina de su cuerpo de ahogado y que fue el que desencadenó las fuerzas que desorganizaron la fracción del cielo correspondiente al pueblo y la turbiedad viscosa en la que se aventuraron todos; eso, sin considerar que la verdadera causa de todo pudo haber sido más bien la cautividad de esa ánima a punto de agostarse en su malaventura. El hecho es que, sin aproximarse mucho, todos vieron descender las aguas y ninguno dio un paso para regresar al pueblo.

De no haberlo impedido la sujeción de esas clavaduras endemoniadas, él hubiera podido deslizarse por las calles y a plena luz con el derecho de un tránsito libre y sin consecuencias aterradoras como cuando andaba por esas inmensidades, no con el paso ingrávido y subrepticio del aparecido sino tratando de pisar firme como si su carne apiadada de su soledad volviera a recubrirlo y, en cierta forma, a protegerlo del mundo.

Ahora, por lo menos, podía verla a Paula. Y esa distancia —no más de quince cuadras— era para él mayor que las infinitudes recorridas en el más allá. En esas quince cuadras cabían todas las lejanías del cosmos. Él estaba en la otra orilla de la eternidad. Los siete clavos, que ahora sentía candentes y tan profundizados, y ese infinito de quince cuadras lo separaban de su eternidad. Y no tenía más remedio que asumir sus desgarraduras, tan desprovisto de todo que ni siquiera podía sangrar por una herida elegida entre las que se le empezaron a abrir cuando la vio a ella y se sintió de veras crucificado. Era como decir: "Quiero ir hacia ti y tengo los pies clavados. Quiero acariciarte pero mis manos están traspasadas por dos clavos, y tengo dos más en los hombros y uno en el pecho, el que más me martiriza, el que convoca todas mis desgarraduras. Y te amo desde estos siete fosos sabiendo que después de nuestro desencuentro habrá dos vacíos, uno para cada uno".

No era cosa de suponer que ella saldría de allí a recorrer el pueblo abandonado y que entraría en todas las casas, también en la de Delfina. No; se estaría en su jardín y acaso aguardándolo. En cuanto tuvo esta revelación don Gervasio recuperó los azules brillantes de sus primeros tiempos de espíritu, cuando salió de la tierra lanzado como un meteoro que se dirige directamente a la eternidad, compartiendo el entusiasmo de las ánimas nuevas que no han descubierto aún que la eternidad no es una región sino una lúcida conjunción amorosa, una mutable y férvida simbiosis. En cuanto pensó que Paula estaba allí, que había afrontado los cielos mistificados, el cataclismo de esas napas surgentes, y que se había negado al éxodo, quizá porque esperaba verlo aparecer entre sus árboles y acompañarlo, don Gervasio sintió que de sus desgarraduras le brotaba un hilo de luz, esa forma de llanto que tiene la felicidad cuando ha recibido algo y está imposibilitada de dar y mostrarse. Estaba dispuesto a ofrecerle su parte de eternidad, a morir por ella, ¿pero cómo? A los espíritus les están vedados los holocaustos. Los sacrificios son absolutamente humanos, hasta tal punto que él ni siquiera podía asumir la nada en la que ella dejaría de ser si el desencuentro terminaba por ser definitivo. Y nunca como en ese momento se sintió una mera esencia, privado de grandeza, agotada su capacidad de sacrificio a causa de su descarnadura. "Todo está en el hombre" —pensó, y fue precisamente su imposibilidad de sacrificio lo que le hizo medir en cuánto la muerte lo había despojado.

Paula dejó ese lugar. No tuvo necesidad de mantener las manos crispadas en torno de un madero que quizás estaba podrido pero cuya verticalidad la había hecho sentirse segura. Se sacudió las cales y se agarró de un trasto y otro para bajar.

Apenas se detuvo en el dormitorio; no tenía sueño, el sueño pertenecía a otras épocas de su vida; ahora pensaba que su tiempo debía ser activo y vigilante. Desde la ventana del dormitorio miró el jardín. El agua cubría apenas algunas raíces calientes y formaba un suelo plateado. Salió. Sólo cuando estuvo afuera se dio cuenta de que las plantas habían crecido monstruosamente. "Una selva" —pensó—. Una selva que acababa de estallar en verdores desorbitados, que acababa de poner en movimiento pólenes y jugos como si una cantidad de antiguas y voraces primaveras se hubiese precipitado allí. Zumos que escalaban leños tremendos y el zumbido del verdor. ¿Qué estación era? Paula no lograba precisarlo. El otoño que debió haber correspondido a ese tiempo no aparecía con ninguna de sus mutilaciones. No se veía en los árboles un solo muñón. "Qué hermoso —pensó ella—. Parece el fondo de un paraíso".

Desde su cautividad, más exactamente, desde la condición agresora de su forzada cautividad, don Gervasio la veía y comprobaba la casi desaparición de las aguas un tanto consoladamente debido a su naturaleza poco hidrófila. Ahora, en realidad, lo que quedaba era más bien un resplandor en el suelo.

Él no sabía hasta qué punto eso podía denominarse agua. Y lo más curioso era que el pasillo no tuviera el olor ni la sordidez de la humedad; todo parecía más claro y hasta aquella complicada primera habitación estaba limpia —la inundación la había lavado por dentro, había enjuagado sus residuos de muerte.

Pese a estar seguro de que Paula no podía verlo como él la veía a ella don Gervasio trató de proporcionar a sus vapores una cierta gallardía. Pero le fue difícil. Se revistió de la timidez con que el amor signa a sus criaturas. También a él la inundación, esa vertiente purificadora, le había disuelto algo, gran parte de la memoria de Delfina Salvador. Hubo un momento que llegó a preguntarse qué lugar era ése y en qué circunstancias había ido a parar allí. Lo único que ocupaba el espacio abarcado por su conciencia era saber que ése era su pueblo y aquélla su casa y que la amaba a Paula más de lo que la había amado en vida.

Al día siguiente todo rastro de agua había desaparecido, y

la vio a ella caminar en su selva que no cesaba de crecer, de invadirse a sí misma, en su selva de hortensias gigantescas que se abrían en la totalidad del suelo con una fuerza de impulsivas edades geológicas, un sector de creación que ha aglomerado sus materias y sus formas para empezar a diferenciarlas. Humedad y calor de suelos potentes que han comenzado a estallar, y a la vez un edén dulcemente exprimido. Paula caminaba sobre sus flores.

Había absorbido toda su lozanía y regresado a sus fuentes. Semejaba una Eva desprovista de tiempo mortal. Tenía el aspecto de una adolescente y quizá lo era, lo era una vez más al cabo de sus edades. Tenía la adolescencia que es el fondo inmanente del amor, y lo buscaba a él, no ya su aparición sino su persistencia, los sitios que él había amado más de ese jardín y donde ella podía volver a ubicarlo como si lo extrajera de un lugar vedado a todos menos a ella y lo ayudara a quedarse de pie contra un tronco. Sentía esa parte del amor que es capaz de revivir, la parte resistente del amor, la que no sólo contiene nuestra perduración sino que la fortifica.

Estaba aprendiendo a conocer su edén y no era fácil. Un paraíso posee la complejidad de la delicadeza y también su sucesión de fondos; cuando se ha visto uno se advierte que debajo hay otro, y luego otro, en una inacabable superposición de trasparencias. Ella estaba en la tarea de descubrir esa multiplicidad que no existía sólo en el encantamiento de la torrencial vegetación; en cada hoja veía un rastro de él como si su mano hubiese tenido el tiempo mortal de permanecer una hora en cada una. Y buscaba los lugares señalados en su memoria pero no lo conseguía porque allí todo desbordaba ahora en un entrelazamiento hiperbólico. Hasta le costó trabajo reconocer el jacarandá, una mole azul cuyo tamaño antes hubiera abarcado la mitad del jardín, pero ahora en esa media hectárea había espacio para una selva proliferada que podía cubrir una extensión por lo menos diez veces mayor.

Sí; eso era un fragmento de creación que hace sus primeras experiencias y Paula caminaba sobre los orígenes. ¿Quién ha vivido allí antes? Nadie. Sentía la frescura de un suelo nuevo, diferente. Es que un paraíso tiene sus materias propias; no se construye con cualquier tierra: sus materias debieron testimoniar algún sacrificio, debieron recogerlo. Y después esa invasión exagerada de pájaros.

No volvió al interior de la casa. Se quedó allí como debajo de una cúpula sintiendo que comenzaba una noche lechosa, una noche tibia y mansa, adicta.

Don Gervasio prestaba atención al rumor de esos siete óxidos benéficos. Se estaba produciendo en los clavos una limadura que sintió interior. Se le había puesto sobre la frente un fragmento de nimbo y ya no daba la impresión de ser una acongojada gelatina puesto que se empezó a colorear de hermosas tonalidades áuricas. Tuvo un primer temblor y los clavos cedieron un poco. "Esto va llegando a su fin" —se dijo sin apartar la mirada de aquella selva con Paula en el centro. Tuvo un segundo temblor y sintió los hombros desclavados; después se vio las manos en libertad y el pecho sin ese aguijón martirizante, y finalmente pudo separar los pies de la pared letal que lo había retenido.

Y salió de allí como de un acto expiatorio.

doce

Cuando se sale de padecidos clavos se fluye lentamente, y él fluyó, se rezumó y más que desclavado parecía vertido.

En la pared quedaron como en un sudario muchas de sus señales; la corriente de azules metafísicos no fue absorbida del todo por su porosidad y permaneció dando la imagen de un mapa imaginario; el prolongado contacto ultraterreno dejó signos que Delfina Salvador, en caso de salir de su carbonización y embalsamamiento habría aprovechado para un sinnúmero de profecías. Pero esos vestigios quedarían allí como tantos, un trozo de piel de otros mundos que cubre algo o termina adhiriéndose al rostro de alguien.

Don Gervasio se desprendió con los tintes apacibles de una estampa sin otro esfuerzo que el valor que supone afrontar una libertad interrumpida, a sabiendas de que dejaba allí las adherencias corpóreas, los grumos carnales que no se le filtraron en cuanto asumió su trasparencia, que no fue total desde un principio sino confusa y mancillada de resabios opacos; a sabiendas de que dejaba la carga humana que se había llevado indebidamente y que había vuelto a traer, esa pequeña carga que bastó para que durante todo ese tiempo él no sintiera su abstracción y compartiera los sacudimientos de quienes habían sido sus semejantes y a los cuales había dejado de asemejarse en cuanto su unidad se le dividió en dos partes que se rechazaron al punto con la misma vehemencia con que antes se habían atraído. Se sintió más liviano, como si los dos gramos que se había calculado en su primer encuentro con Paula se le hubiesen reducido a fracciones centesimales.

Por primera vez desde que se hubo descarnado pudo traspasar limpiamente una pared sin que le quedara una niebla del otro lado; eligió la del frente de la casa, soleada y seca, y se aventuró en su solidez con la complacencia de un juego —prueba de que había logrado la categoría de la pureza y de que estaba en condiciones de considerarse absolutamente etéreo, desprovisto del peso, del empecinado lastre que siempre lo había obligado a ser el último en las procesiones de los esteparios viernes del espacio. Y dejó la casa de Delfina con la sensación de que no efectuaba un movimiento lateral sino que salía de abajo hacia arriba como de un hórrido subsuelo en busca de una especie luminosa no necesariamente solar ya que era de noche —una noche tenue que trasparentaba el tiempo.

Miró el pueblo repentinamente antiquísimo, ruinoso y disecado pese a que había estado en un remojo oceánico, e inició un trayecto que no recogió en ningún momento los recuerdos de su consumada terrenalidad. Andaba como por el cosmos aunque mucho más lentamente tal vez debido a la resistencia de la atmósfera que trata de expulsar a las ánimas. Él proseguía atravesando muros, demostrándose a sí mismo la reiteración de su nueva facultad. Se dirigía al sitio que revivía el paraíso de otra mesopotamia, a la selva de hortensias de Paula, la que se había formado alrededor de ella a partir del jardín hecho por los dos, y no reparaba en nada, no por temor a extraviarse, a una nueva trampa como aquella a la que había ido a parar por su sentimiento del pasado, sino porque en su segunda permanencia en la tierra, breve y excesiva, en la que había sido de alguna manera el nudo de tantos aconteceres, se le había agotado la curiosidad y la nostalgia del mundo. Por otra parte los padecimientos le habían otorgado una consistencia intrínseca no incompatible con su cualidad volátil, y nada podía dispersarlo ya ni entramparlo.

Empezó a volar.

Cuando se ha salido de lacerantes clavos el vuelo cobra una espontaneidad radiante como cuando se sale de un martirio, porque había habido una forma de martirio en su necesidad de Paula. Convencido de que en un paso trascendente no deben inmiscuirse otros, se sintió más seguro en el vuelo y avanzó sin responder al reclamo de las reminiscencias. Pasó sobre la finca que la vertiente erótica había convertido en enorme brasero apagado por la otra vertiente sin sentir siquiera en su imaginación el escozor de una brasa olvidada. Don Gervasio sabía que el derecho a la eternidad no se puede arriesgar dos veces. Y avanzaba pasmado por el espectáculo de aquella selva que seguía creciendo y que en tan poco tiempo había quintuplicado su altura. "No ha sido por efecto de la inundación porque las plantas del pueblo están igual que antes", se dijo comprendiendo que lo que allí sucedía era otra cosa, la formación de un génesis, la primera primavera de la tierra. Sí; aquella selva desbordada sobre sí misma era una región de principios de mundo, una superficie única y original que no correspondía a la distorsión de fenómenos naturales manifestada de distintas maneras y quizá provocada involuntariamente por él.

Si Paula persistía en su negativa iría a parar, aun cuando se resistiera, a la nada, esa especie de cielo momificado. Pero sin duda Paula era ahora una criatura nueva, aunque ella misma, sí, pero recreada en esa aglomeración de raíces frenéticas, la memoria de su rencor arrastrada por la correntada no visible de esa agua que tanto había lavado y disuelto y trasmutado. Menos tembló cuando se fue solo a un más allá que no lograba entrever aun cuando se le aproximara, que ahora que iba al encuentro de ella.

Sí. Don Gervasio temblaba.

Comprendía que el encuentro se produce sobre tantos cuerpos caídos, que hay que saber caminar sobre las mutilaciones, las íntimas derrotas y las victorias interiores que se niegan a abandonarnos, y que nunca se llega fácilmente al ser que guarda nuestra eternidad.

Entró en aquel sitio que ahora no se atrevía a llamar su predio y se detuvo. Paula estaba aprisionada en un salvaje y tangible olor de bulbos salidos a flor de tierra, quieta, nutriéndose de todo aquello, de esa especie de bosque diluvial e imperioso en el que ya no era posible reconocer un árbol amado. Estaba inmóvil, como si sus pies hubiesen elegido cuatro palmos de suelo propicio y después de hecha la elección decidido a quedarse, a no caminar más.

"Qué hermoso es esto —se maravilló él—. Todo lo que hemos sembrado y plantado ha rebasado sus límites naturales. Y hay como una oculta incandescencia".

Sí, la había.

Se acercó aún más. "Es como si estuviéramos solos en el mundo", pensó. Estaba a pocos metros de ella, recostado en la médula de un pino y se decía, sin atreverse a salir de allí: "Qué lejos estoy, cuánto tardaré en recorrer esta pequeña distancia". Y de pronto el rostro de Paula que había tomado las tonalidades de todo ese furor de hortensias, le pareció el más bello de cuantos había visto. Se le habían caído las epidermis del desencanto y del encono que habían conformado su piel ostensible en sus dos encuentros anteriores. Era una Paula joven, sólo agredida por las desgarraduras de las viejas epidermis, de las salinas formadas en la mirada; la Paula fósil se había disuelto.

Súbitamente él tuvo miedo de quedar pegado a la médula del árbol, y salió para aparecérsele.

Ella estaba absorta, viéndolo desde hacía mucho tiempo en torno, rodeándola y cobijándola, convertido en su atmósfera, en la atmósfera de su cuerpo. Por eso en el primer momento no pudo separar la figura de él de la imagen que había desplegado alrededor de ella, diferenciar su presencia del recuerdo y el deseo de su presencia. Tardó un tiempo impreciso en darse cuenta de que él estaba allí en la realidad de sus vapores propios y no en la de sus vapores reflejados.

El ánima de don Gervasio se le acercó aún más.

—Paula.

Aquella primera vez se había retraído; ahora trataba de extender los brazos.

—Paula, ¿me reconoces?

Claro que lo reconocía; no lo vio estragado como entonces sino hecho de un azul firme, y dio un paso hacia él que estaba trasparentando un tronco.

—Sí.

La actitud de ella, tan opuesta a aquella con que había recibido sus dos primeras apariciones, le hizo temer una confusión, un enredo celeste, sobre todo a juzgar por el embeleso con que ella lo contemplaba. Muchos son los espíritus que van y vienen, y él aparentemente la había abandonado. Necesitó una reafirmación, oírse nombrar por su mujer.

—¿Sabes quién soy?

—Sí. Gervasio.

Se esponjó como una paloma, enorme, proporcionado su tamaño a la abundancia vegetal. Ser nombrado por ella fue un bautismo, y fue la felicidad, que es lo único que no puede disminuir sin dejar de ser.

—Te estuve esperando todo este tiempo —dijo Paula.

—Todo este tiempo —repitió don Gervasio, y añadió lentamente—: Fue lo mismo que una expiación. Mucho ardió en mí y lo que era extraño a nosotros dos terminó por consumirse.

Ella asintió. Sin embargo aquélla no era una explicación.

—¿Por qué no viniste antes?

Él no podía responderle: "Porque estuve pinchado como una mariposa en casa de Delfina Salvador". Y prefirió decirle lo que también era una verdad:

—Esperé tu perdón.

Ella pareció no comprender.

—¿Qué es lo que yo tenía que perdonarte? —preguntó en ese refluir de su adolescencia que había desvanecido los agravios.

El ánima titiló.

—El que ama necesita siempre que se le perdone.

—¿Que se le perdone qué?...

—Que su amor no sea más hermoso aún.

Don Gervasio miró en torno. Buscó el jazmín del Paraguay, su planta predilecta. Seguramente estaba pero componiendo por sí misma un bosquecillo quién sabe con qué cúmulo de fragancias.

—¿Éste es nuestro jardín? —inquirió.

—Sí. Ha crecido tanto...

Era por cierto una infinitud de vástagos y corolas y resinas que expandían los olores de las maderas vivas.

Él no salía de su estupor.

—Cuando plantamos nuestros árboles y las matas de flores no pensamos que llegarían a tanta altura.

—No —contestó Paula—. Parecen plantas milenarias.

—También nosotros hemos acumulado demasiado tiempo.

—Sí —dijo ella—; es como si en esta espera de ti hubiesen pasado miles de años.

Y de pronto pareció desamparada, en peligro, en un nuevo, imprevisto peligro.

—Acércate más —le imploró—. Las hortensias se me han enredado tanto a los pies que ya no puedo dar un paso.

Él creyó que se fundía en su cuerpo.

Paula absorbía la dulzura de la proximidad de él y se sentía girar libre y cercada por sus brazos; giraba en su inmovilidad abrazada a aquello que era niebla y resplandor, la otra parte de su incandescencia.

—Ayúdame a morir.

—Eres tú quien debe morir. Yo sólo puedo ayudar a exhalarte.

Ella tuvo una última, intrascendente curiosidad:

—¿Hoy es viernes?

Don Gervasio sonrió desde sus azules meditativos.

—Hoy es el tiempo —le dijo—. Sí. Tal vez sea viernes.

Paula se tendió en el suelo, sin aplastar las flores, sintiendo que el corazón se le desligaba de sus vasos y empezaba a flotar en su pecho como un globo. Sentía la afluencia de todo lo que había sido su vida. Contuvo la respiración.

—A veces la muerte suelta una gota de miel. Trata de sorberla.

Ella ya empezaba a olvidarse de respirar y no tenía que hacer ningún esfuerzo.

—Si quieres, quédate con los ojos abiertos. A la madrugada se te pondrán morados y recogerán el rocío y la luz. Y después el mundo.

En la vorágine vegetal su cuerpo fue un humus rapidísimo.

Se alejaron con la visión de ese paraíso formado para contenerlos apenas unos instantes, los necesarios para el encuentro, y no tuvieron que andar mucho porque la eternidad de los que se aman está cerca. Era viernes, uno de esos viernes que ya habían empezado a transcurrir en esa eternidad.

Rosy 4E

~~Brad~~ 4F

Ale

Ale 5D

Camila

Dany 5E

Tere 5F

Tyler 6D

Jared 6E

~~Cam~~ 6F

Brad